KB010218

퉤퉤퉤

퉤 퉤 퉤◆

황국영 지음

무사히 오늘 밤에 도착하기를

유려한 번역문으로 만났던 작가에게도 이렇게 우당탕탕 아귀가
안 맞는 생활이 있었다니. 놀라면서도 안심했다. 그러나 프리랜
서의 자화상을 정확히 그려낸 부분에 이르자 등골이 서늘해졌다.
나는 지금 잠옷인지 실내복인지 모를 복장으로 '핸드폰만도 못하
게' 방전되어 있었기 때문이다. 시종 유쾌하고 허허로운 이 책의
입담을 따라가다 보면 경험 많은 이가 주는 든든함과 유연한 지
혜, 솔깃한 노하우까지 만나게 된다. '같이 술 한 잔 마셔보고 싶
은 할머니'의 꿈이 비현실적이라니요. 이 정도면 이미 보장된 것
아닐까요?

— **김목인** (싱어송라이터)

카레 이불 창조자 작가 님. 머릿속에 실언과 나쁜 생각의 법정이
열리면 시상식도 같이 열어버린다는 재치에 끌려 글을 더 읽고
싶어졌다. 읽다 보면 알게 된다. 이분은 자신이 어느 때 방전되는

지 잘 알고, '굳이?'라는 말이 나올 것 같은 행동을 자신을 위해 하는 사람이다. 여기엔 떳떳함과 당당함이 있다. '내가 먹고, 일하고, 자는 것'이 가장 중요하다는 것도 덕분에 되새긴다. 아무리 봐도 이 책은 자기를 자주 들여다보고 안아주는 사람의 기록이다. 내가 나를 데리고 사는 게 쉽지 않다는 생각이 드는 날 다시 읽어야지. 그리고 따라 해야지.

– 시와 (음악가)

나는 거의 모든 표현을 '재미있다'로 한다. 웃기다, 무섭다, 슬프다, 굉장하다, 신선하다, 도망치고 싶다 등 많은 의미가 포함된 '재미있다'다. 황국영 작가와 나는 이 '재미있다'로 연결되어 있다. 삶을 경험하는 동시에 관조하며 "정말 재미있군. 인간, 그리고 특히 나 말이야" 하는. 이토록 재미있는 사람과 함께하지 않는 삶은 상상할 수 없다. 그런 삶은 정말 재미없다.

– 이랑 (작가)

각자가 가진 은밀하고 꺼벙한 영혼은 내면 구석에서 한참을 쭈그리고만 있다. 나는 내 친구 황국영 선생님 앞에만 서면 그 영혼부터 앞장에 둔다. 째려볼 곳 많은 세상에서 말쑥하게 웃어진다. 딱 적당히 단단해지고 싫지 않을 정도로 말랑해진다. 그가 쓴 그의 면밀한 하루들 또한 그렇다. 『퉤퉤퉤』를 한달음에 읽고서 왜 우리가 친구가 되었는지 알게 되었다. 기꺼이 나인 채로 살아가는 사람에게 어찌 솔직해지지 않을 수 있을까. 숨김이 없는 중얼거림을 읽다 보면 읽는 이도 모처럼 자신에게만큼은 솔직해진다. 부끄럽던 내 모습이 왠지 덩달아 웃겨진다. "퉤퉤퉤" 하던 입으로 조금 다르게 "퉤퉤퉤" 하며 내가 나에게 '내 거야' 하고 괜히 표시하고 싶어진다. 그게 다 망상이더라도.

— 임진아 (삽화가, 에세이스트)

요즘 나의 롤모델은 자기 자신을 잘 데리고 사는 사람이다. 타인이 아니라 자기 기분의 눈치를 보는, 그래서 자신의 기분이 좋아질 기회를 꾸준히 찾아다니는 사람. 나만을 위한 1인 레스토랑을 경영하는 기분으로 끼니를 챙기는 사람. 자신 없는 일도 하며 사는 것이 어른이라고, 그래도 하다 보면 어디든 도착한다고, 설령 도착하지 못한대도 가는 길에 새로운 구경거리가 있을 거라고 믿는 사람. 이를테면 『퉤퉤퉤』의 황국영 같은 사람 말이다. 내가 나인 게 싫은 날, 이 책을 읽어보시길. 여전히 나인 채로도 그럭저럭 즐겁게 살아갈 수 있는 힌트들이 책 안에 가득하다.

— 정지혜 (사적인서점 대표)

류이치 사카모토의 유작 속 아름다운 문장들을 감탄하며 읽다가 황국영 작가를 처음 만나게 되었다. 말과 말이라는 두 개의 거대한 세계를 촘촘하게 잇는 이 섬세한 매개자는 어떤 사람일까 궁금했는데, 『퉤퉤퉤』를 읽고 나서 그를 더 깊이 알고 싶어졌다. 말을 주물럭거리며 놀고, 문장 하나로 꼬리에 꼬리를 무는 질문과 상상을 펼쳐내는 그의 여행에 동행할 수 있어 즐거웠다. 때로는 작은 경이로움마저 자아낸 문장들 뒤에 숨겨져 있던 조력자. 할 줄 아는 게 많아서 하는 일도 여럿이지만 그저 메뉴가 다양한 분식집으로 자신을 설명하는 귀여운 사람. 언어와 언어 사이의 모호한 여백 속에서 헤매지 않도록 안내하는 사람이 보이지 않는 마음마저 헤아리는 사려 깊은 이어서 다행이다. 훌륭한 생각만 하고 멋진 모습만 보이고 싶지만, 때로는 그렇지 못한 자신이 초라해질 때, 혼자라서 좋지만 그래서 힘에 부칠 때, 나도 '퉤퉤퉤'를 외치고 다시 뚜벅뚜벅 나아가고 싶다. 그렇게 해서 이토록 독특하고 멋진 책도 탄생했다는 걸 알았으니까.

— **정혜윤** (독립 마케터, 『독립은 여행』 저자)

퉤퉤퉤.

적어도 내게 이것은 불경한 침 뱉기나 비겁한 무마라기보
다 내 하루의 안전 운전을 위한 브레이크이자 액셀이다.
가래떡마냥 뜨끈뜨끈하게 줄줄이 새로 뽑혀 나오는 못난
생각과 말을 싹둑 끊어내는 가위질이자, 사소한 일에 너
무 오래 허우적대지 않도록 건네는 은근한 응원. 손이 많
이 가는 나를 데리고 살기 위한 비밀스러운 부적이다.

오늘도 책임질 수 있을 만큼만 나쁘도록, 되돌릴 수 있을 정도만 약하도록. 자신 없는 일도 하며 사는 것이 어른이니까 소심한 내가 도망치지 않을 만큼 단단해지기를. 완벽하지 않은 날에도 어찌어찌 정신머리를 붙들고 조금만 더 괜찮은 생각과 포근한 마음, 근사한 태도로 살아보자는 주문.

튀튀튀.

CONTENTS

Part 3

인간 뽁뽁이

Part 4

태도는 인생의 설계도

부적을 품었다

깊고 넓은 사람이 되고자 비뚤어진 내 몸에 맞춰 비스듬히 베개를 놓고 수면 양말 속 발가락을 꼼지락대며 철학 관련 영상을 찾아 튼다. 그래, 이거잖아. 이런 생각을 하고 살아야 사람이지.

어떻게 살 것인가. 심오하면서도 필수적으로 들리는 이 질문에 현명한 자들이 내놓은 대답을 들으며 데구루루 굴러 이불을 돌돌 말았다. 앞서 고뇌한 자들의 깨달음이 내 멍한 머릿속 컴컴한 곳에 불을 켜고, 마음속 버석한 곳에 물기를 흩뿌려주는 듯한 기분이 든다. 아름다운 발견이다. 역시 사유와 성찰이 인간을 튼튼하게 만드는 거야. 저런 고민을 멈추지 않을 때 비로소 진정한 인간으로 거듭날 수 있을 테지. 너무 사람답다!

엎어져 누워 발바닥을 살살 비비며 서서히 정신이 아득해지는 나한테 대고 숙덕거린다. '나는 과연 이 세상에 어떤 존재로 살아남아, 어떤 흔적을…그러니까 무엇이 되

어… 나는 정녕 어디를 향해…'

줄임표가 길게 늘어진 채로, 해는 떠버린다. 간밤에 큰일이라도 한 모양새로 힘겹게 눈을 뜨고, 한 명의 성인이 잠결에 만들어낸 형상이라고는 믿기지 않는 침구들을 바로잡으며 곰곰이 오늘의 첫 사색을 시작한다. '그리하여 나란 인간, 오늘은 뭘 먹겠는가.' 진중한 어투로 나름의 정성을 들여 고민한다. '진정 오므라이스가 나의 현재에 최선인가.' 밤새 온 연락을 확인하려 핸드폰을 켜면 어제 틀었던 영상의 섬네일이 바로 눈에 들어와 잠시 멈칫하지만, 애써 시치미를 떼고 나와의 대화를 이어간다. '그래서 달걀을 몇 개나 풀 텐가.' 흐음. 이렇게 또 하루를 '사람'이라기보다 '나'로 시작하고 말았다.

이런. 오늘도 변함없이 나로 눈떠 버렸네. 이거 이거, 오늘도 영락없이 나로 살게 생겼잖아. 시답지 않은 걱정과 의미 없는 고민은 새로운 날이 와도 뺨 위의 베개 자국처럼 여전한데, 근사한 사람으로 살기 위한 사유는 밤새 틀어놓은 가습기의 물처럼 아스라이 증발해 버리니 참 신기할 뿐이다.

남 일처럼 중얼대며 잠옷을 대충 개어놓는 사이, 첫 일정을 상기시키는 알람이 울리면 옳다구나 싶어 듣는 이도 없는 변명을 늘어놓는다. 지금은 당장 해야 할 일과, 먹어야 할 밤이 있으니 오늘 밤에 다시 사람이 되어보도록 하겠습니다. 긴 인생에서 약 열두세 시간 늦춰질 뿐이니 이 정도는 괜찮지 않을까요.

그러나 실은, 어렴풋이 눈치채고 있는지도 모른다. 아마 나는 오늘 밤에도 내가 원하는 사람 되기에 실패할 것이고, 내일 또 나로 눈떠 나로 살아가리라는 걸. 지금껏 멀게 보고 크게 생각해 본 역사가 없으니 내 안에서 뜬금없는 유전자 변이나 사상적 쿠데타라도 일어나지 않는 한 계속될 매일이겠지. 그래도 어쨌든 또다시 오늘 밤을 기약한다. 어제보다 딱 한 줄만 더 인간의 언어와 사고를 깨친 내가 되어보겠다고.

현실의 나는 그저 내가 버틸 수 있을 만큼 일을 시키고, 내가 삐치지 않을 만큼 놀아주고, 내가 미소 지을 만큼 먹이고, 내가 성질내지 않을 만큼 재우며 하루를 살아가기에 바쁘다.

나이기 때문에 쏟아지는 상념과 나여서 생기는 문제들과 싸우는 데만도 할당량의 에너지를 홀라당 다 써버린 기분이 든다.

유감스럽게도 나로밖에 살지 못하는 많은 날에, 내가 간신히 소화할 수 있는 고민은 기껏해야 '어떻게 하면 스스로 감당할 수 있는 생각과 말과 행동만 하며 이 하루를 보낼 수 있을까' 정도다.

그래서 마음 한구석에 '퉤퉤퉤'가 필요하다. 감당할 수 있는 말과 생각, 그 선을 넘을라치면 바로 꺼내어 들 일침이자 맹세가.

◆◆◆

느지막한 오후, 애틋한 아지트에 들어서자마자 습기 찬 동그란 창과 눈이 마주친다. 아차차. 서둘러 신발을 벗고 뛰어가 콧노래를 흥얼대며 세탁기에서 다 돌아간 빨래를 꺼냈다.

내 손으로 빨래를 한 지 5년이 다 되어가는데 예약 세탁 기능을 알고 쓰게 된 것은 요 몇 달 새다. 아직 온기가 남은 옷가지들을 털며 '녀석도 참, 기특하기도 하지' 하고 혼잣말을 웅얼거린다. 나갔다 들어올 시간을 대충 계산해 버튼만 눌러두면 혼자 빙빙 돌고 덜덜 털면서 야무지게 할 일을 마쳐놓는다.

세대주님 돈 버시는 데 시끄럽지 않게, 나갔다 오면 시간을 번 기분을 만끽하실 수 있도록, 친절하게, 은은한 섬유 유연제 향기를 서비스로 풍기면서.

별거 아닐 수도, 당연한 것일 수도 있다. 그렇지만 원래 대부분의 날은 이런 별것도 아닌 일들이 쌓여 더 살 만해지고 당연하다는 건 뭐가 됐든 착각이다.

가만 보면 세탁기 네가 나보다 나은 것 같다니까. 진심으로 종종 이런 생각을 한다. 오늘 6시까지 할 일을 모두 끝내놓으라고 아침부터 으름장을 놓아도 딴짓을 하고, 그 두 배로 딴생각까지 하느라 약속대로 작동하지 않는 날이 태반인 나라서. 가끔은 땡땡이를 치지 않고도 시간을 못 맞출 때마저 있는 나라서 그렇다.

너 같은 존재가 번역가나 작가가 되어 마감을 해치워야 하는데, 너처럼 믿음직하고 다정한 것이 나였으면 좋았을걸.

어리석게도 난 이런 네 특별한 재능을 이제야 알았지, 뭐야. 네가 태어났을 때부터 가지고 있던 예약 버튼을 뒤늦게 눌러보고 감동했어.

네 버튼 말고도, 내가 보고도 못 본 것이 세상에는 얼마나 많을까. 이 세상의, 우리 가족의, 내 친구의, 그 사람의 버튼 중에 내가 모르고 사는 것이 있다면 너무 오래 안 써 고장 나버리기 전에 찾아내 꾹 눌러보고 싶은데. 내가 몰라줘서 누군가의 신통방통함이 묻혀 있는 거라면 그건 너무 아까운데.

어쩌면, 아주 어쩌면 나한테도 그런 버튼 하나쯤 남아 있지 않으려나. 잡념의 드럼통을 돌리다 문득 이런 소박한 설렘을 맛보기도 한다. 내가 발견하지 못한, 그러나 엄연히 툭 튀어나와 있는 나의 멋짐이 먼지에 덮여 보이지 않는 걸지도 모르잖아. 물론, 이것은 어디까지나 희망 버전이다. 보통은 '세탁기에도 있는 저런 듬직한 버튼이 왜 나한테는 없는데' 혹은 '대체 난 얼마나 많은 걸 놓치며 사는 걸까' 같은 방향으로 흘러간다. 나 참, 고작 전자제품 버튼 하나로 왜 생각이 여기까지 뻗어나가냐고.

퉤퉤퉤.

잡념은 내 의지와 무관하게 숨 쉬듯 머리통을 드나들고 그중 어떤 생각은 무용한 데다가 한 번씩 나와 남에게 나쁘기까지 하다. 잡념이 많아지면 절망 버전 역시 끝없이 생성되고, 그러면 반드시 우울한 사람이 되어야 하기 때문에 나는 세 음절의 주문을 무기 삼아 잡념의 과대포장을 막으려 고군분투한다. 잡념이란 말 그대로 잡다한, 불필요한, 괜한 생각일 뿐이잖아. 세탁기의 예약 버튼? 그래 참 편하구나. 고맙네. 그러면 땡이지. 나머지는 다 잡이야 잡.

퉤퉤퉤.

적어도 내게 이것은 불경한 침 뱉기나 비겁한 무마라기보다 내 하루의 안전 운전을 위한 브레이크이자 액셀이다. 가래떡마냥 뜨끈뜨끈하게 줄줄이 새로 뽑혀 나오는 못난 생각과 말을 싹둑 끊어내는 가위질이자, 사소한 일에 너무

17

오래 허우적대지 않도록 건네는 은근한 응원. 손이 많이 가는 나를 데리고 살기 위한 비밀스러운 부적이다.

오늘도 책임질 수 있을 만큼만 나쁘도록, 되돌릴 수 있을 정도만 약하도록. 자신 없는 일도 하며 사는 것이 어른이니까 소심한 내가 도망치지 않을 만큼 단단해지기를. 완벽하지 않은 날에도 어찌어찌 정신머리를 붙들고 조금만 더 괜찮은 생각과 포근한 마음, 근사한 태도로 살아보자는 주문.

퉤퉤퉤.

어쩔 수 없이 오늘도 나인 내가 큰 사고 없이 무사히 오늘 밤에 도착하기를.

어쩌자고 나를 선택했을까?

Part 1

◆

나는 도대체 뭘 믿고 나란 인간에게
내 모든 밥벌이를 맡겼을까.

지독한 고용주와 불편한 피고용인 사이를
쉴 새 없이 오가며
고만고만한 노동력을 쥐어짜다 보면
평생을 소심하게 살아 놓고 느닷없이
혼자 먹고살 용기를 내어버린
어느 날의 나에게 기가 찬다.

아, 진짜 뭘 어쩌자고 나를 골랐어.
어지간히 해야지, 정말.

선생님, 저는 그냥 ♦
이것저것 하는 사람이 되었습니다

아, 그러고 보니 제가 요즘 뭘 하고 사는지 말씀드리는 것을 잊었네요. 선생님, 저는 그냥 이것저것 하는 사람이 되었습니다. 연구실에서 했던 공부와도 거리가 있고 한 가지 내세울 전문도 없는, 책상 앞 심부름센터 같은 생활이지만 저한테는 꽤 잘 맞는 것 같아 의외로 신나게 지냅니다.

코로나로 인해 몇 년째 일본에 갈 수 없게 되어 오랫동안 뵙지 못한 은사님께 4년 만에 메일을 썼다. 교수님이 '방송국에서 일하나요?'라고 물으시길래 이렇게 써서 답장했다. 교수님의 연구실에서 논문을 쓰던 시절, 내가 텔레비전에 대한 연구를 했기 때문에 지금도 관련된 일을 하는지 궁금하셨던 모양이다.

기껏 공부해 놓고 다른 일을 한다고 말씀드리는 것이 조금 머쓱했지만, 아마 놀라거나 실망하지는 않으셨으리라 생각한다. 내가 아는 교수님은 처음부터 끝까지 날 한국에서 날아온 희한한 애라고 생각하셨고, 여러 번 당황하셨지만 대체로 흥미로워해 주셨다.

내 눈에는 나 따위 비교도 안 될 정도로 남다른 교수님을 나도 참 좋아했더랬다. 두 번째 회사를 때려치우고 무작정 일본으로 떠나, 교수님의 책을 읽은 후 만나고 싶다고 메일을 보내고, 일대일 사전면담에서 교수님께 반해 지옥의 수험 시절을 거쳐 연구실에 들어가 고군분투했던 이야기를 하기 시작하면 한참을 돌아올 수가 없으니 이쯤 해두고.

아무튼, 메일을 쓰며 나는 내 생활과 일에 대해 새삼스레 깨달았다. '책상 앞 심부름센터, 괄호 열고 출장 가능'이 내 현재 직업이었다. 의뢰가 들어오면 이것저것 하는 사람. 젠체한 표현을 써봤지만 실상은 그냥 잡상인이다. 사전에는 '자질구레한 물건을 파는 장사꾼'이라고 되어 있어 언뜻 달라 보이지만 '물건'을 빼고 '노동력'을 넣었더니 거짓말처럼 딱 들어맞았다. 속해 있는 업종 코드가 다양하다고 해서 다방면에서 활동하는 열혈 사회인으로 오해하면 곤란하다. 그냥 결정적인 시그니처 메뉴가 없는, 그럼에도 용케 망하지 않고 굴러가는 분식집 같은 것이라 설명하면 좀 전달이 되려나.

어떤 건 하루에 한 번 주문이 들어올까 말까고, 어떤 건

성수기에만 반짝 잘 나가고, 어떤 건 아주 조금 팔리되, 정기적으로 나간다. 메뉴판에 있다는 걸 아예 잊고 사는 메뉴도 있고, 돈 버는 메뉴도 아니면서 손은 많이 가는 단무지나 장국 같은 일들도 있다.

메뉴판에 메뉴가 많은 건 그 자체로는 어떠한 긍정적인 사인도 되지 못한다. 메뉴가 많다고 요리를 잘한다는 의미도 아니고, 돈을 잘 버는 가게라는 뜻은 더더욱 아니다. 인정을 받는 쪽도, 부자가 되는 쪽도 보통은 한 가지 메뉴로 우직하게 승부하는 전통 있는 전문점들 아닌가.

한 지인은 겉으로만 바빠 보일 뿐 지극히 비효율적인 노동을 일삼는 내게 이런 말을 했다. "넌 혹시라도 네가 성공하거나 부자가 될까 봐 막 무섭니? 돈은 안 되고 결과는 불투명한데 시간은 잘 잡아먹는 일들을 어디서 그렇게 귀신같이 찾아서 해?" 나는 이 말을 듣고 무척 감명받은 나머지 그 사람을 그냥 아는 사람이 아닌 멋진 어르신의 카테고리로 등급 상향해 줘야겠다는 생각까지 했다. 나랑 별로 친하지도 않은데 이렇게까지 사람을 꿰뚫는 통찰력이 있다니. 악의가 없는 순수한 궁금증이라는 점이 특히 인상 깊었다.

'칼국수 전문점. 단일 메뉴. 재료 소진 시 영업 종료합니다.'

나도 이렇게 한마디로 끝낼 수 있는 장인이 되었으면 좋았을 텐데. 난 그런 사람들이 진짜 멋있던데. 하지만 메뉴를 결정해 간판을 고민할 새도 없이 내 인생은 이렇게 흘러와버렸다. 애석하게도 내가 장인이 될 깜냥과 기질이 아님을 인정할 수밖에 없는 경험을 여러 차례 했다. 이제는 뭘 팔든지 간에 셔터만 안 내리고 박리다매로 어떻게든 오래 버티는 것이 내 사업장의 갈 길이다.

대체로는 번역을 하고 있고, 정기적으로 수업을 하며 의외로 꾸준히, 콘텐츠 기획 및 대본 작업을 하면서 간헐적으로 통역을 한다. 통역은 그야말로 팬데믹과 함께 잊힌 메뉴이다. 그러다 누가 이런 리서치 좀 해주실래요? 하면 조사를 하기도 하고 어디 한 꼭지에 들어갈 캐릭터들 좀 구상해 주실래요? 하면 구상도 하고, 이런 걸 써봐라 하면 쓰고 뭐 그런다. 이렇게 늘어놓으면 굉장히 분주해 보인다는 걸 체험적으로 알고는 있는데 사실이 아니다. 모든 일이 동시에 진행되는 것도 아닐뿐더러 기간도, 빈도도 제각각이다. 어쩌다 한 번씩은 말도 안 되게 겹치지만 어떤 때는 큰일이다 싶게 한가해지기도 한다.

나는 잡상인이라는 부끄러움에 이토록 머쓱한데 어떤 사람들은 또 아무렇지 않게 '이름만 다르지 다 같은 일이네' 하길래 재미있었다. 번역가가 가끔 통역을 하는 건 오히려 당연한 거 아냐? 일본어를 아니까 필요하면 수업도 하겠지 뭐. 출판업에 관여하다 보면 어쩌다 글도 쓸 테고, 글을 쓰다 보니 기획할 기회도 생기는 거고. 그 기획이 글이든 영상이든 결국 다 한 가지 일이잖아.

분명 맞는 말인데 나한테는 그게 그렇지가 않았다. 다 다르게 어렵고, 모두 새롭게 서툴다. 만약 같은 일이라면 한쪽의 경험치가 쌓임에 따라 다른 쪽도 잘해야 하는데 그렇지가 않았다. 그러니 내게는 다 다른 일이다. 그런데 왜 이렇게 하느냐면 각각의 일에서 재미있을 것 같은 낌새가 느껴지기 때문이다. 보람이나 성취감이 딸려 올 것 같은 기대가 들기 때문이다. 앞으로의 모든 글에서 툭툭 불거져 나올 테지만 나는 재미와 자유에 묶여 사는 노예다.

정당하게 벌이를 하는 재미있어 보이는 일이라면 이것저것 다 하지만 각각의 커리어는 신입이거나, 쳐줘봤자 대리 직전 정도이다. 헌신한 곳이 없어 승진한 곳도 없다.

그럼에도 불구하고 만약 이것이 그들의 말처럼 하나로 묶이는 일이 맞는다면 누가 내게 한마디의 직업명을 선사해 줬으면 좋겠다. 아무거나 하나를 골라 말하면 되지 않느냐는 조언도 있었는데 그러기엔 다 고만고만한 비중이라 뭘 우선으로 골라야 할지 모르겠다. 수입이 높은 순서? 시간을 많이 쏟는 순서? 있어 보이는 순서? 많이 웃는 순서?

단순히 퉁 치는 게 목적이면 개인사업자, 비정규직 노동자 같은 표현이 있겠고 제일 만만한 것은 역시 프리랜서지만, 이왕 이름이 생긴다면 적어도 어떤 유의 일이 메인이지 정도는 알 수 있었으면 좋겠다. 직업을 묻는 이에게 프리랜서라고 답하면 입국심사 때를 제외하고는 백이면 백 어떤 프리랜서요? 하고 되물어왔기 때문이다. 그럼 또 나는 이 요란한 빈 수레 같은 노동 메뉴판을 주섬주섬 펼쳐야 하는 민망한 순간을 맞이하는 것이다. 오죽했으면 책상 앞 심부름센터 같은 구차한 조어를 들먹이게 되었을까.

분식집 가게 앞에 종이를 붙이는 심정으로 여기에 적어두면 누군가 알려줄까 모르겠다. '민망한 순간을 피할 수 있는 한마디의 직업명, 절찬 모집 중.'

고급 일품요리보단 잔칫집 뷔페에 두근거리는 촌스러운 취향 때문일까. 수륙양용이라는 단어에 웅장함을 느끼고, 리버시블이라는 말에 눈을 반짝이는 속물적인 성정 때문일까. 살아보니 쓸데없이 갈래만 많은 것은 직업에만 국한된 일이 아니었다.

일도, 취미도, 관계도 큰 바다를 이루지 못하고 이리저리 갈라져 시냇물처럼 쪼르르 흘러가고 있다. 나약한 물줄기로, 용케 마르지 않고.

오늘만 살면,
또 오늘이 오니까

♦

장래 희망에 잡상인이라고 적
는 이가 있을까? 거의 없을 것 같지만, 장담하지는 않겠다.
남들이 서울시 마포구에 나 같은 인간이 이런 생각을 하며
먹고사는 줄 모르듯, 내가 미처 눈치채지 못한 존재들이 세
상에는 가득 있을 테니까. 하지만 있다고 해도 퍽 드물 것
같다. 나 몰래 어디 동굴에 옹기종기 숨어 살지 않는 한 이
렇게까지 들도 보도 못할 수는 없잖아.

대체 나는 어쩌다, 대부분의 사람이 꿈꾸지 않는 그런 삶
을 살게 됐을까. 남들이 꿈꾸지 않는 삶… 꿈꾸다. 꿈. 생각
났다, 그래. 그 지긋지긋한 것이 모든 일의 발단이었지.

난 정말 평생을 지겹게도 꿈이 없었다. 꿈이 어쩌고 하는
이야기는 질리고 물리다 못해 거의 곪아 터진 소재라는 걸
알지만 나는 한 번도 가져보질 못해 질릴 기회조차 없었
다. 농담이 아니라, 그런 꿈은 하나도 못 꾸고 맨날 이불 속

에서 온갖 개꿈을 꾸느라 수면장애만 앓았다.

할머니 할아버지 세대가 '일해라', 우리 부모님 세대가 '공부해라'의 시대였다면 내가 느끼는 우리 세대는 '공부해라'의 메아리는 여전한 상태에서 '꿈을 가져라'라는 목소리가 본격적으로 터져 나오며 뜨겁게 뒤섞인 '공꿈부해가져라'의 시기 같았다. 현실적으로는 둘 다 요구받았으나, 느낌으로는 '꿈을 가져라'를 따르는 편이 훨씬 세련되어 보이기 시작한 세대. 그러니 좀 답답했다. 세련되어 보이고 싶은데, 진취적인 모습을 뽐내며 밀레니얼 세대를 사는 '모던 녀성'의 본때를 보여주고 싶은데, 이게 죽어도 안 생겼다.

'꿈으로 향하는 길' 같은 기사를 들추고 이런저런 강연을 기웃거려봐도 부스러기 하나 줍지 못했다. 사실 그 시절 그들이 말하는 것은 내 기준에서 꿈이 아니었다. 꿈 얘기를 한다길래 들어보면 자꾸 직업 얘기를 하잖아.

물론, 세상에는 말 그대로 '직업을 사는 사람들'이 있다. 꿈이 곧 직업이고, 직업이 곧 삶인 사람들. 하지만 나는 그런 큰 그릇이 아니기 때문에 진심으로 의아해했다. 어떻게 꿈으로 노동의 종류를 꼽을 수가 있지? 설마, 나만 일하기 싫은 거야?

나도 개중 갖고 싶은 직업이야 있었다. 오히려 너무 많았다. 보고 싶은 것도 많고, 가보고 싶은 데도 많고, 알고 싶은 것도 많고, 먹고 싶은 건 더 많았다. 그래서 자잘한 소망에 마음이 바빠서 하나의 꿈이 별로 절실하지 않았던 것인지도 모른다. 그런 탓인지 결국 나한테 그건 오지 않았다. 사람들은 꿈을 '찾는다'고 말하던데 내 생각에 그건 아무래도 '오는 것' 같다. 찾아다닌다고 찾아지는 게 아니라 어느 순간 내 눈앞에 나타나 있는 그런. 나한테는 안 왔다. 노력으로 찾을 수 있는 것이라면 아마 내 노력이 부족했던 모양이다.

오랫동안 꿈이 있는 사람이 훨씬 삶을 의미 있게 사는 것처럼 느껴졌고 목표가 없으면 발전도 없다는 말을 곧이곧대로 듣고, 지레 토라지기도 했다. 하지만 지금은 어차피 어릴 때 안 온 거 뒤늦게 나타나서 골치나 안 아프게 했으면 좋겠다는 것이 솔직한 심정이다. 그 뜨겁고, 귀하고, 큰 것을 내가 갑자기 무슨 수로 품겠어. 이미 나는 꿈이 없는 덕분에 이토록 버젓한 잡상인이 되어버렸는걸.

꿈을 좇는 사람들에게 경험치와 발전이 있듯, 꿈이 없는 사람에게도 나름대로 나아가는 방향이 있다는 희망을 이제야 조금씩 발견한다.

나는 다년간의 '꿈 없음' 경험을 바탕으로 오늘의 내가 온전히 진짜 나임을 인정할 수밖에 없는 하루살이가 되었다. 하루살이는 비록 지금은 이렇게 살지만 미래에는 ○○이 되어 있을 테니까, 라는 말로 지금의 나를 변명할 길이 없더라. 예전에 내가 얼마나 잘나갔는데, 내가 이것만 성공시키면! 이라는. 지금의 내 모습은 스쳐 지나가는 과정일 뿐 진짜 내가 아니라는 마음가짐 역시 꿈이 없는 이에게는 주어지지 않는다.

어떤 하루도 미래를 위한 발판이나 대의를 위한 투자의 시간이라고 주장할 근거가 없는 인생. 꿈을 갖지 못한 사람으로 살아보니 오늘은 그냥 오늘이었다.

오늘의 나도 여지없이 나다. 꿈이 없는 사람의 오늘은 딱 오늘을 위해서만 쓰이고 오늘로만 남으니까. 비생산적이고 폼도 나지 않지만, 그런 오늘들이라고 해서 흔적까지 사라지는 것은 아니니 이 또한 쌓여 나름의 자국을 남기고 어딘가로 향할 것이라 믿는 수밖에 없다.

여전히 꿈이 있는 이들을 동경하고, 꿈을 향해 달리는 수많은 분야의 사람들을 '덕질'하지만 더 이상 나한테도 꿈이 와주길 욕심내지는 않기로 했다. 꿈이나 목표가 없으면 혼자만 뒤로 걷는 사람처럼 도태되고, 뻑 하면 드러누울 줄 알았는데 돌아보니 그것도 아무나 할 수 있는 일이 아니더라. 용기가 있어야 하는 일이었다. 멀리 내다보지 못하면 겁도 없이 막 살 줄 알았는데, 그것도 대범한 자들이나 할 수 있는 것이길래 안심하고 포기했다.

끌어주는 것이 없어 막연하기는 하지만 종용하는 것이

없으니 초조하지도 않다. 오히려 야망 없는 사람이 어디까지 잘 살 수 있나 슬슬 궁금해지기 시작했다.

어디로든 가겠지. 아무튼 살고는 있잖아. 일단 오늘부터 살고 나서 생각해 보자. 그리고 또 다음 날이 되면 새로운 하루가 왔으니 일단 오늘을 살아내고 생각하자, 하고 반복하는 거다. 이렇게 하면 자는 사이에 또 새로운 오늘이 오기 때문에 평생 생각을 안 할 수 있다. 진짜 꿀팁.

놀라운 것은 이 나이 먹도록 꿈이 뭐냐, 혹은 꿈이 뭐였냐, 라는 질문을 들을 때가 있다는 점이다. 정말로 있다. 그럴 때마다 이런 장황한 핑계를 댈 수는 없어 다 크고 난 후에 허겁지겁 오피셜 꿈을 마련했다. 한동안은 '남에게 폐 끼치지 않는 선에서 최대한 게으르게 사는 것'이었는데 너무 방어적이랄까, 두근거림이 없는 말 같아서 최근에 새로 업데이트를 했다. 분명 꿈에 대한 질문에 답하려고 억지로 만들어 낸 것인데 곱씹을수록 그럴듯하다.

나의 대외적 꿈은 그냥 '같이 술 한 잔 마셔보고 싶은 할머니'가 되는 것이다.

언뜻 만만해 보일지 몰라도 온갖 욕망을 다 꾹꾹 눌러 담은 비현실적인 꿈이다. 원할 때 술을 마실 수 있을 정도로 건강해야 하고, 괜찮은 술과 안주를 나눌 만큼 여유도 있어야 하고, 세대와 편견을 뛰어넘을 정도로 대화의 폭도 넓어야 한다.

겉이든 속이든 초라하지 않아야만 이룰 수 있는, 얼마쯤 멋져 보여야 생기는 일. 어차피 만들어낸 꿈이니까. 돈 드는 것도 아니니까. 가상의 오더 메이드 꿈에 이 정도 욕심은 허락해 줬으면 좋겠다.

나란 인간,
애초에 뭐더라

◆

회사를 그만두는 바람에, 회사를 그만둘 기회가 사라졌다.

아끼고 아끼던 강력하고 희귀한 아이템을 기어코 써버린 기분. 프리랜서가 되며 잃은 수많은 것 중 4대 보험과 더불어 압도적으로 아쉬운 항목이다.

안주머니 깊숙한 곳에 사직서를 품고 다니는, 조금 덜 아날로그적으로 말하자면 개인 잠금 폴더에 날짜 칸만 비워둔 사직서 하나를 작성해 두는 행위. 그 시작은 응당 불만과 불행이었겠으나 버티며 사는 여러 순간 오히려 그것은 무기이자 위로였다.

'예예, 어디 또 한 번 이런 얼토당토않은 일을 벌여보시죠. 확 그만둬버릴 테니까요'라고 마음속으로나마 상대에게 어떤 타격도 없을 협박을 하기도 하고, 이 상황은 최악이지만 여기서 감정적으로 반응하는 건 더 최악이라며 이를 악물고 그렁그렁한 눈물을 꾹 참으면서 '야, 괜찮아. 정 힘들면 아무 때나 그만두면 되잖아?'라고 스스로를 타이를 수 있게 하는 무기.

궁지에 몰려 내뿜는 사지후 혹은 패배감 속에 흔드는 백기인 줄만 알았던 사직서는 어떤 날엔 분명 부적이었다. 언제든 포기할 수 있다는 마음이, 오히려 당장 포기하지 않아도 되는 이유가 되어주는 순간을 여러 차례 경험했다. 회사라는 조직 속에서 온전히 자의대로 할 수 있는 몇 안 되는 일이 그만두는 건데 '굳이 지금?'이라는 오기를 닮은 용기가 나를 출근시키는 날들도 있었기 때문이다.

억지로 회사를 다닌다고 생각하면 마치 자유의지를 빼앗긴 노동자처럼 느껴지는데, 언제든지 원할 때 사표를 낼 수 있지만 그냥 조금 더 다녀보는 것이라고 생각하면 마치 상황의 주도권이 내 손 안에 들어온 기분이 든다. 그렇게 충분한 숙려기간을 거쳐 후련함이 망설임을 제압하는 순간, 결연하게 필살의 아이템을 꺼내 드는 것이다. 할 수 있는 데까지 해보다가 더 이상 고민조차 되지 않을 때 시원하게. 땡볕에서 달리기를 한 후 맥주를 원샷하는 기분으로. 그 시원함을 극대화시키기 위해서라도 한두 타임 정도는 버텨볼 만한 것 같다. 무언가를 그만둘 때 '할 만큼 했다'는 자기 위로만큼 후회를 가지치기하는 데 도움이 되는 생각은 그리 많지 않더라.

아무리 귀한 아이템이든 어차피 난 이미 써버린 카드다. 이것을 다시 손에 넣으려면 무려 취직을 다시 해야 하는데 그만둘 자유를 위해 그런 짓을 할 만큼 희한해질 수는 없으니 아마 이번 생에서 다시는 얻기 힘들 권리일 테다. 희한해질 각오가 있대도 일단 취직이 돼야, 퇴직을 하지.

지금이야 프리랜서가 된 지 워낙 오래라 더 이상 이런 말을 듣지 않지만, 회사를 그만두고 몇 년 동안 제일 많이 들었던 말 중 하나가 "너무 부럽다. 나도 그만두고 싶어"였다. 회사 다니는 사람 중에 퇴사를 꿈꾸지 않는 사람은 몇 없을 테니 인사처럼 자연스러운 이야기다. 하지만 간혹 정말 부러운 내색을 하는 사람에게는 마치 '고객님, 시크릿 쿠폰이 발행되었습니다' 하는 말투로 속삭이며 응원을 건넸다.

"걱정할 거 없어. 너한텐 아직 회사를 그만둘 권리가 남았잖아. 회사에 들어가는 건 마음대로 안 되지만, 회사를 그만두는 건 너도 할 수 있어. 축하한다."

프리랜서로 활동할 수 있는 일감이 있는 것이 부럽다면 다른 이야기지만 '나도 회사 다니기 싫은데, 부럽다'라고 말한다면 얼마든지 답해 줄 수 있다. 나는 네가 될 수 없지만, 너는 당장 내가 될 수 있다고. 가끔 이 회사를 더 다니는 게 맞는지, 과연 이걸 더 참는 게 옳은지 진지하게 고민하는 친구들에게는 나는 그냥 "그만둘 자유와 권리를 최대한 마음껏 누리다가 그런 생각조차 할 수 없게 되면 아무 때고 그만둬버려!?"라고 말해 버린다.

어차피 결정은 본인의 몫이지만, 아직 고민을 한다는 건 선택의 여지가 남아있다는 뜻일 테니까. 어느 날의 내가 그랬듯 출근길이 그냥 싫고 귀찮은 것이 아니라 괴롭다 못해 슬프다면, 그때는 그만둘지 말지를 고민하기보다 그만두고 어떻게 살지를 고민하지 않을까 싶어서. 것도 아니면 나한테 털어놓거나 대책을 세울 여유도 없이 이미 아이템을 써버렸을 것이라 짐작하기 때문이다.

물론, 당장 돈을 벌어야 하기 때문에, 가족이나 주위의 기대 때문에. 그 밖의 수많은 이유로 마음대로 그만둘 수 없는 경우도 많을 테다. 나만 해도 비교적 즐겁고 나름 보람찼던 두 회사를 그만둘 때는 오히려 결심이 쉬웠는데, 감당이 안 돼 몸을 비틀던 마지막 회사를 그만둘 때는 한참을 망설였다. 가장 짧은 회사 생활이었지만 가장 긴 숙려기간이었다.

입사 후 얼마 지나지 않아 '뭔가 잘못됐다'라는 확신이 들었지만 당장 실행할 수가 없었다. 졌다고 생각했던 것이 겠지. 앞의 두 회사는 더 즐거운 무언가를 위한 도전의 시작이었지만, 이번에는 대안도 두근거림도 없이 오직 벗어나기 위해 도망치는 거라는 걸 스스로 잘 알았으니까. 그야말로 엄청난 열패감과 불안감 속에 사표를 냈다. 넌 하고 싶은 일만 할 줄 아는 인간이었어, 라는 불편한 발견을 인정하기가 그렇게나 힘들었다.

내가 감당하기 어려운 옷이었다. 누군가에겐 근사한 한 벌이었을 텐데 나는 계속 흘러내리는 옷을 추스르느라 바빴고, 치렁치렁한 기장에 걸려 넘어졌으며 시간과 마음에 쫓겨 까진 뒤꿈치에 밴드를 붙일 틈도 없었다.

내가 내가 아니게 되는 매일을 살면서도 좀처럼 용기 내지 못하다가 문득 결심이 선 것은 모처럼 막차가 끊기기 전 퇴근했던 운수 좋은 날의 일이었다.

집에 가는 버스 안에서 멍하니 창밖을 봤는데 창문 속에서 나랑 눈이 마주친 어떤 애가 넋이 나간 표정으로 눈물을 찔끔찔끔 흘리고 있었다. 으윽, 쟤 뭐야. 영화 찍어? 왜 버스 안에서 혼자 울고 난리야. 신파 났네, 아주. 그나저나 눈물이라는 게 배출자가 모르게 흐르기도 하나. 어이없다 정말. 인체, 뭐 이래?

잠시 뒤 황급히 눈물을 훔치고 매정하게 고개를 돌리는 여자를 한껏 비웃으며 버스에서 내렸다.

언제나처럼 집 앞 사거리에서 길을 건너려 신호를 기다리며 영혼 없이 서 있다가 익숙한 빵집 체인의 포스터에 시선이 멈췄다. 당최, 저 가게는 빵의 개수만큼 사람을 뽑기라도 할 셈인가. 저 빛바랜 아르바이트생 모집 공고는 영원히 붙어 있구나. 그런데 우연일까, 아직 벌겋고 축축한 눈 속에 그동안 제대로 들여다보지 않았던 글자들이 알알이 박혔다.

시급 6,300원. 출근 시간 조정 가능.

정확한 시급은 기억나지 않지만 인터넷을 뒤져보니 대충 이 정도였겠거니 싶다. 아무튼 그 낡은 모집공고 포스터를 보고 결심했다. 그만하자. 버스에서 울고 자빠진 창피한 인간을 끊어내자.

알바 면접에서 떨어질 수도 있지만, 너는 빵을 팔기보단 먹을 것같이 생겼으니 탈락이라는 말을 들을 수도 있지만 여기까지만 하자.

나는 일단 거기 적힌 시급에 하루 몇 시간, 주 며칠을 임의로 넣고 대략의 계산을 했다. 당시 받던 월급의 30~40퍼센트나 됐을까. 거기에서 일하는 나를 멋대로 상상하는데 방금까지 울었던 주제에 저항 없이 피식하고 웃음이 났다. 좋을 것 같아서. 지금보다 행복할 것 같아서.

내 마지막 회사가 된 그곳의 시스템은 내게 너무 버거웠지만, 멋진 분들이 많은 곳이었다. 재고해 볼 마음이 없는지 묻고, 개선 방법도 제안해 주셨지만 "죄송해요. 하는 데까지 해보려고 했는데. 더 이상 뭘 더 어떻게 열심히 해야 할지 모르겠어요"라는 말과 함께 고개를 숙였다. 진심이었다. 열심히도 했고 딱히 못 하지도 않은 것 같은데 일은 계속 쌓여만 갔고, 매일매일 스스로를 무능하다고 느끼는 고통에 짓눌렸다.

그 말에 임원분들은 더 이상 날 말리지 않으셨고 맛있는 식사를 사주시고, 회사 내규 안에서 가능한 한에서 최대한 길게 유급 휴가를 주셨다. 덕분에 실질적 퇴사를 한 후에도 며칠 더 돈을 받았다. 면목 없을 정도로 짧은 근무 기간에도 불구하고 송별회도 해주었고, 다정한 인사를 건네준 분들도 많았다. 괴로울 정도로 버거웠음에도 그 시간을 부정하거나 후회하지 않는 이유다.

궁극의 아이템을 써버린 날, 빌딩 문을 걸어 나와 광화문의 광활한 길을 터벅터벅 걸었다.

서울 한복판에 존재하는, '광활'이라는 단어가 어울릴 정도의 큰길. 수많은 사람이 일하고 움직이지만 퇴근 시간이 지나면 금세 을씨년스러워지는 광화문의 세련된 쓸쓸함을 나는 꽤 좋아했었다.

그 좋아하던 길을 몇 달이나 오갔으면서 그 생활이 끝나는 날이 되어서야 광화문의 풍경들과 제대로 눈을 맞췄다. 원래 이렇게 무턱대고 넓고 길었나. 경복궁 불빛은 언제부터 저렇게 쓸데없이 일렁거렸지. 서울 촌놈 주제에 초면인 척하며 걷는 길 위에, 걸음걸음마다 좌절과 불안의 뭉텅이를 무단 투기했다. 난 아무 계획도 없이 경제력과 생산성을 가진 인간의 생활을 포기하고 나오는 길이었으니까.

있잖아, 혹시라도 잘 안 풀리면 말야. 그러면 그냥 망해버리자. 아무것도 안 되면 더 바닥이 어딘지 파헤치는 전문 밑바닥 연구자가 되어보자.

명백한 허세였지만 그렇게라도 망할 용기를 가지니, 어쩌면 망하지 않을 수도 있다는 청개구리 같은 에너지가 자박하게 차올랐다. 마치 안주머니의 사표가 부적이 되어줬던 것처럼.

'생즉사 사즉생'이 죽을 각오로 열심히 하라는 뜻인 줄 알았는데. 죽을 마음을 먹으면 엄한 데서 살아갈 기운이 튀어나온다는 뜻이었습니까, 장군님? 나는 광화문 광장의 이순신 장군에게 다짜고짜 질문을 던지면서 아끼고 아껴 두었던 회사를 그만둘 권리마저 광화문 길 위에 툭 흘려버렸다.

툭, 툭.

하나씩 투척할 때마다 몸의 어딘가가 실제로 가벼워지는 듯한 착각이 들었다. 아프게 조이던 관자놀이가 느슨해지고 철 덩이 같던 어깨의 짓눌림이 완화된다. 그러나 아마 광화문의 아스팔트 도로가 모래사장이나 눈밭이었다면 발자국은 짐을 버리기 전과 같은 깊이로 찍혔을 것이다. 짓눌림이 비워진 자리를 답 없는 질문의 무게가 고스란히 채웠으니까.

터벅터벅. 그럼 이제 나는 뭐가 되는 거지?

터벅터벅. 내 평생 효도라는 걸 하는 날이 오긴 할까.

터버억 터버억. 대체 난 언제쯤 날 먹여 살릴 수 있는데.

우뚝.

나란 인간, 애초에 뭐더라?

구직자의
존엄한 하루

◆

　　　　　　　　이렇게 해서 더 이상 좋아하는
광화문에 가지 않는, 사실은 어디에도 갈 필요 없는, 정확히
는 어디에서도 나의 노동력을 데일리로 필요로 하지 않아
아무 데도 안 가도 되는 생활이 시작되었다.

　그 시간 동안 나는 최대한 돈을 쓰지 않으면서도 여전히
사회인이어야 했다. 와중에도 사치스러운 의지는 남아 있
어 직업이 없다고 일상을 포기하고 싶지는 않았다. 배가
덜 고팠거나 의지가 부족했을 수도 있는데, 하루를 온전히
구직에 매달리는 것이 내 인생을 멋지게 만드는 방법 같지
가 않았다.
　아니 뭐라도 해야지. 직업이 없다고, 당장 돈 좀 못 번다
고 모든 생활을 포기해 버리면 그럼 나란 존재는 노동자일
때만 가치가 있단 뜻이야? 그러면 안 되는 거지. 훌륭한 사
람들이 그랬잖아, 인간은 존엄하다고. '수입이 있는 노동

자는 존엄하다'가 아니라 인간은 존엄하다잖아. 난 진즉에 인간으로 태어났고 내 딴에는 그렇게 엉망으로 살지도 않았는걸. 아무튼 나는 억지로라도 좀 존엄해야겠어.

왜. 뭐. 그럼 잠깐 직업이 없다고 나를 안 살아? 그냥 나를 안 해버려? 그러면 내가 나야? 내가 아니라 노동 그 자체지. 아이고, 원통해라. 우리 엄마 아빠는 딸이 아니라 노동을 낳아 길렀네. 그러네. 너도 노동, 나도 노동. 지구 다 노동이네! 어?

아무도 뭐라고 안 했는데 틈만 나면 화려하게 발작하던 날들이었다. 전형적인 제 발 저림, 그림 같은 공격적 방어. 이제 내 한 몸은 어찌어찌 건사하게 되었으니 인정하건대, 그때는 아마 불안에 잡아먹히기 싫어서 그랬던 것 같다. '너는 생산적 인간으로서의 기능도 못하면서 자꾸 일상을 사네?'라고 빈정대는 내 또 다른 목소리가 무서워서.

인간관계가 관리로 유지된다고 믿는 타입은 전혀 아닌데도 돈을 아껴야 한다고 생각하니 사람을 만나는 데도 최소한의 구상이 필요해졌다. 한정적인 횟수로, 그러나 꾸준히 주변인들과의 관계를 유지할 방법을 찾았다. 즐겁고 여유 있던 어떤 시절보다 관계에 대해 고심했다. 예상에 없던 갑작스러운 모임에는 나가지 않았지만(못했지만) 이 친구들과는 한 달에 한 번, 이 친구와는 보름에 한 번. 같이 걷거나 떡볶이만 사 먹어도 서로 만족하는 사람과는 조금 더 자주 만나고, 집에 부를 수 있으면 더 좋고. 평균 회비가 이 정도인 모임에는 이렇게 대비하고, 이달에는 그 사람의 생일이 있으니 조금 더 개인 소비를 줄이자, 라는 식이었다.

많이 만날 수는 없었지만 종종 나갔고 어떻게든 만났다. 내가 애쓰는 것과 별개로 나를 배려해 티 나지 않게 먹여주고 놀아준 이들도 아마 내 기억보다 많을 것이다.

관계에서만큼은 일정 수준 이상의 폐를 끼치지 않으려 나름 머리를 굴렸지만 누굴 만나지 않을 때는 별다른 문제랄 것이 없었다. 돈이 없다고 못 놀 것 같지는 않았다. 나는 원하는 직업을 뚝딱 가지는 능력은 없어도, 허허벌판에서도 놀 수 있는 재능을 가졌다. 나는 세상 누구보다 나를 구박하고 괴롭히지만 제일 열심히 달래주고 놀아준다.

그리하여, 그 시절 내가 가장 주력했던 생활 프로젝트는 '도서관 도장 깨기'였다.

우리나라에는 생각보다 많은 국, 공, 시, 구립 도서관이 있다. 꼼꼼히 확인해 보면 분명 놀랄 것이다. 당시 내가 20분 이내로 갈 수 있는 곳만 네 군데는 되었고, 한두 달 동안 갔던 근처 지역구를 포함하면 서울의 북동쪽에만 족히 열 군데는 있었다. 아마 그때 내가 소지했던 도서관 카드가 지금의 내 통장 개수보다도 많을 것이다.

아무리 봐도 더할 나위 없었다. 공짜로 공부할 수 있고,

자료도 찾을 수 있고, 컴퓨터로 지원서를 넣을 수도, 신문과 잡지를 다 모아서 읽을 수도 있었다. 전기도, 자릿세도 무료에, 저렴한 식사까지. 없는 희망 자료들을 신청해 두면 공짜로 사놓아 주기도 하니 실로 활용하지 않으면 손해를 보는 기분마저 드는 시스템이었다.

물론 구직자로만 살려면 가까운 곳 한 군데만 가는 것이 낫겠지만, 그럼 존엄하지 않으니까. 새로운 곳에 가고, 걷거나 차를 타며 이동하는 '생동감 있는 사회인 체험'을 할 수 없으니까. 노동을 위한 행위 외의 일상이 사라지니까 굳이 다녔다.

내 비록 인생 대부분을 집안의 내부 장식처럼 살았지만, 그때만큼은 다녔다. 며칠에 한 번은 식당이 있는 큰 도서관에 가서 그곳의 식당을 체험하고 별점을 매겼다. 작은 미션은 프로젝트의 동기가 되는 동시에 성취감을 준다.

바람 쐬며 산책하며 쉬엄쉬엄 시간을 보내기에는 역시나 전통과 명성에 빛나는 정독 도서관이 좋았고, 실내 분위기는 서울 도서관이 취향이었다. 식사는 사직단 쪽에 있는 종로 도서관이 양도 많고 맛도 좋았으며, 아담한 성북 도서관에는 독특한 느낌이 있었고 어떤 날은 용산 도서관과 남산 도서관을 하루에 섭렵(?)하기도 했다. 답십리 도서관은 개관한 지 얼마 되지 않았을 때 방문해 엷은 페인트 냄새가 같이 떠오르고, 강북 도서관 근처에는 초등학교 앞에나 겨우 남아 있는 컵 떡볶이를 여전히 팔고 있는 가게가 있어 반갑다 못해 고마웠던 기억이 난다.

도서관뿐만이 아니었다. 마음이 싱숭생숭할 때마다 이상한 1인 미션을 만들어 움직였다.

동네에 큰 정류장에 가서 아무거나 세 번째 오는 버스를 타고 하염없이 음악 들으며 앉아 있기. 정처 없이 가다가 플레이리스트가 끝나면 무조건 그 정거장에 내리기. 동네 시장 입구에 앉아 지나다니는 사람들을 보고 맘대로 이름 지어주기, 교보문고에 가서 아무 단어나 쳐서 나오는 책이 뭔지 찾아보기, 뜻도 모르고 좋아했던 팝송 가사 받아쓰기 해보기. 가로세로 낱말 풀이를 직접 만든 날도 있었다. 지금처럼 따릉이까지 있었더라면 훨씬 더 넓은 반경에서 놀이를 했을 텐데 그건 좀 아쉽다.

그렇게 부모님의 희생으로 빚어낸 최소한의 의식주가 보장되는 생활 속에서 절제된 계획을 통해 사람을 만나고, 타고난 혼자 놀기로 시간을 보내며 그럭저럭 지냈다.

나는 내가 예상했던 것보다 재취업에 고전했고, 내가 기대했던 것보다 적은 돈으로 소속이 없이도 잘 지냈다. 특정 회사에 들어가기 위한 모색인 줄 알았던 그 기간이 결과적으로 회사라는 시스템 그 자체에서 멀어지기 위한 몸풀기가 되었다는 것은 나중이 되고서야 알았다.

지독한 고용인
vs
불편한 피고용인

♦

Q. 세상이 쉬워 보이죠?

(새로운 직업을 갖기 위해 역대 최고로 껄끄러운 면접관과 고강도의 압박 면접을 하던 날. 나는 그 인간의 고약한 공격에 지지 않으려 기를 쓰고 있었다. '자소설'은커녕 소소한 허풍도 통하지 않는 상대. 면접관이자 고용주인 상대는 나의 단점을 속속들이 꿰뚫고 있는 데다, 무엇보다 나를 몹시 깔보고 있다.)

Q. 이봐요. 뭘 그렇게 억울한 표정을 합니까. 세상이 만만한 게 아니면 대체 무슨 깡으로 회사라는 안전장치를 버린다는 거요? 남이 하는 일은 만만해 보입디까?

(불쾌한 질문 폭격. 말투는 거칠었고, 날카로운 질문에 정곡이 푹푹 찔렸지만 나는 이직을 꿈꾸며 이 면접을 위한 나름의 대비를 해왔다. 수십 번 썼다 지우기를 반복한 머릿속 메모지를 들여다보며 쫄지 않은 척 대답을 한다.)

A. 고용주님, 이제 와 돌아보면 전 결코 회사가 안전하다고 느낀 적이 없습니다. 저는 정신적으로, 경제적으로, 사회적으로 결코 불안에서 자유롭지 못했습니다. 다만 매일의 업무에 쫓겨 불안해할 시간이 부족했을 뿐이죠. 제가 정말 잘났으면 여기저기서 탐내는 직장인으로 승승장구했겠죠. 적당히 못났으니까 무사히 회사를 그만뒀고, 부족한 근로자이니 남한테 피해 안 주고 제가 저를 감당하려는 거 아닙니까?

Q. 충분히 열심히 하지 않았던 거겠죠.
A. 한다고 했는데 결과적으로 제 열심이 부족했다면 거기까지가 제 무능력이겠죠. 그런데요, 최선을 다한다는 것이 한계가 없다는 뜻은 아니잖아요? 열심히 한다는 것이 밥도 안 먹고, 잠도 안 자고, 쉬지도 않고 생전 경험해 본 적 없는 체중 감소와 우울증에 시달리며 꾸역꾸역 일을 하겠다는 건 아니어야 하잖아요. 이것 이상의 에너지를 써야만 최선이라면 그 에너지를 조금이라도 더 적성에 맞는 일에 쓰는 게 낫지 않을까요.

Q. 능력을 갖춰서 더 좋은 회사에 들어가면 될 일 아닙니까. 아니, 대체 무슨 수로 스스로 먹고살겠다는 건데요?
A. 제게 더 맞는 일이 회사 밖에 있을지도 모른다는 생각이 자꾸만 들어서요. 자랑은 아니지만 저는 치명적인 지병

이 없고 한국어 네이티브에, 아르바이트 등 업무의 규칙에 대한 설명을 이해할 만큼의 지능을 가지고 있습니다. 초등학교 때 아이큐가 100하고도 11을 더 넘겼어요. 한국인 평균 아이큐보다 무려 6이나 높았다고요. 예. 저는 제법 행운아입니다. 단지, 먹고사는 것이 목적이라면 더 나이 먹기 전에 이 행운을 탈탈 털어 뭐라도 해봐야겠어요.

Q. 지금 말하는 먹고산다는 게, 굶지만 않으면 된다는 말이 아니지 않습니까. 사회적 지위는? 안정성은? 노후 설계는? 주변 사람들은 또 얼마나 한심하게 보겠어요, 예?

A. 어차피 저 같은 사람의 사회적 지위는 다시 태어나지 않는 한 고만고만할 겁니다. 사원 아무개와 프리랜서 아무개의 지위가 대단히 다를 리가 없어요. 제가 뭐 신문에 날 기업인이나 세상을 움직이는 학자도 아니고, 뭐가 얼마나 다르겠습니까.

주변인들 사이에서의 지위는 좀 달라질 수도 있겠지만 지위를 보고 사람을 사귀는 인물들이면 지금껏 제 옆에 있을 리가 없을 텐데요. 말씀하신 대로 걱정이나 잔소리를 하는 사람들이야 분명 있을 겁니다.

하지만 전 몇 번의 백수 경험으로 사실 그 사람들의 인생에 내 직업은 별로 중요하지 않다는 걸 알아버렸습니다. 그건 그냥 인사 같은 거예요. 밥 먹었니? 안 먹었다고 하면 혀를 끌끌 차겠지만 그게 다죠. 넌 나중에 어쩌려고 그러냐. 그걸로 사람 구실은 하겠냐. 따위의 무신경한 말을 할 정도라면 어차피 앞으로도 제 인생에 중요한 사람이 될 일은 없을 거고요. 아무튼 내 상태보다 내 소속에 집착하는 사람 중에 진심으로 제 밥벌이를 걱정하는 사람은 별로 없어요.

진짜로 절 걱정하는 사람은 제가 무슨 생각을 하는지 궁금해하고, 가능한 길을 제안하고, 도와줄 방법을 묻더군요. 그런 조언과 충고는 누구의 말이든 감사히 귀 기울입니다. 세상에는 언뜻 별 볼 일 없어 보이는 현자들이 가득하니까요. 그러나 그냥 습관적으로 하는 잔소리라고 판단될 경우에는 그 강도와 상대에 따라 약 세 가지 정도의 방어법으로 대응하겠습니다.

1단계. 걱정해 주셔서 감사해요. 심려 안 끼치도록 열심히 해볼게요.

2단계. 그러니까요. 저 굶어 죽으면 어쩌죠? 제 인생 이제 망한 거죠, 맞죠. 전 글렀어요.

3단계. 그럼 저 좀 취직시켜 주시면 안 돼요? 아니면 취업 준비하는 동안 경제적인 후원을 좀 해주셔도 되는데.

Q. 말이 좋아 프리랜서지, 적당히 놀면서 내키면 일하고 안 되겠다 싶으면 대충 가족들에게 묻어 살면서 직업란에는 프리랜서라고 써서 폼이나 잡겠다는 것 아닙니까?

A. 내킬 때만 일하고도 지속 가능한 생활이라면 네, 그런 프리랜서가 되고 싶습니다. 다만, 허구한 날 회사를 때려치우고, 결혼도 안 하고, 밥만 많이 먹는 딸로서 더 이상 묻어 살지는 않겠습니다. 회사 하나 진득하게 못 다니고, 남들은 용돈을 드릴 나이에 느닷없이 유학을 한다고 그러질 않나, 그저 저 즐거울 생각만 하는 불효자가 무슨 염치가 있겠습니까. 그래서 저는 이직이 결정되면 진정한 독립을 하려 합니다.

작업실을 구하고 그곳을 중심으로 생활하며 독립적인 경제적 주체로서의 삶을 꾸려가보겠습니다. 그래도 집 김치는 가져다 먹을게요. 그건 생존과 직결된 문제이자, 가족으로서의 유대감을 확인하는 일에 가까워요. 아직, 엄마와 협의는 되지 않았지만요.

쉽게 물러설 생각은 없지만 혹시 망해도 부모님 집에 가면 나 잘 곳은 있겠지, 라는 정도의 안도감은 버리지 않겠습니다. 그동안 몇 가지 무모한 도전을 하며 도망갈 구멍이 있다는 안도감은 역설적으로 도망가고 싶은 충동을 억제하는 데 도움이 된다는 것을 알았거든요.

Q. 하아. 도대체 어쩌자고—

A. 말씀 도중에 죄송한데요, 고용주님. 뭘 어쩌자고가 아니고요. 실은 뭐가 잘될 것 같아서가 아니라, 뭐가 안 될 것 같아서요. 더 이상 제가 원하는 회사들이 절 원하지 않을

것 같아요.

20대에는 내가 일자리를 찾기도 전에 알아서 기회들이 오길래 제가 잘나서 그런 줄 알았어요. 그런데 그냥 목소리 크고 인사 잘하는 20대의 저임금 노동자라서 주어진 일이었나 봐요.

두 번째 회사를 퇴사하고 무작정 유학길에 오를 때만 해도 별생각 없었어요. 나름 치열한 도전으로 객관적인 결과를 얻어내면 플러스가 될 무기가 생길 줄 알았죠. 그런데 돌아와보니 생각보다 많은 기업들이 그 무기를 어떻게 만들었는지, 어떻게 쓸 수 있는지 궁금해하지 않더라고요. 몇몇은 그 무기를 만드는 동안 제가 몇 살이 됐는지, 결혼과 출산 계획은 있는지를 더 궁금해했어요. 심지어 제가 무기라고 생각했던 요소를 밑에 두기 껄끄러운 이유로 꼽는 이도 있더군요.

물론, 그것만이 문제는 아니었을 거예요. 그냥 제가 충분히 매력적인 기업형 일꾼이 아니었던 거겠죠. 그럼에도 불구하고 제 마지막 회사가 그랬듯 절 써주는 감사한 곳이 있을지도 모르지만, 경력의 허리가 쑹덩 썰리고 미묘한 커리어와 어중간한 가방끈을 가진, 결혼 적령기를 넘긴 노동자를 탐내달라고 요구하는 것이 내 기대만큼 현실적이지 않다는 걸 이젠 알아요. 풀 죽은 게 아니고, 냉정한 판단이 가능해진 거죠.

나를 별로 궁금해하지 않는 이들에게 나한테 뽑아 먹을

단물이 얼마나 있는지, 당도가 어떤지, 얼마나 당신 회사의 입맛에 맞을지 외쳐서 배 채울 돈을 받느니, 차라리 내가 내 단물을 쪽쪽 빨아 배를 채우는 게 빠르지 않을까 싶더라고요. 스스로 쓴 자소서 속 글처럼 내가 아직 달달한 노동자라면 말이에요.

그러니 저한테 빨대 한번 꼽아보시죠.

저 이제 더 이상 광화문 한복판을 흐린 눈으로 헤매지 않아요. 더 늙기 전에, 아직 망해버릴 자신이 있을 때 저를 써주세요. 곧잘 웃고, 인사는 빼먹지 않고, 가리는 음식도 없고, 알람 소리 한 번에 깨요.

어때요, 고용주님. 저는 그쪽이랑 일할 마음을 먹었는데 저 한번 안 써보실래요?

번역가입니다만   ◆

　　　　　　　　　　순수한 독서가 어려워 번역가
가 되었다고 하면 나는 이 업계에서 추방되고 말까.

　안 그래도 고용불안에서 자유롭지 못한 프리랜서가 앞
으로의 벌이에 영향을 줄지도 모르는 두려움 속에 전하는
이 무시무시한 고백은 내 오랜 콤플렉스에 대한 이야기다.

　내가 아는 작가는 물론, 번역가들 다수는 책을 탐독한다.
개중에는 활자중독에 가까울 정도로 늘 뭔가를 읽거나 읽
고 싶어 하는 이들도 많다. 출판업과 관계가 없는 지인 중
에도 책을 커피나 담배만큼이나 가까운 기호품처럼 곁에
두는 이들이 여럿이다.

　그래서 더더욱 털어놓기 어려운 이야기지만, 무서움을
무릅쓰고 고백하건대 나는 책을 꾸준히 많이 읽을 수 있는
사람이 아니다. 난독증이 있거나 문해력이 천성적으로 현
저하게 떨어지는 것은 아닌데, 첫 장을 하염없이 펴놓거나

같은 줄을 수십 번씩 읽는 일이 흔하다. 나는 많은 이들을 동경하면서도 함부로 부러워하지 않으려 하는데, 독서가 취미인 사람이나 책 읽기가 몸에 밴 사람을 만나면 어쩔 수 없이 순수한 질투에 휩싸인다.

책이 너무 궁금한데, 항상 잘 읽히지는 않다 보니 어떨 때는 책을 앞에 두면 애써 봉인해 둔 초라한 버릇들이 툭툭 불거져 나온다. 다리를 떨거나, 손톱을 물거나 하는 그야말로 없어 보이는 버릇들. 어릴 때부터 고치려고 부단히 노력해 어느 정도 참을 수 있게 된 그 버릇들이 속절없이 튀어나와 마음이 확 상해버린다.

대개는 더 나은 사람이 되려고 책을 읽는다는데, 나는 책 앞에서 자꾸 못나지기만 하니까 독서랑 친해지기가 쉽지 않았다.

그냥 가끔 행간이 천릿길 같았다. 단어와 단어 사이에는 웅덩이가 가득하고, 어쩌다는 마침표로 맺은 문장이 도돌이표로 입력된다. 이런 현상을 가리키는 전문적인 용어가 있는지, 병리학적 증상 중 하나인지 모르겠는데, 그런 날에는 단 한 줄을 읽기 위해 수십 번 마음을 다잡아야 했다.

자꾸 바깥으로 뛰쳐나가는 정신머리를 억지로 끌어다 의자에 앉혀놓는 일을 반복하느라 애를 쓴다. 마치 문밖에 자기 이름을 부르며 놀자고 소리치는 친구라도 있는 것처럼 내 신경이 자꾸 문장 밖으로 뛰어나갈 생각을 하기 때문이다. 들썩들썩.

예컨대, 집 앞에 길이 보인다. 라는 문장으로 시작하는 책이 눈앞에 있다고 치자.

어떤 날은 집 앞에 길이 보인다는 문장이 그대로 읽혀 온전히 입력되는데, 다른 날은 글자 사이에 공백이 보이자마자 마치 낙서처럼 여러 집들이 눈앞에 떠다닌다. 얼른 다시 활자로 돌아와야 하는데 그 집은 몇 층인지 단독주택인지 벽돌집인지 자꾸 궁금하고, 눈앞에 오솔길이 펼쳐졌다 아스팔트가 깔렸다 난리를 피우느라 땅이 몇 번이나 뒤집힌다. 심할 때는 산길에서 밤새 내린 비에 젖은 나뭇잎 썩는 냄새까지 맡고 나서야 참, 나 책 읽고 있었지! 하고 정신이 든다.

그러는 사이 작가의 목소리는 저만치 도망가 버리고, 그럼 나는 그 목소리를 다시 듣기 위해 기를 쓰고 첫 줄로 꾸역꾸역 되돌아가는 것이다.

어찌어찌 나를 설득해서 집도 짓고 길도 깔고 다음 줄로 가면, 이번에는 사람이 등장한다. 묘사가 있으면 그 내용을 따라 사람을 그리고, 없으면 나름의 모습으로 그린다. 이러고 있을 때가 아니라고 책상 앞에 다시 정신머리를 끌어 앉히는데, 한동안 집중하는가 싶다가도 어떤 단어에 발동이 걸려 금세 엉덩이를 들썩거린다. 그럼 또 끌어 앉히고, 끌어 앉히고 그러다 결국엔 진이 빠져서 아, 그렇게 싫으면 말아! 나가 놀든지! 하고 때려치우는 것이다. 나한테

쌍욕을 하면서.

그런 날의 독서량은 한 장, 한 페이지, 최악의 경우 딱 세 줄일 때도 있다. 정말 딱 세 줄. 고만큼을 겨우 읽고 도망가버린 정신머리를 놓쳐버리면, 그런 날이 반복되기라도 하면 결국 책 앞에서 망연자실해진다. 어제는 한 권을 뚝딱 읽어서 좀 나아진 줄 알았는데…. 역시 우연이었나. 아무래도 운동 신경처럼 '독서 신경'이라는 것이 있는 게 아닐까. 몸치, 박치처럼 '글치'도 있나. 책을 술술 읽는 사람의 뇌도 도서관에서 같이 대여해 주면 얼마나 좋을까 같은 괴이한 생각을 할 정도였다.

아무래도 글자인 것이 문제였다. 글자는 늘 거기에 있으니까. 영화처럼 흘러가거나 라디오처럼 지나가버리지 않으니까. 늘 종이 속 같은 자리에 다소곳이 앉아 아무 데도 가지 않는 글자를, 난 영원히 기다리도록 내팽개치곤 했다.

그래서 내가 언감생심 번역을 하게 될 줄은 버릇 같은 망상에서조차 그려본 적이 없었다. 그런데 결과적으로는 책을 못 읽어서 그게 너무 창피하고 답답해서 번역을 시작한 셈이 되었다. 책을 제대로 읽으려고. 책이란 걸 좀 진득하게 매일 읽고 싶어서. 나의 정신머리에게 미션을 주면 좀 끌어 앉히기 쉬울 것 같아서 했던 발버둥에 가까운 시도였다.

독서에 재능이 없음에도 이런 도전을 해보려고 한 것은,

하루에 두세 권의 책을 읽었던 드물지만 확실한 기억이 있었기 때문인데, 그 정점을 유학 시절에 경험했다. 그때 알았다. 독서를 즐기려고 하면 내 머리는 '휴식'의 모드로 인식하고 행간에서 뒹굴고 놀 궁리만 하는데, 공부하는 마음을 가지면 아무렇지 않게 읽히기도 한다는 사실을.

나이 차서 갔던 도피 유학에서 결과라도 덜 창피했으면 해서 논문이란 걸 써보겠다며 발악을 할 때, 당연히도 수많은 선행 연구와 관련 서적을 읽어야만 했다. 대부분 일본어와 영어로 된 책이라 우리말 책을 읽을 때와는 필요한 집중력 자체가 달랐다. 일단 머리에 넣어야 가지고 놀든, 내던지든 하는데 머리에 넣기까지 필요한 단계들이 생겼다.

우리말 책을 읽을 때는 완만한 동산을 오를 때처럼 아무 곳이나 밟으며 멋대로의 속도로 걸었는데 당장 눈앞에 한 계단을 밟지 않으면 움직일 수가 없으니 펼쳐진 계단을 하나씩 꼬박꼬박 밟아가야 했다. '오프 시간'의 휴식이 아닌 '가동 시간'의 탐구였고, 명확한 목표가 있었다.

중간중간 세미나나 연구 발표가 있다 보니 자동적으로 시간제한이 생겼고, 일종의 의무로서 읽어야 하는 분량이 있었다. 그랬더니 내 정신머리가 완전히 다른 모드로 작동하기 시작했다. 꽤 오랜 시간 궁둥이를 붙이고 앉아 있었다. '책임과 제한이 있는 책 읽기'가 나를 끌어 앉힌다는 희망을 그때 겨우 발견했다. 그렇다고 책 읽는 재미가 덜한 것도 아니니 이거다 싶었다.

독서할 때의 내가 여행객이라면 번역할 때의 나는 관광 버스 기사가 되어야 하는 모양이었다. 발길이 닿는 대로 걷다 아무 데나 주저앉아 쉬는 것이 아니라, 독자를 목적지에 데려다줘야 하는 의무가 있고, 거기로 가는 지도를 나만 가지고 있으니 슬렁거리거나 산만하게 굴어서는 안 된다.

내가 행간에서 뒹굴고 글자 사이에서 뛰어놀려고 이 책을 읽는 것이 아니니 맘대로 멈추거나, 멋대로 샛길로 들어설 수 없다. 길을 낸 사람의 의도를 그대로 따라가되, 멀미 나지 않도록 유려하게 운전해야 한다. 성실하고 묵묵하게 목적지로 도착해야 한다. 반드시, 약속된 시간까지.

이렇게 나의 역할을 설정하고 나자 천방지축 꼬맹이가 조금씩 고분고분해지는 기분이 들었다. 이 역시 기분 탓이거나 자기 세뇌일지 모르지만 아무튼 순수한 즐거움과 지적 허영심을 채우기 위해 읽을 때보다 확연히 집중이 잘되었다. 과학적 근거가 있는지는 모르겠지만 읽는 동시에 쓰는 행위를 하는 것도 도움이 되지 않을까 예상한다. 다른 언어로 필사를 하는 느낌이랄까. 까먹거나 헷갈리기 전에 써야 하기 때문에, 신속하게 이어져야 할, 혹은 동시에 진행되어야 할 동작이 있어 신체적 활동이 동반되기 때문에 집중력이 향상되는 기분이 든다.

초벌을 하면서는 흐름을 알고, 반복해 읽으면서 저자의 문장과 생각에 달라붙어 간다. 번역을 하려면 적어도 두세 번씩은 같은 내용을 읽게 되니, 그 과정에서 서서히 정독의 범주로 들어간다. 공부하는 마음으로 뜻을 찾고, 헤아리고, 고민하고 난 후에 역자 교정을 볼 때쯤 되어야 비로소 평범하게 책을 즐기는 순간이 오는 것이다. 그때가 되면 버스 기사의 눈에도 풍경이 들어오고, 여행하는 기분으로 운전을 마무리 지을 수 있게 된다.

그러고는 번역 원고를 넘기면서 '으으, 드디어 끝났다!' 하는 후련함과 동시에 '와, 이 책을 나보다 열심히 정독한 독자는 없을 거야!'라는, 어디 가서 소문낼 수도 없는 유치한 성취감에 드디어, 몰래 취하는 것이다. 그 순간만큼은 내 콤플렉스가 슬쩍 가려진 것 같은 안도감에 휩싸인 채로. 이 글의 첫 번째 독자가 되었다는 특별함에 감격하며.

사실 번역가는 엄청난 베테랑이 아닌 다음에야 시급으로 환산하면 최저임금제를 반드시 위반하고야 마는 수준의 돈을 벌기 십상이다. 그럼에도 나는 최대한 오래, 치열한 마음으로 이 작업을 계속해 나가고 싶다. 나는 계속 책을 읽고 싶고, 무사히 독자들을 여행지에 데려다주기 위해 하는 운전이 꽤나 즐겁고 보람차기 때문이다. 하면 할수록 정말 어려운 일이라는 것을 절감하지만 내가 모르는 지식과 생각을 헤아리고 온전히 전하기 위해 핸들을 잡는 시간이 웬일인지 점점 더 좋아진다.

그러니까 혹시라도 이 책을 읽고 계신 편집자 이하 관계자 여러분이 계시다면, 너무 걱정 말고 맡겨주셔요. 즐기는 마음을 넘어 공부하는 마음으로 읽고 옮길게요. 걸리적거리지 않는 번역을 목표로 일하고 있습니다. 재주문율도 은근히 나쁘지 않고, 마감도 잘 지키고, 소통도 원활한 편인데 어떠세요. 저기, 듣고 계신가요?

평생 제대로 된 말 한마디
못 하고 죽겠지만

    ◆

                      책 읽는 능력의 기복은 컸지만 그래도 늘 궁금은 했다. 문자와 언어에 관한 세계가.

난 눈떠서 잠들 때까지 어떻게 하면 인간의 존엄성을 해치지 않는 선에서 최대한 게으르게 살까를 궁리하는 생물인데, 그런 것치고 멍하니 있는 재주가 별로 없었다. 쓸데없고 사소한 궁금증과 공상이 끊임없이 머릿속을 뒹굴어 하루 종일 머리통이 부대낀다. 특히 많이 뒹굴어 다니는 잡념의 뭉텅이 중 하나는 아마 '말'의 먼지들일 것이다.

이 글자는 왜 이런 모양새가 되었을까 하는 것이 뜬금없이 궁금하거나, 말버릇이나 어투가 그 사람의 이름과 신변보다 잘 기억되는 경우가 많았다. 그렇다고 해서 남들보다 말을 잘 알거나 잘 쓴다는 뜻은 아니다. 아마 대부분의 인간이 그렇듯, 나 역시 평생 제대로 된 언어를 한 번도 구사하지 못한 채 죽고 말 것이다. 궁금해한 시간에 비해 한 없이 어설픈 말들을 뱉어가면서.

그냥, 가끔씩 말을 공이나 찰흙처럼 두드리고, 주물럭거리고, 물고, 들여다보는 놀이 시간이 있다는 뜻이다. 공부가 되면 좋을 텐데 설명서도 안 보고 맘대로 가지고 놀기만 하다 대충 던져놓으니 대단히 유익하지는 않다.

TV에 나오는 사람들이나 지인의 말버릇 혹은 언어습관을 발견하면 그 사람을 구성하는 매우 짙은 개성으로 인식한다.

그렇다고 엄청 대단하고 날카로운 발견을 하는 것은 아니고 저 사람은 늘 "때문에"가 아니라 "땜에"라고 말하는구나. 저 사람들 중 몇 명은 "얘기"라고 말하고 나머지는 항상 "이야기"라고 또박또박 발음하네, 하는 수준의 것들이다. "수업 마친다"와 "수업 끝난다"를 쓰는 사람들은 이런 공통점이 있나 봐. 회의할 때마다 "알 수가 없으니, 그리하여" 같은 문어체 말투를 쓰는 것이 왠지 실장님과 잘 어울린다. 보통 "임마"라고 발음하는 말을 표준어 표기 그대로 "인마"라고 하는 선배님은 맞춤법에 민감한 편일까? 따위의 시답지 않은 것들.

알고 보면 지역색에 기반을 둔 것들이 많았지만 나는 서울 사투리밖에 쓸 줄 모르는 촌놈이라 단번에 그 정체를 파악하지 못하고 개개인의 개성으로 기억해 왔다. 마치 그 사람 고유의 향기나 차림새처럼 말이다. 그러다 어느 날 전혀 접점이 없어 보이던 두 사람이 같은 표현이나 어투를 즐겨 쓴다는 사실을 깨닫기라도 하면 마치 빌린 책에 끼워진 오천 원 지폐라도 발견한 듯 혼자 신기해하는 것이다.

개인적이고 일상적인 대화에서는 상대나 그 내용 자체에 집중해서 모르고 지나갈 때가 많은데 텔레비전이나 라디오 같은 매체를 접하거나 기사나 책을 볼 때는 뜬금없이 레이더의 전원이 확 켜지곤 한다. 그 시기와 대상이 랜덤이라 어릴 때부터 아무 생각 없이 쓰고 듣던 말이 어느 날 갑자기 '그런데 이 말은 대체!' 하고 레이더망에 걸리는 일도 다반사다.

라디오에서 짝사랑 사연을 듣다가 잠깐, 그런데 짝사랑은 왜 '짝'사랑이지? 짝은 뭔가 페어의 느낌 아닌가. 짝꿍, 짝짓기, 한 짝. 차라리 '쪽사랑'이 말이 되겠는데. 사전 찾아볼까. 아니, 지금 생각해 보니 '사전 찾아봐'라는 말도 이상한데? 이미 손에 사전을 들고 있는데 왜 또 사전을 찾아? 사전 속에서 단어를 찾아야지. 그나저나 사전을 만들기 위해 얼마나 많은 사전 조사를 했을까. 발음은 똑같은데 뜻은 여러 개인 말이 다른 나라에도 이렇게 많을까? 우리말 중 동음이의어가 제일 많은 단어는 뭘까…. 뭐 이런 식으로 흘러간다.

보는 사람들이 질려할 것이 눈에 훤해 여기까지만 하는

데, 사실은 이마저도 축약해서 쓴 것이라 민망하다. 나도 한 번씩 이 생각의 꼬리를 자르고 싶은데 절취선을 잘 못 찾겠다. 나만 이러는 걸까? 그렇다면 왜 나만? 우연인가? 가만, '우연히 알게 됐다, 우연찮게 알게 됐다' 어느 쪽을 써도 같은 뜻으로 들리네? 이건 또 뭔 일이야. 아… 절취 선, 절취선!

인터넷을 두드리면 뭐든 나오는 세상이지만 특별히 일과 관련된 것이 아니면 굳이 찾아보지 않는다. 사실을 아는 것은 학습이지 놀이가 아니고, 명확한 유래와 이유를 기억하는 순간 그 말 장난감은 더 이상 장난감이 아니기 때문이다.

정반대의 내용이면서 양쪽 다 많이 쓰이는 표현들을 짝 짓는 놀이도 재밌다. 예를 들면 "넌 어떻게 하나도 변한 게 없냐"와 "네가 그럼 그렇지. 사람 안 변해". "남의 시선을 왜 그렇게 신경 써?", "다른 사람 기분은 신경 안 써?" 같은 류인데, 재미있는 점은 유독 비난의 말들이 많다는 것이다. 사람들은 상대가 마음에 안 들면 어떤 논리든 가져와 사람을 비난하고 싶어지는 걸까.

최근 들어 가장 골똘히 생각하는 것은 "제일 좋아하는 음식이 뭐예요?"라는 지극히 흔한 물음에 대해서다. 좋아하는 음식이란 무엇일까. 가장 자주 먹고 싶어지는 메뉴일까, 아니면 먹었을 때 최고로 만족스러운 음식일까.

나는 여태껏 제일 좋아하는 음식으로 스시나 회, 평양냉면, 홈 메이드 월남쌈 등을 꼽아왔다. 그런데 난 그것들을 생각만큼 자주 먹지 않는다. 먹으면 너무 맛있지만 맨날맨날 먹고 싶지는 않다. 너무 많이 먹어서 입에 넣었을 때 지금만큼 안 행복해지면 어쩌하나 불안하기도 하고, 횟수보다는 맛으로 음미하고 싶은 메뉴들이기 때문이다.

그에 비해 쌈밥, 달걀찜, 비빔밥, 써브웨이 샌드위치, 육회, 떡볶이, 김밥 그리고 키토 김밥(내게 이 두 음식은 엄연히 다른 종류다), 이런 것들은 일정 기간 먹지 않으면 조바심이 난다. 아, 먹을 때가 됐는데, 지났는데, 골든타임을 넘기면 성질날 것 같은데. 거의 금단현상을 방지하는 마음으로 챙겨 먹는다. 혀와 위장이 비뚤어지기 전에 꼬박꼬박.

그렇다면 과연, 내가 가장 좋아하는 음식은 뭘까요.

더 이상 집요하게 굴고 싶지 않은데 방금 키토 김밥의 이름이 무척 부자연스럽다는 사실을 깨달았다. 밥이 안 들어가는 김'밥', 이대로 괜찮은가.

발신 제한 ◆

이야기를 만들어 전하는 사람
들이 있다.

이야기를 통해 메시지와 에너지를 전해야 한다는 본능
적 사명감을 지닌 사람, 자아를 찾는 과정에서 작품을 잉
태하는 사람, 발신과 그에 따른 피드백을 통해 사회적 소
속감과 영향력을 확인하는 사람, 머리와 입이 근지러워서
재채기처럼 이야기를 뱉어내는 사람, 고통과 괴로움에 몸
부림치다 토악질처럼 쏟아내는 사람, 돈을 버는 재주가 이
분야에 최적화되어 있는 사람.

내가 아는 그런 사람들은 세상에 더 이상 새로운 이야기
는 아무것도 없다고 자조하면서도 끊임없이 그 주변을 맴
돌았다. 나는 때로 그들 틈바구니에 끼어 한 마디씩 얹거
나, 혼자서 생각하고 뱉어낸 적은 있었으나 앞서 나열한
부류 중 어느 쪽에도 속하지 못했다. 나의 이야기에는 명

분과 목적이 없었기 때문이다.

나는 그저 가끔 이야기가 생각나는, 그러다 한 번씩은 기록하기도 하는 사람이었고 어쩌다 작은 이야기가 만들어져도 그 사실은 내 머리와 종이와 서버만 알았다. 그런 사람이 무려 책이라는 걸 쓰고 있으니 나로서는 보통 큰일이 난 게 아니다. 처음 이 책의 제안을 고사하려던 수많은 사유 중 가장 결정적인 원인이 여기에 있었다.

기본적으로 발신에 재능과 욕구가 희박하다고 느낀다. 뭐든 혼자 만드는 것이 낫지 전하는 일은 너무 막막하다. 내 이야기는 기껏해야 가까운 사람들과 술자리에서 안주처럼 씹고 뜯으며 소비하거나, 내게 의견을 구하는 이에게 답하는 정도가 알맞은 것 같다.

불특정 다수에게 할 말과 그 이유가 영 떠오르지 않는다. 그나마 어릴 때는 한정된 지인들이 볼 수 있는 작은 계정을 운영하기도 했었는데 그것도 잠시, 약 10년간 개인적인 SNS 활동 같은 것은 전혀 하지 않았다.

세상을 향해 외치고 싶은 메시지나 표출하고 싶은 자아가 없으니 타고나기를 창작자나 예술가가 되기는 그른 기질이었다. 기적처럼 대단한 것을 떠올렸다 해도 머릿속에만 있는 생각과 전해지지 않은 이야기들은 세상에 없는 것과 다름없으니까.

과거에는 어떤 아이디어를 보고 "뭐야, 내가 옛날에 생각했던 거랑 똑같네"라며 증거도 없이 도둑맞은 기분을 느끼거나 "지금 유행하는 그 표현, 내가 예전에 낙서장에 썼던 말이잖아"라고 누군가를 붙잡고 자랑하고 싶기도 했다. 그런데 생각해 보니 너무 창피한 짓인 거다. 그건 내 안에서나 있었던 일이지, 세상에는 없었던 일인데.

언뜻 투덜대는 것처럼 들리는 그 중얼거림은 사실 "난 실천력이 부족해서 좋은 생각이 있어도 아무것도 만들지 않고, 멋진 말을 떠올려도 영향력이 없어서 화제가 되지 않아!"라는 쓸쓸하고 게으른 고백에 지나지 않았다.

당장의 이야기가 조금 허술해도 전하는 자가 창작자이고, 부실한 자아라도 표출해야 예술가지. 그 속에 우주가 담겼다 해도 전하지 않는 이야기는 일기일 뿐이다. 내게 쓰여 내게만 읽히는 조금 화려한 일기.

으레 평가에 대한 두려움 때문에 이런 성향이 되었을 거라 추측했는데 곱씹을수록 조금 다른 질감의 어려움이라는 생각이 든다. 오히려 평가가 중요한 글쓰기 숙제나 과제로 하는 발표에는 별로 저항감이 없었다. 나는 아마 '자의'로 '나의' 생각이나 '내가' 만든 이야기를 '모르는 이들'에게 전하는 것에 의미를 아직 찾지 못한 것 같다.

다만, 사람들을 만났다.

나의 이야기를 끄집어내주는 사람들을. 그리고 앞서 말한 이야기꾼의 모든 요소를 갖춘 동료를.

내 오랜 동료이자 '이야기업 고용주'로 모시고 있는 '영이 2호'는 첫 문단에 쓰인 모든 걸 지닌, 그야말로 이야기의 용사였다. 이야기에 살고, 웃고, 버티고, 다치고, 버는. 거의 이야기를 위해 태어나 표현하기 위해 빚어진 사람 같았다. 나와는 살아온 환경도, 성격도, 취향도, 바라는 바도 어지간히 달랐다. 마치 바둑판의 검은 돌, 흰 돌처럼 다르게 생겨 서로를 관찰하고 파악하는 데 꽤 시간을 들였지만, 맞는 부분은 또 소름 끼치게 꽉 맞았다.

그런데도 서로의 다름을 개조하려 하지 않았다. 우와, 당신 참 신기하네요, 라는 감탄을 하고 그대로 받아들인 다음, 둘의 합의점을 찾아 꼼지락 꼼지락 무언가를 만들어낸다. 덕분에 서로 놀라긴 해도 싸우지는 않으며, 무척 가깝지만 여전히 존대를 하면서 그렇게 지내고 있다.

우리가 알게 된 지는 십오륙 년 정도 되었는데 함께 무언가를 만들기 시작하면서 서로에게 영이 1호, 2호라는 이름을 붙여줬다. 두 사람의 이름을 한 글자씩 딴, 신선한 발상도, 정성도 없는 이름이지만 적당한 촌스러움과 명료함이 썩 마음에 든다. 영이의 앞 글자가 내 이름에서 딴 것이기도 하고, 나이도 내가 더 많아 얼결에 내가 1호가 되었다.

첫 만남 때의 영이 1, 2호는 아마추어 예술가들의 전시를 기획하는 사회 초년생과 고등학교를 자퇴한 십 대 아티스트였다. 당시 나의 정확한 직업은 문화마케팅을 담당하는 패션브랜드 홍보실의 막내였는데 2호와 그의 친구들이 우리 매장에서 전시를 열고 싶다고 신청한 것을 계기로 만남이 성사되었다. 무사히 전시를 마쳤고, 보람찬 마음으로 헤어져 각자의 생활로 돌아갔다. 그리 길지 않은 만남이었다.

그 후 회사를 다니고, 옮기고, 그만두고, 한국을 떠나고, 돌아오는 시간을 거치는 동안 2호는 가끔 나를 불러 데리고 놀았다. 이때도 나는 먼저 다가갈 줄 모르는 애였고, 2호는 관계를 엮어낼 줄 아는 나보다 어린 어른이었다.

그 사이 2호도 어엿한 법적 성인이 되었고, 다 큰 어른들이 어쩌다 한 번씩 만나서 하는 일들은 종잡을 수 없었지만, 대체로 하찮았다. 시간과 노동력만 잡아먹는 100빙고를 몇 시간씩 하고, 2호가 만든 멜로디에 머리를 맞대고 희한한 가사를 붙이기도 했다. 고난도 초성 게임을 만들어 열을 올리며 경쟁하고, 밥을 먹다가 뜬금없이 누가 상황극을 시작하면 마치 수없이 리허설이라도 해본 양 뻔뻔하게 받아치며 관객 없는 콩트를 이어갔다. 콘솔 게임도 하고, 만화방에도 갔다.

평범하다 못해 언뜻 한심해 보이기까지 하는 시간들이었지만 닮은 구석 없는 우리는 한 번씩, 같은 순간에 배가 찢어지게 웃고, 같은 순간에 '흐엉' 소리를 내며 감동했다.

어쩌면 그래서 영이의 합체가 이뤄졌는지도 모른다. 이렇게 다른 우리가 똑같이 웃고 감동할 수 있는 이야기를 찾고 나누다, 어떤 날은 그냥 그런 이야기를 지어내게 되면서.

2호는 날 데리고 놀다가, 이따금 이야기에 대해 생각하게 했다. 깔깔거리며 뒹굴다가 "그런데요, 이것 좀 보실래요?" 하고 뜬금없이 자신의 작품을 내밀며 내 반응을 지켜봤다. 2호는 이미 십 대 시절부터 여러 방면에서 활동하던 아티스트였으니 자연스럽게 일에 대한 이야기를 꺼낸 것일 테지만, 평범한 회사원이었던 나는 그냥 또 다른 놀이인 줄만 알았다. 가시지 않은 놀이의 기분으로 아무렇게나 참견했고 어차피 재미로 하는 것이니 아무 책임감도 없이 막말을 던졌다.

문제는 그렇게 둘이 나눈 농담이 아이디어가 되는 경우가 드물게 생기기 시작했다는 것인데 야금야금 내가 끼어드는 분량이 생기자 2호는 아예 정식으로 같이 작업을 해보자고 제안했다. 내 머리에서 나온 생각도 어딘가에 조금은 들어갈 텐데 자신의 이름만 크레디트에 들어가는 건 이상하다는, 지극히 그다운 발상이었다.

2호에겐 미안하지만 솔직히 그때는 정말 어떤 결과물을 만들어낼 수 있을 거란 기대를 못 했다. 사람들이 다 나 같을 줄 알고. 우리끼리 써서 우리끼리 돌려보며 낄낄댈 일기장 같은 이야기나 지어보자는 줄 알았다. 미처 상상하지 못한 것이다. 2호의 실천력과 발신력을.

우리의 놀이터는 한강, 카페, 만화방에서 2호의 작업실로 바뀌었다. 처음에는 같이 만들었다기보다 그가 만든 이야기에 리액션을 보태는 정도였다.

나는 폐쇄적인 작업자이고 거의 작동하지 않는 발신자인 반면, 꽤나 격렬한 반응체였다. 그가 설정해 둔 스토리에 반응하며 극 중 인물이 되어 2호와 함께 즉흥 콩트를 하듯 이야기를 엮어갔다.

예전부터 해오던 놀이었다. 달라진 점은 이야기 전문가인 2호가 그 내용들을 다듬고 채워 그를 찾는 고객님들에게 내 이름까지 올려 판매한다는 점이었다. 공식적인 첫 공동작품은 만화 원작 웹드라마의 극본이었다. 우리가 했던 놀이로 놀이책도 만들고, 순수 창작 극본을 쓰기도 했다. 지금도 새로운 이야기를 기획하고 있다. 이야기의 용사인 2호가 꼭 하고 싶은 새로운 이야기를 찾아냈기 때문이다.

생각해 보면 혼자서는 죽어도 하지 못할, 하지 않을 일을, 2호의 박력과 다정에 이끌려 함께 하는 동안, 그의 등 뒤에만 숨어 있는 느낌이라 불쑥 미안해질 때가 많다.

내 틀을 깨는 것만으로 버거워서 온전한 반절의 몫을 못했다. 안 그래도 앞장서서 세상의 비바람을 맞고 사는 그에게 '다녀와요. 사람들을 만나고, 사람들에게 전해요. 나는 여기 작업실에서 언제나처럼 기다릴게요'라고 등을 떠미는 셈이라, 아직도 발신의 이유를 찾지 못한 나는 영이가 주는 재미와 보람과는 상관없이 언제든 놓아질 준비를 한다. 애정이 없어서가 아니라, 1호 혼자만으로 충분한 순간에 마음껏 자유로울 수 있길 바라기 때문이다.

하지만 그날이 되기 전까지는, 2호는 영이 1호가 부르면 일단 출동한다. 콧노래를 부르며, 씩씩한 그림자가 되어.

"한국에서 온 특이한 애가 일본 텔레비전을 보고 이런 생각을 한다는 걸 일본 사람들한테도 알려줘보자"라며 생애 첫 책을 내도록 이끌어준 교수님도, "센세는 음식 이야기를 할 때 너무 신나 보여요. 그 즐거움을 다른 사람들한테 '일본어'로 알려준다고 생각하고 책을 하나 만들어보면 어떨까요?", "이 귀여운 아이들에게 이름과 이야기를 만들어주실래요?" 하고 내 머릿속에만 있던 것들을 대신 끄집어내준 편집자분들도, 모두 세상에 직접 발신하거나 발신할 이야깃거리를 찾는 사람들이었다. 그들의 손을 빌려 조금씩 발신의 훈련을 했다. 그들이 등 떠밀어준 덕분에 집 밖에서도 존재하는 내가 되었다.

그러나 모든 일이 쉽지 않았고, 여전히 미숙하다. 지난 일들을 해낼 수 있었던 것은 적어도 '나에 대한 이야기'는 아니었기 때문이다. 영이 2호와 만드는 이야기는 허구였고, 정보나 관점을 전하는 책들이나 지어낸 캐릭터 속에는 내가 없었다. 그래서 이 책은 문제다. 사상 초유의 내장 데이터 발신. 내가 읽었던 책의 지은이 중에도 나 같은 이유로 헤매던 사람이 있을까. 정말 보통 일이 아닌데요, 이거.

사람이라는
빛과 빛

◆

　　　　　　　　　　일본어를 가르치는 일만큼은 하
지 않을 줄 알았다.

　그냥 좀 당당하지가 못하다고 할까, 안일한 것 같다고 할
까. 난 일본어 전공자도, 교육학 전공자도 아닌데. 전혀 다
른 영역에 관심이 있어 일본에 갔다 왔으면서 일본어 좀
한다고 돈을 받고 가르친다는 것이 부끄러웠다. 클래스까
지 열면서 '업'으로 삼는 것이 맞는지. 그 세계에도 전문성
이라는 것이 있을 텐데 너무 간편한 선택 아닌가 싶어 해
프닝처럼 시작된 이 일에 대해 끊임없이 고민했다.

　일본 유학 시절, 패밀리 레스토랑 등에서 일하면서 한국
어 개인 레슨을 꾸준히 하기는 했다. 한국어는 네이티브
니까. 레슨은 시급이 높았고 마침 젊은이들이 k-pop과 한
국 드라마에 흡수되기 시작하던 시절이라 타이밍이 좋았
다. 문과 대학원생이라는 이유로 도쿄의 대형 한국어학원

의 강사로 일할 수 있었고, 두 개의 캠퍼스를 오가며 한국에서 회사를 다닐 때보다 시급으로만 치면 더 많은 돈을 받았다. 일본인들에게 가나다라부터 차근차근 가르치면서 언어를 나누는 즐거움을 체험한 기억에 분명한 설렘이 있기는 했다.

귀국 후 첫 회사 생활을 처절하게 마무리하고 에너지와 멘탈을 원위치로 돌리느라 애를 쓰던 때에, 일본어에 관심 있는 친구들이 일어 레슨을 해달라고 하면 가벼운 소일거리로 여기고 그러마 했던 이유도 여기에 있었다. 잘하지는 못해도 재미있기는 할 테니까.

앞서 소개한 영이 2호도 그중 한 명이었다. 서로의 시간과 수고에 대한 책임감을 갖기 위해 단 몇만 원이든 나름 수업료를 받았지만, 그렇다고 대단한 업무로 생각하지는 않았기에 수업을 그만하게 됐을 때(뭐 때문이었는지 기억이 안 난다)도 별생각이 없었다. 그냥, 일본어 공부 끝! 다음부터는 만나면 뭐 하고 놀지? 정도의 느낌이었다고 기억한다.

하지만, 별생각이 없었던 건 나뿐이었는지 그 친구가 SNS에 글을 올려버렸다. 정확한 워딩은 기억나지 않지만 '이제 나 일본어 과외 그만두는데 바통 터치할 사람 여기 메일로 연락해라. 이 사람 잘 가르쳐'라는 식의 내용이었을 것이다.

본인에게 직접 듣기는 했는데 웃긴 건 올리고 난 후에 들었다. 아마도, 일을 쉬고 있는 내게 수입을 만들어주려고 했을 터였다. 그렇지만 그건 친구였기 때문에 했던 일인데. 일반적인 수업료보다 훨씬 싼 금액이었기 때문에 괜찮았던 거다. 그걸 다른 사람한테 한다고? 그건 아니지, 안 되지.

정식으로 수업을 할 생각은 전혀 없었지만, 내심 흘러가는 타임라인에 저 한 줄 썼다고 누가 정말 연락을 하겠나 싶어 넘어갔다. 호의로 한 일인데 굳이 삭제해 달라고 말할 필요까지는 없지 싶어서. 전통 있는 학원과 전문 강사들이 넘치는데 누군지도 모르는 사람한테 누가 연락을 해. 게다가 애니메이션이나 드라마로 일본어를 깨친 대학생들이 얼마나 싼 가격으로 과외를 하는지 내가 다 아는데. 그래서 크게 신경 쓰지 않았고 쉽게 까먹었다.

그런데 얼마 안 가 모르는 사람에게 메일이 왔다. 한 통, 두 통. 그때나 지금이나 SNS를 하지 않는 나는 소셜 네트워크의 힘을 완벽하게 무시하고 있었고, 내 오랜 친구이자 동료가 꽤 많은 팔로워를 소유하고 있다는 사실 또한 모르고 있었다.

무슨 바람이 불었는지 전혀 다른 통로로도 연락이 왔다. 친구의 지인이 일본어를 배우고 싶어 하는데 네 생각이 나서 연락했어, 같은 식이었다. 솔직히 그때는 사람들이 생각보다 큰 고민이나 검증 없이 선생님을 고르는구나 하고 생각했다. 아마 언제든 그만둘 수 있으니 가볍게 한번 해보는 것이겠지만 그때는 그냥 놀랍기만 했다. 여기저기서 어떤 기운이 몰려오는 기분이었다. 덕분에, 그리고 얼떨결에, 또 하나의 직업을 가지게 되었다.

언제나 그렇듯 그때의 나에게도 특별한 계획은 없었기 때문에 한동안은 그 일에 열중하며 살았다. 나도 나이 먹을 만큼 먹고 나서 회사를 다니면서 일본어를 독학하다 유학까지 가게 된 케이스이므로 일하며 공부하는 성인에게 전하고 싶은 조금의 노하우는 있었고, 학생이 되어준 분들은 하나같이 좋은 사람들이었다.

그러다 보니 가르치는 일이 힘들거나 싫지 않았다. 나도 같이 공부하는 마음으로 하다 보니 약간의 요령도 생겼다. 전공자들만큼 완벽하게 가르칠 수 없다면 그보다 조금 더 만만하고 편하게, 재미를 들일 수 있게 도와주고 싶다는 욕심이 나도 모르는 사이 싹트고 있었다.

그렇게 어영부영 시작한 일이 어쩌다 나의 직업이 되었는가 하면 '고객님'들 때문이었다. 첫 메일의 주인공은 당시만 해도 참 귀여웠던 대학생이었다. 지금은 그냥 하극상 꼬맹이 술친구다. 어찌나 나를 구박하고 놀리는지 업보 같은 녀석이란 뜻으로 연락처에 '업보짱'이라고 등록해 두었다. 그래도 히라가나부터 시작해 몇 년 만에 일본으로 워

홀을 떠나 스타벅스에서 일하며 외화를 벌어오더니 이제는 내가 예전에 하던 일을 나보다 훨씬 잘 해내고 있는 기특한 (구) 고객님이다.

이게 무슨 복인지, 그후에 개인 레슨을 신청한 사람들도 어쩜 이러나 싶게 하나같이 매력적이고 배울 점이 많았다. 이제 와 고백하자면 일본어 선생님으로서의 내 자질은 모르겠고, 이 사람들과 조금 더 같이 있어봐야겠다는 사욕으로 이 일을 계속했다.

그 멋진 학생들 중 유독 대화가 잘 통했던 열정적인 고객 한 분이 어느 날 책 처방을 해주는 서점을 열 준비를 하신다고 했다. 그 준비 과정에서 이런저런 이야기를 하다 앞으로 오픈할 서점에서 일본어 원서를 읽는 클래스를 함께 열어보자고 뜻이 모아졌다. 경이로운 실천력과 부글거리는 열정을 가져, 내가 '활화산'이라고 부르곤 하는 그분은 실로 놀랍게 이 뜻을 현실로 만들어주었다. 그것이 지금의 〈아소비고코로스〉의 전신이자 밑바탕이 되어준 '사적인 일본어'의 시작이었다. '사적인 일본어'라는 클래스 이름만 보고 눈치챈 분도 계실지 모르지만, 그분 역시 책을 사랑하는 사람들 사이에서는 큰 영향력을 가진 분으로 현재 파주에서 공공연한 '사적인 서점'을 운영 중이시다. (이 분은 내 통역 업무의 고용주이기도 한데, 일본에서 작가나 서점인이 내한하면 사회자 & 통역가 콤비로 행사에

참여하곤 한다.)

내가 아닌 그분을 보고 학생들이 모였다. 내가 이렇게 인복이 많다. 내 인생은 먹을 복 반, 인복 반이라는 말은 정말로 농담이 아니다.

〈아소비고코로스〉라는 이름은 '반쯤은 재미삼아, 즐기는 마음으로, 여유와 재치가 있는'이라는 일본어 '아소비고코로(遊び心)'에 뜬금없는 영어 복수형을 붙여 지었다. 개인적으로 참 좋아하는 일본어다. 내 가치관에 똑 들어맞는다. 더 완벽한 일본어를 가르치는 전공자나 네이티브는 많을 테니 '그럭저럭 재미가 있어, 금방 그만두지 않는 공부', 'EBS만큼 유익하지는 않아도 즐기는 마음으로 계속할수 있는 취미'가 되도록 하는 것이 뒤늦게 찾은 내 건방진 포부였다.

그리하여 모인 첫 클래스의 나카마들(동료라는 뜻으로 나는 우리 클래스에 참가해 주시는 분들을 이렇게 부르곤 한다)이 또 어찌나 근사하고 재미있는 분들인지. 그분들을 만나고 나니 내가 일본어 수업을 하는 일이 옳은가, 아닌가는 별로 중요하지 않게 되어버렸다.

"이거, 일 났는데? 이런 분들한테 창피한 수업은 하면 안되잖아"의 단계를 거쳐 "어떻게 하면 계속해서 이런 분들과 함께 책 읽기 수업을 이어나가지(거기다 돈도 벌지)?"

하는 방향으로 고민의 틀이 바뀌었다. 짧은 시간에 마음과 태도가 무슨 분노의 4단계마냥 극적으로 변신했다. 그러니까 일본어와 관련된 내 모든 업무는 온전히 사람으로 시작되어, 순전히 사람으로 이어지고 있는 셈이다.

한때 같이 공부했던 분이 작업실에 놀러 오셔서 대화를 나누다 "센세는 언제까지 수업하실 거예요?"라는 질문을 하시길래 나는 순순히 내가 처한 현실을 고백했다. "학생분들이 하자고 할 때까지 아닐까요?" 수요가 있어야 공급이 있는 것이고 피고용인에게는 선택권이 없다. 처음 시작할 때만 해도 친구들이 물으면 난 이렇게 답했었다. 글쎄, 한 1년 정도 아닐까? 몰라, 사람이 또 모일까? 빨리 안정적인 다른 일을 찾아야 할 텐데.

지금도 언제까지나 수업을 할 수 있을 것이라는 자신은 없지만 적어도 내가 먼저 그 기한을 정하지 않을 것이라는 확신은 든다. 그러고 싶지는 않아졌다.

대부분의 일을 혼자 하는 나에게 매주 만나는 학생들은 그야말로 생활의 '나카마'다. 매주 얼굴을 보고 안부를 물으며 같은 책을 읽는 사람들이 이곳저곳에 존재하는 것이다. 회화 시간까지 있는 클래스는 어떤 친한 친구보다 서로에 대해 더 잘 알게 되는 경우도 있다. 회화 연습을 목적으로 나누는 짧은 대화지만 우리는 자연스레 일상과 정보를 공유하고, 서로에게 자극받으며 각자의 변화를 응원하고 위로한다.

짧게는 5~6개월 길게는 6~7년씩 퇴근 후나 주말이라는 귀한 시간에 함께해주고 계신 분들 덕분에 나는 이 일에 대한 근본적 고민을 멈출 수 있었다. 그분들이 계신 한, 계속해도 되는가가 아니라 어떻게 계속해 나가야 하는가에 대한 궁리를 해야 한다.

'가족', '친구' 같은 단어부터 한 글자 한 글자 함께 공부한 분들과 무라카미 하루키의 책을 읽을 때의 기분은 간질간질할 정도로 짜릿하다. 다른 사람한테 알려 주고 싶지도 않다.

정작 본인들은 차근차근 조금씩 쌓은 실력이라 뭐가 놀라운 줄도 모르고 책을 읽고 이야기를 나누지만, 나는 그런 분들을 바라보다 불쑥불쑥 감격하고 만다. 일본 여행에서 현지인과 대화를 나눴다는 이야기, 나도 모르는 사이 자막 없이 좋아하는 영화를 봤다고 들뜬 얼굴로 말해주는 사람들을 보면 내 고민은 스르르 녹아내려, 그 힘으로 몇 달을 또 앞만 보고 달리는 것이다.

온라인 수업으로 바뀐 후에는 캠핑장의 텐트 안에서, 해외의 호텔에서, 고속버스 안에서, 그리고 더 많이는 야근하는 회사의 사무실에서 수업에 들어오시는 분들 덕분에 여기저기 순간이동을 하기도 한다. 재미있고도 고맙다. 그런 곳에서도 함께 책을 읽고 이야기를 나누러 시간을 내

와주시는 것이.

한번은 진심으로 순수하게 궁금해서 물었던 적이 있다. "여러분 제가 정말 존경하긴 하는데요, 저는 일이라고 치고 여러분은 대체 어떻게 바쁘게 일하고 공부하면서, 무려 돈을 내고 꼬박꼬박 수업에 오세요?"라고. "그러니까 오는 거예요. 나도 좀 재밌으려고요", "제가 유일하게 꾸준히 하는 취미니까 말리지 마세요", "쉬는 시간인데, 일단은 공부니까 죄책감도 안 들고"라며 웃으며 답하시길래 그때부턴 이 수업의 의미에 대해 궁금해하지도 않았다.

무슨 딴생각을 해. 어떻게 이걸 안 해. 누군가의 재미, 취미, 쉼에 이바지할 수 있다니. 너무 과분하잖아. 나는 정말 이런 단어에 너무너무 약하단 말이야.

오래전 함께 공부했던 분이 어느 날 안부 인사차 찾아오셔서 "센세, 저 사실 그때 너무 무력해서 아무것도 하기 싫었는데, 이 수업 들으러 일주일에 한 번 나오는 것이 유일하게 자의로 하는 일상이었어요"라고 말해 준 순간에는 마침내 이 일이 나한테 로또였다는 사실을 인정하고 말았다. 나는 여기서 잘리면 무척 쓸쓸해지겠구나, 이건 그냥 언어의 정보를 일방적으로 전하는 일이 아니었구나. 엄청난 일을 저질러버렸다! 이제는 그저 감사하며 버틸 수 있을 때까지 버티겠다고 다짐하는 수밖에는 없다.

나보다 돈을 많이 버는 사람도, 나보다 인정받는 사람도 세상에 널렸지만 나처럼 싫은 날 없이, 포근한 기분으로 돈을 버는 사람은 많지 않을 것이라는 근거 없는 자신감이 주책없이 솟구쳤다. 함께해준 사람들, 냉정하게 말하면 내 고객님들이 이 일을 좋아하게 만들었다. 매번 꾹 참지만 회화 시간에 "4년 전에 선생님이 ~라고 그랬는데" 같은 이야기가 나오거나, 미혼일 때 공부를 시작한 분의 화면 너머로 엄마 공부를 방해하러 등장한 아이들의 모습이 비추거나 하면 주책맞게 울컥할 때도 있다. (아, 이거 고백하고 나면 놀림당할 것 같은데….)

바빠진 업무, 이직, 결혼, 출산 등으로 수업을 떠났던 분들이 다시 돌아와주실 때의 고마움과 기쁨도 말로 못 한다. 실제로 "저 다시 공부하려고요" 같은 연락을 받으면 잠깐 혼자 얼굴이 빨개지기도 한다.

두세 번씩 되돌아오시는 분도 계시고 자체 방학을 가지면서 "저 돌아올 때까지 망하시면 안 돼요, 수업 접지 마요!"라고 신신당부하는 분들도 계시다. 그리고는 버릇처럼 지금 잘하고 있는 게 맞나, 내가 이 일을 얼마나 더 할 수 있을까 같은 생각에 골몰할 때쯤 거짓말처럼 짜잔 하고 나타나 "다녀왔습니다!"라는 말을 건네주시는 것이다.

예전에는 꼭 돌아오겠다고 인사해 주시는 학생분들을 그저 다정하고 배려 넘치시는 분들이라고만 생각했다. 내가 서운하지 않도록 세련된 작별 인사를 하시는구나, 하고. 하지만 이제 진심을 담아 "또 올게요"라고 말하는 분께는 나도 웃으며 "기다릴게요" 하고 답한다. 그리고 다시 만나는 날, 마치 어제 만났던 것처럼 인사를 나누는 것이다.

오카에리나사이(おかえりなさい).

진정 핸드폰만도 못한 삶을
살 생각인가, 휴먼?

◆

활동성 높은 집순이.

수상할 정도로 낯가림이 없는 내향형 인간.

게으르게 살 궁리를 하느라 바쁜 생활인.

안정 추구형 모험가.

나란 인간은 앞뒤가 안 맞는 것이 유일한 일관성인 모양이다. 나이가 들면 이 어긋남이 좀 나아질까 했는데 어째 내 모순은 갈수록 심해만 지는 것 같다. 자유에 집착하느라 택한 이 직업 때문에 결과적으로 자유를 놓치며 살고 있으니 말이다. '프리하지 않은 프리랜서'가 모순투성이 리스트에 추가됐다.

아니이이, 난 그래도 이름이 명색이 '프리'랜서니까. 그래도 어지간히 자유로울 줄 알았지. 수입이 좀 불안정하고 앞날이 다소 불투명하리라는 각오는 했지만 그래도 아무 때나 여행을 떠나고, 원하는 만큼만 일할 수 있을 것이라는 순진한 희망을 어느 정도는 품고 있었단 말이다.

그런데 애석하게도 프리랜서는 아무 때나 떠나는 것이 아니라 아무 때나 일하는 직업이었고, 원하는 만큼만 일하려면 원치 않는 대가를 호되게 치러야 했다. 아쉽긴 한데 솔직히 놀랐다고는 할 수 없다. 원래 돈이란 실질적 노동뿐 아니라, 나름의 취향과 생각을 지닌 성인이 자기 마음대로 말하고 행동하지 않는 것에 대한 보상이기도 하니까. 놀랍지는 않은데 그래도 아쉽기는 하다. 교묘하게 한 문단에 두 번이나 같은 말을 반복해 말할 정도로.

직종과 성향에 따라 다르겠으나 내 경우, 자유가 없어졌다기보다 분해되었다. 시간 단위의 자유를 얻고 일(日) 단위의 자유를 잃은 느낌이랄까. 오늘 안에 끝내야 할 일이 있더라도 상황에 따라 조금 더 이불 속에서 뭉갤 수 있고, 배가 고프면 12시 종이 치지 않아도 밥부터 먹어도 된다.

꼭 본방으로 보고 싶은 경기나 프로그램이 있으면 틀어놓고 일하기도 하고 누구의 허락도 없이 일터에 사람을 부를 수도 있으며 운동 시간도 마음대로 정한다. 외부 미팅이나 행사가 없으면 다른 이의 결제를 받을 필요 없이 시간을 조절할 수 있다는 뜻이다.

그에 반해, 오늘 이후의 일은 한 치 앞도 알 수 없는 경우가 태반이다. 앞으로 며칠은 안 바쁘겠다 싶어 이런저런 계획을 세워두면 갑작스럽게 의뢰 메일이 오기도 하고, 다음 달 즈음에는 여행 계획을 세워봐야지 마음먹고 있을 때, 놓치기 어려운 기회가 찾아오기도 한다.

반대로 업무 진행상 이쯤에는 바쁘겠지 싶어 시간을 다 빼놓았는데 의뢰인 사정으로 미뤄지거나 취소돼 갑자기 할 일도, 계획도 없어져 돌하르방같이 방 안에 우뚝 솟아 멍하게 보내는 일도 왕왕 있다.

여기에 프리랜서 업계 불멸의 미스터리 '일은 무조건 몰린다'의 잔혹한 반복이 더해지면 프리랜서의 프리하지 않음은 정점을 찍는다. 과장을 조금 얹어 말하자면, 일이 없을 때는 굶어 죽는 거 아닌가 싶을 정도로 없고, 있을 때는 과로로 죽는 거 아닌가 싶을 정도로 쏟아지는 느낌이다.

아, 말하고 보니 일을 골라서 할 수 있는 능력자들은 다를지도 모르겠구나. 그래도 내 주변의 고만고만한 프리랜서들끼리는 얼굴만 보면 하는 말이니 나한테만 생기는 우연은 아닐 것이다. 실제로 다양한 직종이 몰려 있는 그룹에서 미래의 약속을 잡을 때 제일 확답을 못 하는 사람들은 프리랜서들이다. 출퇴근 시간이 정해져 있지 않은 '자유'는 바꿔 말하면, 출퇴근 시간이 정해져 있지 않은 '부자유'이기도 한 셈이니까.

비록 쪼개져 버린 자유지만 그 조각조각을 최대한 누려

보기 위해 나는 늘 스케줄표를 작성한다. 월 단위로 대략의 일정을 짜고, 월요일이 오기 전에 주 단위의 틀을 잡고, 자기 전에 내일의 할 일을 리스트업 한다. 스케줄 짜는 것을 빼먹을까 봐 스케줄표에 스케줄이라고 적어두는 인간이다.

잔소리해 주는 사람도, 할 일을 더블 체크해 주는 이도 없는 상황에서 스케줄 정리는 사람다운 하루를 살고 정해진 할당량을 마치기 위해 시간을 엮고, 노동력을 분배하는 필수적 과정이다.

머릿속으로 기억하는 방법도 좋지만 나한테는 시각화가 주는 확인이 중요하다. 제조업처럼 결과물의 실체가 보이는 것도 아니고, 장사처럼 그날그날 수입을 확인할 수 있는 일도 아니기 때문에 티가 잘 안 난다.

일한 티가 안 나는 것은 그나마 낫지만, 일을 하지 않아도 티가 안 난다는 점은 치명적이다. 혼자 일하는 사람이 자신의 게으름을 모른 척하기 시작하면 어딘가에 반드시 구멍이 생긴다. 그 구멍에 빠지는 이도, 그 구멍을 메우는 이도 다시 또 나일 수밖에 없기 때문에 정신을 놓아서는 안 된다.

때로는 알록달록 채워진 스케줄표가 칭찬스티커 겸 격려의 메시지가 되기도 한다. 나름 뭘 하긴 했네. 슬렁슬렁대면서도 미루진 않았네. 오늘은 계획보다 더 많이 했잖아, 그렇다면 너에게 인센티브로 야식과 술을 허하노라.

일정의 종류에 따라 색과 형태를 다르게 기록하는데 그 중 특히 중요도가 높은 일은 빨갛고 굵은 선으로 표시를 한다. 빨간색으로 표시되는 날들은 마감과 행사. 가까운 이의 생일. 그리고 '파업'이다. 계획적인 노동만큼이나 필수적인 것이 온전한 휴일과 적절한 저전력 모드라는 걸 수년의 시행착오를 거쳐 깨닫는다.

무리하지 않는 선에서 매일 조금씩 하자라는 생각은 매일의 노동 강도와 별개로 하루도 쉬지 않는 일상을 만들기 쉽다. 반대의 경우 일에 관한 행동과 생각을 아예 하지 않은 채로 몇 주씩도 살게 된다.

일을 하다 보니 나한테 얼마만큼의 일을 시키고 얼마만큼의 휴가를 줄지 막막해서 그냥 나를 핸드폰이라 생각하기로 했다. 딱 핸드폰에게 해주는 만큼만 나한테 해주는 거다. 계속 돌리다가도 꺼지기 전에 충전하고, 긴 시간 버텨야 할 때는 저전력 모드를 켜고. 열이 나면 식히고, 용량이 꽉 차면 얼마쯤 비운다.

물론, 말처럼 쉽지는 않다. 내가 손댈 수 있는 것은 나의 일정뿐, 내 고용주들과 거래처의 일정은 아니니까. 그럼에도 최선을 다해 나의 방전을 방지하려 애쓰는 것이다.

불안감에 쫓겨 빨간 날에도 일 생각을 하려고 들 때면

속으로 곱씹는다.

진정 핸드폰만도 못한 삶을 살 생각인가, 휴먼?

당신의 위로받을 소개해 주세요

Part 2

◆

오래된 취향은 의외의 곳에 남는다.
예를 들면 메일 주소 같은.

one_man band : 혼자 여러 악기를 연주하는 거리의 악사
뭐 하나 끌리지 않는 구석이 없는 단어였다.
연주에 거리, 게다가 악사라니 왠지 최고잖아.

그러면서도 깊이 인식하지는 않았다.
진정으로 원맨밴드를 특별하게 하는 것은
연주도, 악사도 아니고 '혼자'라는 사실을.

이 단어에 묻은 은은한 고집과 적절한 고독감을
본능적으로 좋아해버린 청년은
여태 바뀌지 않은 메일 주소처럼, 고스란히 자라
혼자 살며 혼자 일하는 어엿한 '1인자'가 되었다.

혼자 살고 혼자 일한다고 혼자 지내는 것은 아니지만
사람들은 문득 물었다. 외롭지는 않냐고.
정작 난 내가 친 장단에 춤추기 바빠 모르고 살았는데
듣다 보니 무척 궁금해졌다.

사람들이 마치 자신의 친구를 아냐고 묻는 것처럼
그 존재를 물어왔던 '외로움'의 정체를.

당신은
미래를 보나요?

　　　　　　　세상이 바뀌긴 했다. 아니지, 질
문만 바뀐 건가. "결혼은 안 하니?"란 물음이 "너도 비혼주
의야?"로 변했다. 어떤 버전이든, 그런 질문을 들을 때면
내 머릿속에선 귀여운 돌고래 한 마리가 바닷물을 박차고
튀어 오른다. 오랫동안 비슷한 질문을 듣다 보니 생긴 반
사적 연상 작용이다.

　　나는 돌고래의 이미지를 좋아한다. 생물학적으로는 자
세히 아는 것이 없고 부끄럽게도 그들의 안녕을 위한 어떤
기부나 사회운동도 하고 있지 않기 때문에 존재 자체를 좋
아한다고는 감히 말하지 못하겠지만. 누가 제일 좋아하는
동물이 뭐냐고 물으면 항상 돌고래, 혹은 기분에 따라 벨
루가, 상괭이 등을 떠올린다. 외모가 꼭 내 취향이다. 동그
랗고 반질거리고, 예쁜 차돌 같다. 거기다 물에 살잖아. 인
형을 좋아하는 편이 아닌데도 침대 위, 장식장 현관 등에

크고 작은 돌고래들이 헤엄쳐 다닌다. 내 공간 안을 둘러보면 시선이 닿는 곳에 적어도 5마리 정도의 돌고래가 서식 중이다.

그래서 귀여운 돌고래 한 마리를 잘 보이지 않는 몸 어딘가에 자그마하게 새겨놓고 싶다는 생각을 종종 한다. 평생 멸종되지 않는 나만의 반려 돌고래. 샤워할 때마다 타투에 물이 닿으면 그 그림이 헤엄치는 기분이 들지 않을까 상상하면서. 하지만 내 몸에 돌고래가 새겨지는 일은 아마 평생 없을 것이다. 나는 미래의 내 마음이 도저히 예상이 안 간다. 내 변덕이 무서워서 몸에 그림 하나도 못 새기는 내가, 대체 무슨 수로 비혼주의 선언을 할까.

결혼하는 이의 결심과 비혼주의자의 확신은 내게 똑같이 경이롭고 대단하다. 현재의 나는 결혼을 바라지도 않고, 비혼을 선언할 마음도 없다. 그저 나로서 하루하루를 살고 있을 뿐이다. 솔직히 말하면 그 주제에 대해 깊이 생각하려고 해도 영 집중이 잘되지 않는다. 뭐랄까, 나로서는 알 수 없는 영역이다. 이유가 있다면 할 테고 없으면 지금처럼 살지 않을까. 다른 방식의 시민결합을 할 수도 있고, 배우자가 있어도 따로 살 수도 있고, 법적 보호가 필요하면 입적하는 거고.

진지한 관계의 연인을 소개한 자리라면 또 모르지만, 만나는 사람도 없을 때 저런 질문을 받으면 '이야, 이렇게 초

월적인 질문이라니!' 하는 놀라움이 먼저 든다. 애초에 그 사실을 내가 미리 알 수가 있나? 어쩌면 사람들은 내게 미래를 볼 수 있냐고 묻고 있는 걸까.

어떤 이들은 더 이상 어리지 않은 여자, 남자를 보면 거의 의무적으로 결혼에 대한 질문을 하는 것 같다. 하지만 아무리 정색을 하고 물어본들 그 사람 인생에서 내 결혼 여부는 사실 그다지 중요하지 않다는 걸 난 이미 눈치채버렸다. 그러므로 고도화된 안정적 1인 가구는 어떤 타격도 받지 않는다. 실제로 오랫동안 그런 질문을 들어왔지만 버튼이 눌린 적은 없었다.

정말 내 생활이 궁금해서 애정을 담아 묻는 사람도 있고, 어떤 이들은 평생을 그런 장면을 보고 자랐기 때문에 그냥 묻는 것이겠거니 추측한다. "어, 잘 지내?"라고 던지는 습관적인 인사에 "밤에 개꿈 꾸고 아침에는 새똥도 맞았는데 왜 나한테 잘 있냐고 묻고 난리야?"라며 전투 의지를 불태우지 않는 것과 같은 이치다. 전자에게는 그냥 내 상황을 알려주면 되고 후자에게는 "예, 해야죠. 다음 주 목요일쯤 할까? 시간 되세요?" 하면서 방실거리면 무승부다.

평균적 공격력을 가진 어른들은 이 정도만 해도 예끼, 이놈아 하는 무드가 된다. 간혹 엄청난 기세로 구박과 종용을 하려고 시동을 거는 분들께는 내 손에 물 한 방울 안 묻히게 해줄 사람을 소개해 주거나 예뻐지게 돈이나 좀 달라고 한다. 둘 중 무엇을 얻어도 잔소리보다는 영양가가 있을 테니 나로서는 만족스러운 거래다.

반대로 "결혼 같은 거 하지 마. 능력 있으면 혼자 사는 게 최고야"라고 말하는 어른들(주로 어머니들)의 말도 딱 그만큼의 무게로 웃어넘긴다. 그런 말씀을 하는 어머니들의 딸 아들은 대부분 결혼을 했고 그때 분명 매우 기뻐하셨기 때문이다. 난 그분들이 당신의 자녀보다 날 더 아끼신다고 착각하지 않는다.

대단한 신념이나 혼자로도 완벽하다는 자만심을 가지고 1인 가구로 생활하는 것은 아니다. 혼자면 혼자라서 좋고, 둘이면 둘이라서, 셋이면 셋이라서 좋겠지. 절대적으로 나은 선택이 있으리라는 믿음 자체가 없다. 그리하여 다양한 결혼관을 두루 존중하고, 다른 삶의 형태를 추천하는 이들의 충고도 큰 타격 없이 듣는다.

다만, 저 잘난 맛에 그렇게 산다는 오해를 받는 것만큼은 억울하다. 나와 사는 고난을 수행할 누군가를 걱정한 적은 있어도, 난 혼자서도 막강하니 다른 사람은 필요 없다고 생각한 적은 결코 없기 때문이다. 물론, '무슨 문제가 있으니까 저 나이 먹도록 혼자 살지'에 비하면 양반이긴 한데, 그 정도로 무식한 사람까지 염두에 두고 살 필요는 없으니까.

서로의 인생관이 다를 수는 있는데 나의 고유한 선택권

을 인간으로서의 능력치, 성숙도, 사회성의 척도로 삼으려는 태도는 어느 쪽이든 난감하다. 고만고만한 사회인 중, 특별한 결심이나 남다른 하자 없이도 집과 시간을 독자적으로 쓰는 사람도 세상에는 있다.

내 경우, 실상은 무척 단순하다. 특정한 가구 형태에 대한 고집이 없어 흘러가듯 지내고 있으며 오늘 현재의 나에게는 혼자가 더 적합하다고 느낄 뿐이다. 억지가 없고 편안하다. 밤새도록 일하거나 놀다 보면 하루가 지나가 있고, 현관문을 열었을 때 밀려오는 고요함이 쓸쓸하기보다는 안락하다. 좋은 사람과 함께 있는 건 그것대로 벅차지만 나만의 공간과 시간이 보장되는 풍요도 귀하다. 아직은 같은 공간에 있어야만, 어떤 법이나 명칭으로 묶여야만 의미를 가지는 사람을 만나지 못했다. 소중한 사람은 같이 살지 않아도 소중했다. 지금까지는 말이다.

이제, "지금이야 젊고 건강하니 그걸로 괜찮지, 나중에 나이 들어서 혼자 어쩌려고, 노후 생각도 해야지"라는 걱정을 들을 차례다. 공감하는 면도 있고 가끔은 스스로도 염려한다. 어쩌면 나이 들어서 후회할지도 모르지. 그런데 대체 '노후를 위한 결혼'은 어떻게 하는 것일까? 내가 어떤 상태든 사랑으로 끝까지 돌봐주고, 몸과 마음의 케어를 지원해 줄 수 있을 만큼 경제적으로 넉넉하며 원할 때면 항상 내 옆에 있어줄 의지와 시간이 있고, 자신은 평생 조금도 아프지 않을 사람을 고르면 되나? 음…. 너무 간단해 보여서 그런데, 나는 그냥 사랑에 눈멀어서 결혼해야겠다.

물론, 사랑해서 결혼했는데 저런 것이 실현되면 무척 충만할 테고, 저렇게까지 완벽하지 않더라도 혼자 살 때와는 비교도 안 되는 풍요로움과 든든함을 느끼는 이들이 실제로 많다는 걸 안다. 반대로 결혼을 한다고 해도 저 조건들이 충족되지 않을 수 있다는 것도 알고.

그러니 나는 그저, 오롯한 주체로서 내 시간을 살아가며 그때그때 만나는 인연들과 당시 상황에 가장 걸맞은 관계를 선택해 갈 뿐이다. 수단으로서의 결혼도, 그 자체가 목적인 결혼도 내게는 좀처럼 설득력이 없었다.

그러고 보면, 내가 제일 로맨티시스트 같다. 혼자서도 온전히 살 수 있지만 그럼에도 불구하고 함께하고 싶어야 가치 있는 결합이라고 믿는, 수단이 아닌 결과로서의 결혼만을 인정하는. 노후를 위한 수단이 필요하다면 돈을 더 열심히 벌고 많이 저축해 보험과 자금을 풍요롭게 하는 편이 차라리 더 안정적이지 않을까. 돈만 있으면 된다는 뜻이 아니다. 어차피 어떤 준비를 하더라도 노후는 완벽하게 보장되지 않는다는 차가운 판단 속에 그나마 유효한 가설을 우선할 뿐. 지금의 나에겐 경제적 안정이 차라리 응당하다는 평가다. 그렇다, 나는 자본주의의 시스템을 충분히 이해하는 로맨티시스트다.

자본주의 얘기가 나와서 말인데, 사실 나는 결혼을 조건으로 보장된 금전적 혜택이 많다. 형부들, 사촌들, 지인들은 내가 부탁한 적도 없는데 경쟁적으로 네가 결혼하면 ○○를 사주겠다는 선언을 했다. 비록 대부분이 술자리에서였고, 내가 결혼을 할 리가 없다는 생각에 던진 공수표겠지만 그건 그들 사정이고 난 다 녹음해 놨다. 텔레비전, 냉장고, 세탁 건조기는 최신형으로 약속받았고 여행비 부담, 호텔 식사권 등도 확보되어 있는데, 당최 내가 정말 결혼하면 어쩌려고들 그러는지 모르겠다.

　　물론, 그 말에 담긴 진심은 고맙다. 고마운데 혹시 결혼 전에 당겨쓸 수는 없나? 아니, 혼자 사는 나도 여러분이 응원하는 나니까. 혹시나 해서.

　　결혼 말고 결혼식에 대한 로망은 어릴 때부터 있었다. 결혼식을 안 하는 것. 결혼은 하더라도 예식은 올리지 않고 둘만 기념한다든지. 가까운 사람들에게 청첩장을 주는 척 만나서 맛있는 걸 먹으며 "사실은 이게 우리 결혼식이야 와줘서 고마워"라고 인사를 하고 결혼식 준비에 드는 시간과 돈으로 길고 긴 신혼여행을 떠나고 싶다거나 하는 일반적인 수준의 웨딩 망상은 나도 해 봤다. 십 대 시절부터 이 취향은 꿋꿋했다. 그래도 아빠가 딸 손을 잡고 입장하는 걸 해 보고 싶어 하시면 친척들이 모인 식당 테이블이라도 한 바퀴 돌아야겠다. 내 로망만큼 아빠의 로망도 중요하니까. 물론, 현재 내 가족의 실질적 로망은 결혼식이고 나발이고 다 됐으니까 제발 아무나 데리고 와라겠지만.

이렇게 살아서 나는 편한데, 부모님과 가족에게 죄송하기는 하다. 결혼은 부모를 위해 하는 것이 아니지만, 혼자 나이 드는 자식을 바라보는 부모의 걱정까지 가볍게 여겨서는 안 된다. 오빠와 새언니한테도 본의 아니게 걱정거리를 안겨준 것이라 생각한다. 감탄스러울 정도로 내게 어떤 압박도 주지 않는(속으로는 하루에도 수십 번씩 외치시겠지만) 그들의 배려에 깊이 감사하며 그저 어떤 선택을 하든 최선을 다해 행복하겠다는 다짐을 건넬 뿐이다.

또 모른다. 몇 년 뒤에 내가 어떻게 살지. 누군가와 유난스럽도록 가정적인 사람이 되어 있을지도 모르고, 강경한 비혼주의자가 되어 있을지도 모른다. 여러 번 말했듯 난 변덕이 심하고, 미래의 나를 조금도 종잡을 수 없다. 뭐가 됐든 억지 부리지 않고, 단정 짓지 않고 모든 선택지를 최대한 많이 남겨두고 살 것이다. 선택의 자유는 무척 매력적이고, 가정의 구성은 인생에서 아주 중요한 일이니까.

내 나이 환갑에라도 꼭 같이 살아야만 직성이 풀릴 것 같은, 몸도, 마음도, 호적도, 의료보험도 죄다 얽히지 않고는 못 배길 상대가 나타나면 풍악을 울리고 어깨춤을 추며 동네방네 소문내고 제도권의 승인을 받겠다. 배우자든, 생활 동반자든, 룸메이트든 그것이 목적이 아니라 결과라면 난 축복으로 여기며 그 인연을 감사히 받아들일 생각이다. 아무래도 나는 로맨티시스트니까.

그리고 일흔 즈음에, 이제는 확신이 선다며 주름이 덜한 곳 어딘가에 마침내 돌고래 문신을 새기는 것이다. 고희 기념 문신 데뷔라. 나쁘지 않네.

도라에몽 자전거　　　　　　　　　　◆

　　　　　　　　　　자꾸만 혼자 뭘 한다. 왜 난 유
독 이렇게 혼자서 뭘 막 하지? 나 스스로도 이런 성향에 대
해 의문을 품은 적이 있다. 물론 요즘에는 나 같은 사람이
너무 많으니 특이할 것은 전혀 없으나, 그 이유에 대해서
곰곰이 생각한 것은 얼마 안 됐다.

　주변에 혼자 뭘 잘하는 사람들의 이야기를 들으니 누구
는 타인의 기준에 맞추는 것이 귀찮다고 하고, 누구는 자
기 마음대로 움직일 수 있어 좋다고 하더라. 나는 어느 쪽
인가. 아무도 묻지 않은 질문에 또 잠시 고심한다.

　혼자의 장점을 강조하는 흐름에 치우친 요즘이지만, 혼
자를 즐기지 않는 사람도 여전히 많다. 당연한 일이다. 이
건 옳고 그르거나, 잘나고 못나고의 문제가 아닌 그저 성
향일 뿐이니까.

　한 친구가 어렵게 가고 싶던 공연의 티켓을 구했는데 같

이 갈 사람이 없어 포기할까 고민 중이라는 말을 듣고 같이 가겠다고 번쩍 손을 들던 나는, 실은 새삼스럽게 깨닫고 있었다. '아, 누군가는 이런 고민을 할 수도 있겠구나!' 마침 밥을 먹으면서 본 드라마에서는 "내가 원래 혼자 밥을 잘 못 먹어"라는 대사가 나왔다. 맞아, 저런 사람들도 분명 있는데. 혼자가 편한 사람이 이렇게나 많다면, '함께'가 즐거운 사람도 그만큼 많겠지.

나는 그저 혼자 뭘 한다는 것에 대한 민감도가 떨어지는 것 같다. 유달리 용감하거나 자립심이 강하지도 않고, 타인과 어울리는 것을 어려워하거나 귀찮아하는 성향도 아닌데 그렇다고 혼자 하는 것이 불편하거나 어색하지도 않다. '혼자 할 거야'의 의지가 강하다기보다 '혼자 해도 좋지'라는 마음이 크다고 할까, 혼자라고 해서 하고 싶은 일을 미루거나 안 한다는 발상이 잘 안 떠오른다. 그럴 때가 전혀 없진 않은데 퍽 드물다.

내 기억에 생전 처음 밖에서 혼자 밥을 먹은 선명한 기억은 중학교 1학년 때쯤이었던 것 같다. 지금에야 뭐 하나 특이할 것이 없는 흔한 행동이지만 내가 대학을 졸업해 사회초년생이 될 때까지만 해도 혼밥, 혼술 이런 말은 등장할 낌새도 안 보였으니, 이제 와 생각해 보면 그 시절의 여중생이 맥도널드에서 맥치킨버거를 홀로 우걱우걱 먹는 모습은 꽤나 눈에 띄는 행동이었을지 모르겠다. '교복 입은 애가 가게에서 혼자 밥 먹음 = 친구 없음 = (주로 부정적인) 사연 있음 = 불행하거나 외로운 아이'라는 흐름이 그리 어색할 것도 없던 시대였다.

실제로 그날 하나의 햄버거를 먹는 동안 나를 힐끗거리거나 대놓고 쳐다보는 수많은 눈동자를 마주했다. 어둠 속에 모여든 고양이들처럼 또렷하게 나를 향했다. 그래서 깨달았다. 지금 나 좀 튀는 중이구나.

변명하자면 그날의 나는 불행하고 이상한 아이라기보다 그냥 배고픈 아이였다. 친구들이랑 실컷 놀다가 각자 집에 가기 위해 헤어졌는데 바이바이 손을 흔들고 돌아서는 순간 갑자기 허기가 몰려왔다. 그때나 지금이나 나는 좀 창피할 정도로 배고픔을 못 참기 때문에 곧바로 대응책을 찾았다. 그날따라 주머니에 돈이 있었고 눈앞에 빨간 머리 피에로 오빠가 햄버거 한술 뜨고 가라며 나를 유혹하고 있었다.

그래서 당시에는 딱히 좋아하지도 않던 햄버거로 배를 채우게 된 것이 혼자 햄버거 먹는 여중생 사연의 전부였다. 배가 고프고 마침 돈이 있는데 같이 먹을 사람이 없다는 이유로 걸어서 20분은 족히 걸릴 집까지 그냥 가야 한다는 발상이, 그래야 하는 이유가 떠오르지 않는 애. 그 이상, 그 이하도 아니었다.

웬일인지 이 방면으로는 센서가 지나치게 무뎠고 나이

가 들어도 드라마틱한 변화는 없었다. 대학에 입학한 지 얼마 안 됐을 때 영화를 같이 보기로 했던 친구가 급한 일이 생겼다는 소식을 버스 안에서 들은 나는 그냥 원래의 목적지에 내렸다. 약속은 취소됐지만 영화관이 사라진 것은 아니었고 영화를 보기 위한 시간과 돈, 마음가짐은 이미 준비되어 있었기 때문에 그대로 들어가 영화를 봤다. 상황이 변했으니 영화를 안 본다는 선택지는 생각도 안 났다. 다시 말하지만 그때만 해도 "쟤 오늘 혼자 영화 봤대!"라는 말이 약 3분 정도 주위의 관심을 끌 수 있는 소재였다.

여행이든, 공연이든 가겠다고 결정할 때 동행인의 여부는 우선적으로 체크할 요소가 아니었다. 혹시 같이 갈 사람이 있으면 좋고, 아니면 혼자도 좋고. 이 모든 것들은 내게는 지극히 자연스럽고 간단한 결정이었다. 누구와 함께 해야 즐거운 놀이들도 분명 있는데 그 경계가 남들보다 좀 헐거운 것 같다.

평생 멀리하고 싶은 것 중 하나가 운전인데 만약 내가 운전까지 즐겼더라면 혼자 놀기의 세계는 지나치다 싶을 정도로 확장되었을지 모른다. 나를 태우고, 혼자 차 속의 노래방을 만끽하며 낯선 곳에 가, 텐트를 치고, 혼자 모닥불을 태우는 일은 반드시 했겠지.

운전과 달리 자전거 타기는 꽤 좋아하는데, 이 자전거야말로 가장 가슴 뛰는 '혼자의 업적'이다. 나는 초등학교 때 두발자전거 타는 법을 혼자 습득했다. 이 성취의 기억은 내 머릿속에서 과대 포장되어 마치 인생의 자신감에 페달이 장착된 순간처럼 새겨져 있다. 엄청난 겁쟁이였는데 그걸 해냈다는 사실에 어린 날의 내가 지나친 뿌듯함을 느꼈던 모양이다.

동기는 매우 하찮았다. 같은 아파트 8층 오빠들이 타는 하늘색 도라에몽 자전거. 귀여운 그 녀석을 나도 한번 타 보고 싶었다. 다른 오빠들이랑 공놀이인지 '병따꿍'인지를 하느라 바빴던 8층 오빠들은 탈 줄도 모르면서 무턱대고 자전거를 빌려달라는 5층 코찔찔이에게 선뜻 자전거를 넘겼다.

신이 난 나는 서둘러 친오빠를 찾았다. 지금 얼른 두발자전거 타는 법 좀 알려달라고. 언제 자전거 주인이 찾을지 모르니 조급하기만 했다. 어릴 때부터 자상했던 오빠는 기꺼이 그러겠다고 했는데, 아주 사소한 조건이 붙은 것이 문제였다. '쫌만 이따가.' 조금 이따가도 아니고 '쫌만' 있다가였다. 진짜 금방일 것 같은 발음 아닌가.

그러나 오빠는 진작에 친구들이랑 노는 데 정신이 팔려 있었고 나는 요리조리 뛰어다니는 그의 뒤통수를 보며 저 자가 말하는 '쫌만'이란 대체 몇 분인가 궁금해하며 폭풍같이 손톱을 물어뜯어야 했다. 오빠! 어어. 쫌만 기다려. 아, 오빠아~ 알았어, 금방 갈게. 지금 생각해 보면 정신없이 놀던 와중에 가르쳐주겠다고 마음먹고 대답해 준 것만으로 충분히 다정한 오빠지만 나란 어린이에게는 관대함이 없었다.

'쫌만 이따'가 영원으로 느껴지는 시간의 상대성 이론을 몸소 경험한 나는 얼마 후 거의 울 것 같은 표정으로 오빠의 뒤통수와 도라에몽의 얼굴을 번갈아 노려보았다. 아 왜 자꾸 쫌 이따라고 그래! 쫌 이따는 8층 오빠들이 자전거를 돌려달라고 할지도 모르는데!

그렇게 다급함은 겁을 이겨버렸다. 과정은 자세히 기억나지 않지만 몇몇 장면은 선명하다. 넘어질까 봐 꼿꼿하게 힘을 주고 바닥을 버티던 한쪽 발끝이라든가, 하나 둘 셋 하고 두 발을 한 번에 페달에 올리려 덤볐던 비과학적인 시도 같은 것들. 그러다 쨍쨍하던 햇빛이 조금씩 누그러지기 시작할 때쯤 한두 번 페달 굴리기에 성공했고, 발을 땅에 두지 않는 시간이 조금씩 길어졌다.

놀이터에 몰려갔던 오빠들의 목소리가 가까워질 때쯤에는 1동 앞 아주 야트막한 언덕 위에 입술을 꽉 물고 서 있었던 것 같다. 그리고 어깨에 힘이 잔뜩 들어간 채로 천천히 브레이크를 잡으며 내려가는데 몇 초 지나자 스윽 하고 바람이 얼굴을 쓰다듬었다. 그때도 지금도 땀을 잘 안 흘리는 내가 마주 불어오는 바람에 관자놀이 아래로 흐르는 땀이 씻겨가는 경험을 했던 그 순간은, 감격을 넘어 거의 충격이었다.

"오빠, 이것 봐! 오빠 나 좀 봐봐!" 아직 시선을 돌릴 여유는 없던 나는 옆에서 다가오는 오빠에게 앞만 보며 소리쳤다. 말을 할 때마다 핸들이 삐뚤빼뚤거릴 정도로 안정감 없는 주행이었지만 걸어서 빌려왔던 자전거를 페달을 밟아 돌려주러 가던 순간의 내 표정은 아마 세상에서 가장 우쭐했을 것이다.

그저 별것 아닌 잡기를 하나 얻은 것뿐이었지만, 뭐든지 관심 있는 대상이 생기면 일단 배워보려 드는 습성은, 지나치게 미화된 이날의 기억이 길러낸 것일지도 모른다. 어쩌면 이 모든 건 도라에몽의 비밀스러운 응원 덕분이 아니었을까? 4차원 주머니에서 성취감이라는 감각의 경험을 꺼내 선물해 준 것일지도.

혼자 살기 말고,
혼자 '잘' 살기

◆

느지막한 독립이라 그런가, 필요 이상으로 비장하긴 했다. 해외에서 지내는 동안 가족과 떨어져 있었던 적은 종종 있었지만 늘 친척이나 룸메이트 등이 있었기 때문에 실질적 혼자 살기는 처음이었고, 이번에야말로 거주지 분리가 아닌 온전한 자립을 하겠다는 각오가 있었다.

학교 앞에 자취방을 마련한 스무 살이라면 달랐겠지만 말로만 독립해, 이름만 어른으로 살기에는 이미 이름 옆 괄호 안의 숫자가 너무 뚱뚱하고 묵직했다.

나이는 나의 지독한 무관심에도 굴하지 않고 스스로 차곡차곡 쌓였다. 내가 애쓰지 않아도 세상이 알아서, 그것도 공짜로 챙겨주는 거의 유일무이한 것이라 가끔은 고마워해야 하나 싶은 착각마저 든다. 불공평이 판치는 세상에 이토록 공평하게, 전 국민에게 동시에 숫자가 하나씩 자동으로 일괄 지급되는 시스템이라니, 생각해 보면 꽤나 굉장한 일이다.[¶] 이 대단한 시스템으로 얻어낸 숫자와 '초반에 디폴트값을 잘 설정해 잔 고침 없이 유지해 가겠다'라는 마음가짐이 합쳐져 나는 제법 비장했고, 한편으로는 온전히 나라는 클라이언트를 위해 내 멋대로 일상을 커스터마이징할 수 있다는 설렘에 비정상적으로 들떴다.

나의 목표는 혼자 살기가 아니라, 혼자 '잘' 살기였다. 들어서는 순간 안락함이 밀려오는 공간에서 편리하고 안전한 시스템을 갖춘 모양새로.

우선은 흰 종이를 펼쳐놓고 여러 굵기의 펜을 꺼냈다.

뭔가를 구상할 때 군이 손으로 쓰고, 괜히 표를 만드는 것을 좋아하는 내게는 무척 익숙한 절차였다.

가장 굵은 펜으로 키워드들을 적었다. 슬슬 콧노래 시동이 걸린다. 종이 위에 의식주 / 생활 습관 / 건강 / 돈 관리 / 취미 등의 섹션이 뚝딱하고 생겼다. 어질러놓은 책상에 비해 내용은 별것 없었다.

예를 들어 의식주 옆에는 '월세는 하루 전 날짜로 자동

[¶] 2023년 6월. 한국에서도 세는 나이의 개념이 없어져 국제적으로 통용되는 만 나이로 통일되었다. 사람은 하나인데 나이가 두 개인 의미를 전혀 모르겠다고, 번거롭다고 투덜대기만 했었는데 전 세계 중 이 나라에서만 겪을 수 있는 이 엄청난 경험이 아예 불가능해진다고 하니 아주 잠시 희한한 서운함이 들었다.

이체 설정, 이사 갈 집 공간 사이즈 줄자로 측정해 틈새까지 활용, 콘센트 위치 확인 후, 식사는 기본적으로 직접 장을 봐서 집밥 먹기, 냉장고 관리 신경 쓰기, 냉동고를 포함한 집 전체에 내용물과 정체가 기억나지 않는 봉지나 박스 두지 않기, 원상 복귀의 생활화, 충동적으로 여러 벌 사기보다는 오래 입을 질 좋은 옷 하나를 산다' 같은 걸 끄적였다. 생활 습관 옆에는 '정리는 글렀으니 어지르질 말자, 정리의 기본 루틴을 만들고 습관화하기, 설거지는 무조건 바로, 기계 관련 사소한 문제는 일단 스스로 해본다' 등을 적었다.

오랫동안 마음대로 살려면 건강도 미리미리 관리해야 했다. 나라에서 공짜로 시켜주는 검진은 무조건 챙기고, 개인적인 종합검진도 주기적으로 하기로 한다. 정신건강을 살필 수 있는 방법도 알아보았다. 운동은 재미 위주라도 좋으니 어쨌든 꾸준히 하는 것이고, 기회가 되면 예방 차원으로 심리 상담도 받는다.

스스로도 이건 좀 치밀한데? 하고 생각했던 것은 보험의 재설계였다. 아예 새 삶이라도 살 생각이었던 걸까. 부모님이 들어주신 보험도 다 내 앞으로 끌고 와 인터넷 등에서 이런저런 정보를 알아본 다음 뺄 건 빼고 보충할 건 보충해서 다시 설계했다. 원래도 가계부 어플은 쓰고 있었는데 매달 말에 월말정산을 따로 하고 다음 달의 예산을 설정해 거기에 맞춰 사는 쪽으로 틀을 굳혔다.

이렇게까지 계획하면 피곤하지 않나 싶을 수 있는데, 사실 피곤한 것은 계획을 지키는 일이지 세우는 일이 아니다. 계획하는 단계에서 이미 설레고, 그 익숙한 리듬이 즐겁고, 지키고 나면 대견하기까지 해서 신나자고 하는 것이다. 그러니 안 설레고, 안 즐겁고, 안 대견하면 절대 안 할 것이다. 더 능동적으로 실천한 다음 덤으로 나한테 칭찬까지 받으려고 세우는 계획인데 스트레스만 받는다면 안 하는 게 맞다.

내가 친애하는 꼬맹이 하나는 여행 계획이나 비교 구매 같은 것을 할 때 아무도 시키지 않아도 엑셀과 PPT를 뚝딱뚝딱 만들어 와서는 이렇게 말하곤 한다. "이런 거 만들어봤는데 시간 없으면 자세히 안 봐도 되고, 전혀 안 지켜도 괜찮아요." 그러곤 지나가는 말로 "아, 간만에 재밌었네"라고 중얼거리는 것이다. 나와 계획의 분야도, 방법도 전혀 다르지만 나는 그 행동과 마음의 바탕을 알 것 같다. 참고로 나는 혼자 하는 여행과 휴식에는 계획을 세우지 않는다. 여행 경비의 배분 정도는 필요하면 하겠지만, 놀고 쉬는 건 칭찬 없이도 충분히 잘하는데 뭐 하러.

아무튼 그렇게 퀘스트를 하나하나 클리어하는 중독적인 게임을 하듯 독립을 준비했다. 한 인간의 생활을 온전히 내 입맛대로 마음대로 조정하면서 따로 동의를 구할 필요도 없다니. 자유 의지에 의해 나를 통제하는 모순적 행위를 즐기는 나로서는 흥미진진한 미션이었다.

계획한 일들 중 냉장고 관리, 보험의 재설계, 월말 정산 같은 것은 귀찮을 뿐 대수롭지는 않았다. 오히려 내가 가장 공을 들인 장기 프로젝트는 '정리의 습관'을 창조하는 일이었다.

이것은 진실로 창조였다. 개선의 레벨로는 이뤄낼 수 없는 것. 나는 오랫동안 피아노와 의자 위에 옷을 늘어놓고, 이런저런 소지품들을 여기저기 쑤셔넣은 가방을 불규칙하게 걸쳐두고, 책상 위의 책, 위의 박스, 위의 종이, 위의 통, 위에 다시 책을 쌓아 무속신앙이라도 믿는 것처럼 방 안에 높고 낮은 탑을 쌓는 사람이었다. 정리라는 것은 어쩌다 기분이 내키면 한 번에 몰아서 하는 일이었다. 보통 일주일에 한 번 정도.

이런 습관이 멋지지 않다는 것을 예전부터 깨닫고는 있었으나 시간이 부족해서, 놓을 데가 없어서 같은 핑계를 정성스럽게 준비해 언 30년간 그 태도를 고수했다. '원래 내 스타일인데 뭐, 크게 불편한 것도 없잖아'라는 변명이 거의 자동완성으로 달려오던 어느 날, 내 안에서 새로운 의견이 하나 나왔다.

잠깐, 한 가지 방식을 이렇게 오래 유지해 왔는데도 어딘가 마음에 안 들면 바꿔볼 필요가 있는 거 아냐? 하고.

때마침, 정리에 관한 일본 서적에 대한 리뷰를 해달라는 의뢰가 들어왔다. 일 때문에 읽게 된 정리 관련 서적에는 참으로 지당하다 못해 당연한 말들이 실려 있었다.

'해야 할 일은 그저 물건을 쓰자마자 원래 자리에 돌려놓는 것뿐이다. 그러려면 먼저 동선을 고려해 목적별로 물건의 있을 곳을 정해줘야 한다. 정리를 하려면 일단 공간의 여유가 있어야 하고 그러려면 쓸모없는 것들을 버릴 줄 알아야 한다. 식탁 위처럼 생각 없이 무언가를 올려두기 좋은 높이의 공간은 특히 깨끗하게 유지하도록 신경 쓴다.' 언뜻 보기엔 정말 새로운 정보는 하나도 없는 책처럼 보였다.

다만, 문제는 내가 그 단순하고 뻔한 일들을 하나도 실천하고 있지 않다는 사실이었다. 다 알기는 개뿔, 진정으로 내가 안다면 방의 꼴이 이런 이유가 뭐란 말인가. 사실 다수의 자기 계발서에는 당연한 이야기가 다른 방식으로 적힌다. 아마 정도와 진리에는 언제나 힘이 있기 때문이겠지. 그쯤은 이미 알고 있다고 착각하지만, 실은 아무것도 제대로 흡수하지 못한 나 같은 독자를 돕기 위함일 테고. 듣고 보면 당연한 말이라도, 평소에 그것에 대해 충분히 인지하고 의식하지 않았다면 적어도 내게 그 일은 아직 당연하지 않은 것 아닐까.

그 책을 충분히 존중하지 않는 태도를 보였음에도 완벽히 영향을 받고 만 나는 독립 전, 가족들이 2년 동안만 살기로 한 집으로 이사를 가면서 그 제한된 기간 동안 지극히 당연한 수준의 정리 습관을 창조해 보겠노라 결심했고, 긴 호흡으로 아주 조금씩 실천했다.

첫 단계가 제일 어려웠다. 버리는 것. 지금에 와서야 드는 생각인데 가벼운 질병 아니었을까 싶다. 오랫동안 물건을 버리지 못하는 인간으로 살았다.

얼마나 심했냐면 삼십 대가 되고 나서 처음으로 해지거나 찢기지 않은 옷을 버려본 것 같다. 못 입는 것이 아니고서야 안 입는다고 옷을 버려본 적이 없었다. 정리를 시작할 때는 중학교 때 입던 티셔츠도 나왔다. 십 대 시절부터 취향에도, 체형에도 큰 변화가 없어서 그때 입는 걸 지금도 입을 수 있긴 하지만, 버리지 못해 처박아둔 것이지 입기 위해 남겨둔 것이 아니었다. 책, 노트, 사진, 쪽지 무엇이든 그랬다. 친하지도 않던 중학교 때 짝꿍의 명찰, 고등학교 시절의 학생수첩, 십오 년 전에 산 잡지의 부록, 친구의 낙서가 그려진 과자 박스까지. 누가 버릴까 깊숙이도 숨겨놓았던 시간 쓰레기. 장롱과 서랍 속에 갇힌 미련의 귀신들.

생전 처음으로 버리는 의식을 행하며 나는 많이도 긴장했다. 마치 다시는 손에 넣을 수 없는 지혜와 정보와 추억이 거기에 다 담겨 있는 것만 같았다. 10대 때부터 모아온 영화 잡지와 음악 잡지를 버릴 때는 실제로 약간 손이 떨렸다. '이제 디지털 시대야, 어디서든 저 자료를 찾을 수 있을 거야'라고 스스로를 타일렀다. 지금껏 한 번도 그 책들을 다시 펼쳐보지 않았음에도 충분히 무서웠다.

그날, 분명 다시는 안 입을 옷과 신발, 가방을 큰 트렁크 두 개로 실어 나르는데, 두려운 와중에도 진절머리가 났다. 알맹이 없는 물욕의 더미들, 미련스러운 미련의 증거들. 사람의 간사함은 실로 대단해서 마음을 바꿔 먹으니 지금껏 대단하게 지켜온 물건들이 갑작스레 조금 불쾌하게 느껴지기까지 했다.

다 버린 것도 아니다. 이제는 플레이할 기회도 거의 없는 카세트, 비디오테이프와 CD, DVD 수백 장, 학기마다 모아둔 서류철들. 한국 영화가 찬밥 신세를 받을 때부터 오기처럼 수집해 온 브로슈어들. 그러나 그것들은 적어도 버리지 못해 남긴 것은 아니었다. 간직하고 싶어서 남겼다.

그렇게 나와의 싸움을 거쳐 방 안에 여분의 공간을 만들고 나머지 당연한 일들을 조금씩 시도했다. 그야말로 습관이었기 때문에 당장에 바뀌지는 않았지만 2년이라는 긴 계도기간을 거쳐 독립을 할 때쯤에는 잘 치우지는 못해도, 예전보다 덜 어지르는 인간이 되었다.

자기 전에 집안을 한번 쓱 치우고 약속 시간에 늦지 않는 한, 나가기 전에 간단히 정리를 마친다. 여행 때마다 호텔이 좋았던 이유는 나갔다가 다시 돌아오는 순간 문을 열면 정리된 집이 날 기다리고 있어줬기 때문이라는 걸 이제 알았다. 누군가 내게 갑자기 전화로 흰색 큰 집게가 필요해, 이런 크기의 종이 없어? 하고 물으면 바로 설명해 주는 상상을 하며 나 혼자 뿌듯해한다.

물론 천성적 정리정돈의 능력이 없는 사람치고는, 이라는 전제하의 만족이긴 하다. 살수록 느끼는데 타고나기를 정리를 잘하는 사람, 청소가 습관이자 취미인 사람. 진심으로 깨끗한 사람은 아예 집의 채도와 윤기가 다르다. 완벽해지지는 못하겠지만, 사람은 바뀌지 않는다지만, 살면서 맘에 안 드는 습관 하나 정도는 고쳐볼 만한 것 같다.

여기까지가 계획대로 흘러간 일에 대한 이야기(의 거의 전부)이다. 고무적인 분위기로 글이 마무리되었기 때문에 다른 계획의 실현 정도에 대해서는 밝히지 않겠다.

하, 이렇게 나오시겠다?   ◆

　　　　　　　같이 살아봐야 진짜 그 사람을
안다더니. 나랑 살아보니 새롭게 알게 되는 사실이 정말 한
두 개가 아니다. 우유 먹고 냉장고에 안 넣어둔 사람 누구
야, 나인가? 화장실 불 안 끄고 외출한 놈, 나겠지? 바닥에
이 머리카락 누구 거야. 나일 테고. 누가 여기에 물 흘렸~
이씨, 나야 그래. 다 나라고! 집안에서 일어나는 일은 대체
로 온전히 내 짓이니 모든 행위가 적나라하게 드러난다. 대
체 이렇게 허술한 인간이 어떻게 이제껏 멀쩡히 살아왔지
싶다.

　혼자 지내다 보니 나는 내 예상보다 훨씬 더 다채롭고
독창적으로 바보짓을 하는 인간이었다. 대체 왜 매번 이불
빨래를 돌려놓고 홀리기라도 한 것처럼 카레나 청국장을
끓이는지 모르겠다. 베란다가 있어, 그렇다고 환기가 잘
돼? 이불처럼 큰 크기의 세탁물을 널어놓을 곳이라고는

거실밖에 없는데. 거실이 곧 주방이고, 주방이 곧 거실인 집구석에서 꼭 이불 빨래를 돌려놓고 카레를 끓인다. 콧노래를 부르며 카레를 휘이휘이 젓다가 세탁기의 드럼통이 무서운 기세로 몸을 떨며 탈수에 들어가면 그 소음에 스스로 벌인 일을 깨닫고 힘없이 국자를 떨어뜨리고 마는 것이다. 와, 망해버렸네. 하고.

수습하지 않으면 영락없이 은은한 카레 향에 휩싸인 채 잠들어야 한다. 마치 내가 카레를 덮은 흰밥이라도 된 양. 베개가 달걀프라이인 양. 다시 빨기 귀찮다고 탈취제나 향수라도 뿌리는 날에는 샌들우드 향이 나는 카레를 먹는 기분을 느끼게 된다. 괜한 상상을 하려 수고하는 분들이 계실까 말해 두는데, 무조건 지금 그 상상보다 불쾌하다. 결국 주인을 잘못 만난 이불은 다시 세탁기에 처박힌다. 하얀 이불 커버가 억지로 샤워 당하는 고양이가 되어 불만을 토하는 환청이 들리는 듯한 착각이 든다.

카레 이불의 창조자는 식물 학살자이기도 하다. 정말이지 마음이 안 좋다. 나 외에는 아무것도 키우지 않겠다는 독립할 때의 초심을 잊으면 안 됐는데. 변명하자면 나의 의지로 시작된 비극이 아니었다. 이사 선물로 받은 몇 개의 작은 화분들이 나를 학살자의 길로 이끌었다. 분명 시키는 대로 했는데, 물을 주랄 때 주고, 바람을 쐬라면 창가에 내놨는데 그러거나 말거나 시들해졌다. 환기가 시원스럽지 않은 작업실 구조 때문이겠거니 씁쓸해하며 그들을 흙으로 돌려보내줬다.

거기서 멈췄어야 할 것을. 모히토를 좋아해서. 파스타에 얹는 푸른 잎이 탐나서, 그만 애플민트와 바질에 손을 뻗고 말았다. '이건 식물이 아니라 식재료니까 괜찮을 거야'라고 세상과 나를 속여봤지만 뭐라고 이름 붙이든 아이들은 스러져갔다. 바질을 그렇게 단시간에 죽이는 것도 재주라던데. 나는 이토록 파괴적인 재주가 있었다. 바람이 더 시원스레 통하는 곳으로 이사하지 않는 한 새로운 생명은 무엇도 들이지 말아야 하지 싶다.

가뭄에 콩 나듯 기특할 때도 있다. 1인 가구로의 생활을 시작하면서 나는 '무턱대고 사람부터 부르지 않기, 애써보기도 전에 부탁부터 하지 않기'를 자그마한 신조로 삼았다. 안전과 직결된 것들은 함부로 까불면 안 되겠지만 어지간한 것들은 부딪혀보려고 한다. 자꾸만 때가 끼는 화장실의 줄눈을 채우고, 문과 벽 사이 이음새의 틈으로 벌레가 들어오기도 한다는 소문에 실리콘 처리를 했다. 싱크대를 닦다 떨어뜨린 무언가의 뚜껑 때문에 막혀버린 배수관을 뚫었다. 배수, 관, 뚫기라는 심상치 않은 단어의 조합에 긴장을 한 것도 사실이지만 인터넷과 함께라면 두렵지 않았다.

가장 힘들고도 도전적이었던 고군분투는 전등 갈기였

다. 전구만 바꿔 끼우는 것이라면 부모님과 살 때도 해본 적이 있다. 그러나 우리 집 거실에 달린 것은 무려 LED 등이었다. 찾아보니 전문적이고 디테일한 작업에 자신 있는 것이 아니면 본체 전체를 바꾸는 것이 낫다고 했다. 지식인을 뒤져 '여자 혼자 하려면 사람 부르는 것이 낫다 vs 누구나 할 수 있다'는 갈린 의견들을 주르륵 훑어본 후, 후자의 말을 듣기로 했다. 모름지기 지식인이란 내가 원하는 답을 말해 주는 자를 찾기 위해 샅샅이 둘러보는 장터 같은 곳 아니겠는가. 갈면 되지 뭐, 라는 용감한 생각과 함께 주저 없이 인터넷으로 새 LED 등을 주문하고 단호한 마음으로 관련 동영상을 시청했다.

다음 날, 척척박사의 느낌에 취할 수 있도록 목장갑과 드라이버, 작업용 앞치마까지 준비해 놓고 교체를 시작하는데 순식간에 몇 가지 문제에 부딪혔다. 일단 키가 작은 편이라 책상을 밟고 올라가도 천장에 쉽게 팔이 닿지 않았다. 거기에 혼자서 받쳐 들고 고정을 시키기에는 LED 등이 크고 무거웠다. 심지어 새 제품은 고정 장치의 모양이나 설치 방식이 기존 조명과는 달랐다. 천장에 이미 고정되어 있는 기존의 자리에서 옛 조명을 떼어내고 새 조명을 끼우면 끝일 줄 알았는데, 기존의 고정 장치를 다 뜯어내고 새로운 브래킷을 설치해야 했다.

오호, 요놈 봐라? 이거 이거, 생각보다 만만치 않은 상대잖아. 어쩌면 어둠에 뒤덮인 거실을 더듬더듬 걸어 다니며 출장비를 손에 쥐고 기사님을 기다려야 할지도 모른다는 불안감을 대상 없는 승리욕으로 억누르며, 썩 잘나가는 싸움꾼처럼 고개를 양쪽으로 까닥였다. 덤벼라, 세상아. 내 손수 이 땅에서 어둠을 몰아낼지니.

낑낑. 낑낑. 나는 인간이 버거운 일을 하고자 바둥거릴 때 실제로 낑낑, 이라는 소리가 난다는 사실을 몸소 확인했다. 분명히 창으로 빛이 들어오던 시간에 작업을 시작했는데 이제는 의지할 자연광이 없어 핸드폰의 손전등에 의지해야 했다. 벌써 몇십 분째 까치발을 들고 바들바들 떨며 천장에 나사를 박았다, 풀었다 하고 있다. 고정 장치와 조명을 연결하는데 자꾸만 팔에 힘이 빠졌다. 그러다 조명을 놓쳐 긁히는 바람에 어느새 엄지손가락에서는 피가 나고 있었다.

하, 이렇게 나오시겠다? 벌게진 얼굴로 밴드를 감을 때부터는 혼자 피식피식 웃기 시작했다. 사람이 열이 받고 오기가 바싹 오르면 일종의 '하이'가 온다는 것을 이때 알았다. 분명 리뷰에서 누군가는 해냈다고 했다. '여자 혼자지만 문제없었어요'라는 댓글이 분명 있었다. 내가 그녀가 되지 못할 이유가 없다. 컴온, LED. 일어나라, 빛을 발하라.

딸깍. 마지막 부품의 아귀가 들어맞는 순간, 나는 환호 대신 짧은 욕을 했다. 욕을 했다고 할까, 의지와 상관없이 그냥 툭 튀어나왔다. 후아, 진짜 별것도 아닌 게. 팔을 벌벌

떨며 까치발을 하도 들고 있어 당겨오는 다리를 바닥에 툭 내려놓으며, 별것도 아닌 것에 처절히 농락당한 더 별것도 아닌 인간은 가쁜 숨을 골랐다. 거의 클래식 청춘 드라마에서 우정의 결투를 마친 이의 호흡이었다. 땀에 젖은 나 근사해. 이렇게 또 한 발짝 어른이 되었어!

과장된 성취감에 흐느적거리는 것도 불과 몇십 초. 문득 다시 초조해진다. 설마 잘못된 건 아니겠지? 설치가 된 것일 뿐, 제대로 작동한 것은 아직 아니었다. 설렘과 의구심을 품은 채 두꺼비집을 올리고 스위치를 누르자 '타닥' 소리와 함께 거실이 환해졌다. 이제야 욕 대신 환호가 나온다. 무려 한 시간 이십 분간의 사투였다.

물론 몇만 원의 돈을 냈다면 피할 수 있는 싸움이었겠지만 나는 이렇게 어제와 다른 내가 되었다. 어제까지의 나는 LED 전구를 갈아본 적이 없는 인간이었지만, 지금 이 순간부터 (한 시간 이십 분 동안 낑낑대며 겨우겨우) 갈아본 인간이다. 실패나 서툶과 마주칠 때마다 이렇게 나를 응원하는 버릇을 들이길 잘했다. 이야, 근사하게 망쳤구먼. 그래도 어제랑 다른 사람이야. 넌 적어도 스스로 망쳐본 사람이잖아. 다음엔 그걸 하겠다고 덤비지 않겠지. 주제 파악을 했구나. 수확이 매우 커.

잠시 LED의 인공 빛 아래 광합성 하듯 드러누워 천장을 바라보며 생각했다. 여자 혼자지만 문제없었어요, 라는 리뷰를 남긴 그녀는 몇 분 만에 성공했을까. 진정 거실에 불

하나를 켜기 위해 이렇게까지 해야 했을까. 좀 더 쉬운 방법이 있지는 않았을까.

그러고 보니 옛 어른들은 이런 말을 자주 하셨다. 집안에 남자 하나쯤은 있어야 한다고. 살다 보면 여자 혼자는 힘든 일이 생각보다 많다고. 어른들 말씀은 일단 들어 볼 가치가 있다고 믿는 편이지만 여기에는 약간의 각색이 필요하다. 엄밀히 말하면 오리지널 판도 근본적으로 틀리지는 않았다. 분하지만 나 혼자는 역부족인 면이 분명 있었고, 나는 아무튼 여자니까. 그래서 일부 인정하고. 일부 각색한다.

여자 혼자의 몸으로 모든 일을 쉽게 해결할 수 있다는 건 오만이다. 역시 집안에는 유튜브가 잘 연결되는 인터넷 환경. 그리고 성능 좋은 전동 드라이버 하나쯤은 있어야 한다.

덧. 이 글을 써두고 몇 달 뒤. 이번엔 방 전등의 안정기가 고장 났다. 유튜브 섬네일에는 분명 '15분이면 뚝딱 안정기 교체'라고 적혀 있었는데 나는 한 시간 15분이 걸렸다. 혹시 앞에 한 시간이란 단어를 쓰는 걸 까먹으신 걸까. 댓글을 보면 그런 문제는 아닌 것 같지만, 덕분에 난 전동 드라이버를 샀고 이제 안정기를 갈 줄 아는, 어제와 다른 내가 되었다.

노선을 바꿀 땐
깜빡이를 켜는 게 상식이니까   ◆

침대에서 내려오는 순간, 곧바로 잠옷에서 빠져나오기. 내 하루의 첫 번째 미션이다.

지극히 당연한 일을 미션이다 뭐다, 유난이긴 한데 멍한 상태로 요리조리 꼼지락대다 보면 의외로 깜빡하기 십상인 일이었다. 창문을 열고, 몸무게를 재고, 물 한 잔 하러 어슬렁대다가 의자가 보이면 잠깐 앉게 되고, 그러다 손에 잡히는 걸 보게 되고, 그렇게 십 분 이십 분 있다 보면 밤이 되어 다시 침대에 들어갈 때까지 고스란히 잠옷 차림일 수도 있었다.

그래서 자려고 누웠다가 잠시 화장실에 가거나 가습기에 물을 떠 오는 정도의 행위가 아니면 잠옷을 입은 채 다른 일은 하지 않기로 했다. 사실, 집에서의 옷차림 따위야 아무래도 상관없는 일이지만 내게는 하나의 의식이다. 옷차림으로 행동의 구획을 나누는, 재택근무자로서의 작은 의식.

가벼운 평상복이나 적당히 늘어난 홈웨어가 아니라 탄생의 목적부터가 '잠옷'인 옷을 꼬박꼬박 챙겨 입는 것도, 잠옷을 오직 잠잘 때만 입는 것도 모두 재택근무 프리랜서의 삶을 살기로 하면서 들이기 시작한 버릇이다.

한정된 크기의 공간에서 여러 가지 목적의 행동을 다 해야 하는데, 기분만으로 모드를 바꾸기는 영 어려울 것 같아 마치 유니폼처럼 상황에 따라 옷을 갈아입으며 시각적, 촉각적 변화를 주기로 했다.

'변신!'이라는 말에 가슴이 콩닥대던 어린 시절을 보낸, 전대물(戰隊物, 여럿이 팀을 이루어 각자 역할을 맡아 지구를 구하거나 악당을 물리친다는 내용을 주로 다루는 장르) 전성기를 맛본 세대라서일까. 실제로 옷을 갈아입을 때면 왠지 씩씩해지는 기분이 든다.

잠옷에서 빠져나오면 슬슬 출근 준비를 한다.

출근지는 거실. 무려 침실에서 문을 열고 나가, 세 걸음을 걸어야 하는 거리다. 어이없을 정도로 가까운 물리적 거리지만, 그것도 나름 출근길이라고 다음 생처럼 멀게 느껴질 때가 있다. 지옥철 안에 콩나물처럼 심어져 있을 일이나 날씨에 따라 집에서 나서는 시간을 조정할 필요가 없는 대신, 단 세 걸음 안에 이불 안에서 꼼지락대던 '인간 왕꿈틀이'에서 생산 활동을 하는 노동자로 변신해야 한다.

한 걸음. 두 걸음. 끄응 차… 세 걸음. 그렇게 거실이라는 노동 공간에 나오면 그대로 침실의 문을 닫고 어지간하면 퇴근 전까지 돌아가지 않는다. 조퇴나 월차를 내기로 마음먹으면 빛의 속도로 귀가할 수 있지만, 그런 경우가 아니라면 이제 일하고, 먹고, 쉬고, 조는 일까지 모두 여기에서 해야 한다.

저녁 약속이나 술자리에 다녀와도 취침할 것이 아니면 옷만 얼른 갈아입고 방에 머무르지 않는다. 나는 취침 시간이 남들보다 늦고, 술을 사랑하지만 취하는 것은 무척 싫어하기 때문에 12시에 들어와도, 크게 정밀도를 요하는 일이 아니면 한두 시간은 할 수 있는 경우가 대부분이다. 집에 들고 나는 것 자체로는 출퇴근이 되지 않기 때문에 방문을 열고 잠옷으로 갈아입기 전에는 그게 몇 시든 노동 모드로 운행할 수 있다.

실내외 온도 차가 크지 않더라도 운동이나 장보기를 할 때는 되도록 동네 마실용 복장으로 갈아입고, 온라인으로라도 수업을 할 때는 대외업무용으로 갈아입는다. 그렇다고 옷의 스타일이나 종류가 딱히 다른 것은 아닌데 설령 그것이 색깔만 다른 옷이더라도 일단 '환복'이라는 절차를 거친다.

나도 안다. '굳이?'라는 말이 절로 나오는 행동이란 걸. 어차피 보는 사람도 없고, 빨래만 많아지는데 굳이? 코딱지만 한 공간 안에서 대단한 일이라도 하는 것처럼 요란스럽게 굳이?

퇴근할 곳을 만들려면 방법이 없었다.

작은 방 하나가 딸린 열두어 평 남짓의 공간에서 먹고, 자고, 일도 해야 하는데 출근의 개념을 만들지 않으면, 퇴근을 할 수가 없어서, 그래서 이런 방법을 짜냈다.

일하기 위해 회사에 가지 않아도 된다는 말은 바꿔 말하면, 집이 온전히 휴식을 위한 공간이 아니라는 뜻이 된다. 공간이 분리되지 않으면 태도도 분리되지 않고, 태도가 분리되지 않으면 일하는 나랑 쉬는 내가 같은 리듬을 갖게 된다. 그럼 나는 쉬는 기분으로 일하거나, 일하는 기분으로 쉬게 되겠지. 그런 환경이라면 나란 놈은 분명 어느 쪽도 충족시키지 못한 채 매일을 비효율적으로 살 게 뻔한데, 나는 스스로 그런 생활을 선택할 정도로 자학적이지 못하다.

그야말로 완벽한 '보여주기식 행정'인데, 보는 사람도 없다. 공간을 나누고 옷을 바꿔 입는 퍼포먼스로 스스로를 속이지 않아도 자기 관리가 가능한 사람은 이런 절차가 필요 없을 텐데. 아쉽게도 나는 그런 노동자가 아니기 때문에 시각적이고 직관적인 방법으로 나에게 '자, 이제 일할 거야', '자, 이제 쉬는 거야'라고 사인을 보내주는 것이다. 차선을 바꿀 때마다 깜빡이를 켜주듯 나는 나를 위한 퍼포먼스를 하며 내 작은 공간을 이리저리 주행한다.

책상이 곧 식탁임에도 일할 때와 먹을 때는 같은 의자에 앉지 않는다든가. 운동복을 입은 채로 일하지 않는다든가

하는 혼자만의 용도별 주행로가 따로 있다. 잠시 눕고 싶을 때도 침실로 가면 경로 이탈이 되어버리니 거실 빈 벽을 갓길 삼아 잠시 졸음쉼터로 쓴다.

그러고 나면, 다시 침실로 돌아갈 때 퇴근길의 설렘이 생생하게 느껴진다. 아, 얼른 저 방에 들어가서 아무것도 안 해야지. 소시지 빵의 소시지처럼 이불 가운데 콕 박혀서 나오지 말아야지. 심지어는 폰도 거실에 두고 간다. 엄밀히 말하면 업무 및 일상 소통용 폰을.

'변신!'을 외치고 유니폼을 입고 출동할 때 챙겼던 무전기는 이제 내려놓을 시간이다. 퇴근 후에는 극적인 휴양을 위해 세컨드 폰을 쓴다. 잘 안 써서 그렇지 써드 폰도 있다.

꽤나 수상하게 들리겠지만, 전자제품에 호기심이 있어 브랜드별로 돌려썼던 폰을 십여 년간 한 대도 버리지 않았을 뿐, 별다른 이유는 없다. 반복된 전화와 지정된 연락처에서 오는 최소한의 연락만 워치로 받을 수 있게 연동해 두고, 세상과의 끈을 느슨히 한 후에 비로소 본격적인 휴식을 누리기 시작한다.

'휴식용 폰'에는 하루 동안 쌓인 흥미로운 소식들이 그득하다. 내가 좋아하는 뮤지션의 신곡이 나왔다는 알람, 공연 티켓팅 안내 계정의 알람, 주식 변동 알람, 구독하는 채널들의 영상 업로드 소식, OTT에 새로 업데이트된 좋아할 만한 시리즈, 스포츠 하이라이트, 쇼핑 할인 뉴스, 도서 및 만화 신간 소식, 아이돌 앱의 알람 등이 빼곡하다. 그러면 나는 너무나 행복한 표정으로 그것들을 훑으며 퇴근 후 새벽을 만끽하는 것이다.

취미와 관련된 정보들은 내 메인 폰에는 거의 연동되지 않는다. 알림이 꺼져 있거나 많은 경우 앱조차 깔려 있지 않다. 나처럼 출퇴근 시간이 정해져 있지 않은 사람이 나를 혹하게 하는 알람을 받고 당장 그것을 들춰보지 않는 것은 가혹할 정도로 괴로운 일이기 때문이다. 반대로 어지간한 업무 메일들은 혹시를 대비해 연동은 하되 굳이 휴식용 폰 메인 화면에 뜨지 않도록 설정한다.

'일상용 폰'에 알람이 오는 것은 일반 뉴스에 관한 레터나 운동이나 이동할 때 듣는 팟 캐스트, 환율 정보, 업무와 관련된 내용들과 지인들과 통신하는 메신저들뿐이다. 그러다 보니 가십이나 취미 관련 정보들은 주로 새벽에 업데이트된다. 다시 말해, 내가 좋아하는 모든 아티스트와 콘텐츠들은 새벽 2시 이후에만 존재하는 것과 마찬가지이다.

나는 이렇게 공간과 시간을 쪼개고, 그 경계마다 옷과 장비를 갈아 끼우는 방법으로 나만의 아지트를 설계했다. 집에서 일하지만 퇴근할 수 있고, 한 사람이지만 여러 모드일 수 있는 생활을 아직은 만끽 중이다.

아보카도와
로맨티시스트

◆

　　　　　　혼자 사는 것이 나 혼자는 아니
다. 열 명 중 세 명이 넘는 사람이 1인 가구라는 명패를 걸
고 산다니, 혼자로서 함께하는 사람이 참 많은 세상이다. 혼
자 일하는 사람도 많다. 끼리끼리의 에너지가 작용하는 탓
인지 쓰윽 한 번만 둘러봐도 개인사업자나 홀로 작업하는
프리랜서들이 수두룩하다. 하지만 혼자 살면서 일까지 혼
자 하는 사람을 추려 보면 그 수는 꽤 줄지 않을까. 혼자와
혼자의 교집합에 속한 사람. 나는 지금 그런 사람이다.

　혼자의 교집합 속을 헤엄치는 동안, 날 가장 위축시킨 단
어는 '외로움'이었다. 정확히 말하면 외로움이라고 일컬어
지는 것들. 내부에서 피어오르는 불안이기도 했고, 외부에
서 끊임없이 일깨워 주는 위험 요소이기도 했다.
　"그런데, 그러면 좀 외롭지 않아요?"
　많은 이들이 궁금해하니 까먹고 있다가도 한 번씩 들춰

볼 일이 생겼다. 비 온 다음 날 까무룩하게 깔린 짙은 안개의 건너편처럼 뚜렷하지 않은 그것에 대해.

"글쎄요. 다행히도 아직은 잘 모르겠어요." 나는 저 질문에 사이를 두고 이렇게 답하곤 했다. 지금은 괜찮다 쳐도 나중에 활동 반경이 적어지면 어떡하느냐고 묻는 이들에게는 "그러게요, 그럼 정말 어쩌죠?" 하고 되물을 뿐이었다. 이리저리 들여다봐도, 익숙한 질문에는 익숙한 답만이 준비되었다. 기계적으로 답한다는 뜻이 아니라, 그 외의 가능한 대답을 여전히 찾지 못했다는 의미다. 성실함의 문제라기보다 이해의 문제라고 변명해도 되려나.

솔직히 말하면 나는 저 단순한 한국말을 당연히 알아듣는 척, 온전히 알아듣지 못하고 있는지 몰랐다. 외로움만이 문제는 아닐 것이다. 나는 감정에 대해 아니, 사실은 형태가 선명하지 않은 많은 것들에 대해, 아니 더, 더 사실은 우리가 주고받는 거의 모든 단어에 대해 상대와 내가 과연 공통된 정의를 가지고 있을지 확신이 서지 않을 때가 있다.

외로움 같은 감정은 아보카도와 다르다.

예컨대 내가 아보카도라는 단어를 꺼내면 그 순간 상대도 '녹색의 껍질이 숙성됨에 따라 갈색으로 변하며 단단한 나무 공 같은 씨앗이 있고, 익은 후에는 힘을 주면 뭉개질 듯한 연둣빛 과육을 지닌 주먹만 한 크기의 과일'을 떠올려줄 것이라는 기대가 있을 테다. 사람마다 다른 설명을 할지는 몰라도, 그 단어를 듣는 순간 머릿속으로 매우 흡사한 형태의 물체를 그려낼 것이라는 최소한의 믿음이 있으니까.

하지만 감정에 대한 이야기들은 어떨까? 생각해 보면 지금껏 살면서 한 번도 상대가 말하는 행복, 슬픔, 고독함, 불안함이 내 것과 얼마나 닮았는지를 확인하지 못했다. 그 느낌이 무엇인지 배운 적도 서로의 것을 죽 늘어놓고 토론해 본 적도 없다. 모두가 각자의 마음속 어딘가에서 느끼고, 품고, 처리하고 있을 뿐 우리는 한 번도 각자의 것을 꺼내 모양과 색을 비교하거나, 냄새를 맡고 촉감을 느끼거나, 무게를 재어보지 못했다.

아보카도처럼 보고, 만지고, 자르고, 건네줄 수도 없는데 어떻게 우리는 그 개념을 동그라미와 막대로 이뤄진 글자들에 담아 당연하다는 듯 공유하고 있을까. 누구도 본 적 없을뿐더러 시시각각 모습과 형태를 바꾸며 어디에도 찍히거나 기록되지 않는 것들에 대해 참 아무렇지 않게 묻고 답하는 우리 인간의 세계가 정말 재미있다.

사전적 정의쯤이야 당연하게 존재하지만 너와 내가 외로움의 사전적 정의를 달달 외우고 대화를 나누는 것도 아니고, 완벽히 같은 사전적 정의를 공유한다고 해도 서로 머리와 마음에 그리는 것이 같다는 보장도 없잖아. 이리하여 감정에 대한 모든 대화는 무한하게 흥미로운 동시에, 한 번씩 나를 자신 없게 만든다.

"그런데, 그러면 좀 외롭지 않아요?"

이 질문을 들을 때마다 정말은, 묻고 싶었다. '지금 제게 어떤 기분에 대해 묻고 있나요. 뭘 외로움이라고 불러요? 당신이 말하는 외로움에 대해 설명해 줄 수는 없나요?'라고. 그러나 묻지 않는다. 유난스럽고 귀찮은 호기심이 단박에 상대방을 곤란하게 만들 수 있다는 것과 내가 이상해 보이리라는 사실을 아니까. 늙은 중2병 환자의 잡생각에 동참해 달라고 멀쩡한 이들을 조를 수는 없다. 그래서 기껏 사이를 두고도, 결국 또 준비된 답을 꺼내고 마는 것이다.

하지만 역시 누군가 설명해 준다면 무척 기쁠 것이다. 자신이 생각하는 외로움의 모양과 냄새와 무게에 대해. 난 그 기쁜 날이 오길 기다리며 나름의 예상 답안을 최선을 다해 상상해 보는 중이다.

이를테면 이런 것 아닐까? 찝찝한 꿈을 꾸다가 눈이 번쩍 뜨인 새벽, 다시 잠은 안 오고 출근 시간은 자꾸 가까워지는 상황에서 감지되는 선명한 적막함. 갑자기 생겨버린 여유 시간에 하고 싶은 일도, 무언가를 함께하자고 손 내밀어주는 이도 없어 막막한 무료함을 닮은 기분. 구름 한 점 없는 화창한 날 내 마음속 어딘가에만 바람이 불어 쌀쌀하게 느껴지는 감각일 수도 있고, 커다란 강아지나 귀여운 아이를 품 안 가득 안고 느껴지는 포근함이 기억나지 않기 시작할 즈음의 마음일지도 모르겠다.

만약 이런 것들이 뒤섞인 감각이 외로움이라면 나의 경우 특별히 느낀 적이 거의 없거나, 혹은 매 순간 있었던 것 같다. 그 실체를 확실히 알지 못하니 정도를 가늠할 수야 없겠지만, 기준에 따라 그건 한 번도 없었거나 늘 곁에 있었다. 내가 느끼기에 그것은 옆에 연인이 있다고 해서, 사람들로 시끌벅적하다고 해서 자취도 없이 사라졌다가 물리적으로 혼자가 되었을 때 불쑥 고개를 내미는 그런 성질이 아니었다. 곁에 누가 없으면 없어서, 있으면 있어서, 많으면 많은 대로 존재했다.

그 정도는 그냥 손톱이나 발톱처럼 인간한테 달려 있는 건 줄 알았다. 신체의 일부처럼 붙어 있는 것이 아니라면 적어도 속옷처럼 살갗 가까이에 지니고 사는 것이라 느꼈다. 속옷도 과하다면 햇빛이나 바람처럼 매일 어느 정도는 닿는 것이라 하면 나으려나. 아무튼 뭐가 어째서 겪는 감정이라기보다 인간으로 태어나버렸으니 경험하는 종류라고 인식했다. 왜, 허기나 졸음 같은 것들 있잖아.

다만, 그 감각이 강하지 않기 때문에 크게 신경 쓰지 않았다. 만약 일정한 수치 이상으로 심신이 반응해야 외로움이라면 내 감정은 기준 미달로 탈락할지 모른다. 그러니 내게 외로움이란 한 번도 없었거나 늘 있었다.

그런데 사전을 보다 우연히 나의 이런 주장이 근본적으로 잘못되었음을 깨닫고 말았다. 국립국어원이 외로움을 다음과 같이 정의하고 있었기 때문이다.

외로움: 홀로 되어 쓸쓸한 마음이나 느낌.

그냥 국어원도 아니고 국립이다. 그런 그들이 무려 나라의 이름으로 네가 말하는 그것은 원칙적으로 외로움이 아니라고 판결을 내린 셈이다. '홀.로.되.어'라는 무시무시한 네 글자를 붙임으로써.

이렇게 더더욱 외로움의 실체를 모르게 된 나는 꾸역꾸역 두 가지의 가설을 세우기에 이르렀다. 하나는 정말로 내가 외로움을 잘 타지 않는 타입일지 모른다는 가정이다. 누군가는 알코올분해효소가 없고, 누구는 쌍꺼풀이 있고 없는 것처럼. 영양이 흡수가 잘 안 되는 사람이 있듯. 달고 태어난 외로움 센서의 크기가 유독 작거나 접촉이 불량해서 그 감정이 잘 전달되지 않는 존재일 수도 있지 않을까. 사람들을 몇 명을 만나고 얼마나 밀접하게 지내든, 혼자 있을 때는 그 나름의 평안함을 만끽할 수 있다는 핑크빛 가설이다.

다른 하나는 아직 '진짜'를 만나지 못했다는 가정. 아득한 두려움이 밀려오는 가설이다. 지금은 괜찮아도 나중에 외로우면 어떡하느냐는 질문에 "그러게요, 그럼 어쩌죠"라고 답하는 것은 진심으로 그렇게 생각하기 때문이다. 갑자기 어느 순간 아, 이거였구나, 하는 찰나가 오면. 사전을 들춰볼 필요도, 타인의 외로움을 소개받을 필요도 없이 온

몸으로 절절히 스며들어 아프게 확신하는 그날이 오면 그때 가서 나는 뭘 어째야 할까. 예전엔 싫다고 했지만 이제 와 생각해 보니 나도 같이 살고 싶었던 것 같다고 지나간 인연을 붙잡고 애원하거나 난 이제 혼자서는 아무것도 못하겠다고 주변인들에게 질척거리는 삶 따위 살지 않을 거라 장담할 근거는 어디에도 없다. 나는 충분히 변덕스럽고 덧없이 나약하니까.

하지만 적어도 당분간은 확실치도 않은 존재, 어설프게 세운 가설, 50%의 가능성에 내 현재를 제쳐둘 수는 없을 것 같다. 철이 다 못 들어서 그런지 나중에, 어쩌면, 혹시 겪게 될지 모를, 미지의 감정 때문에 지금의 안락함을 포기한다는 것은 언젠가 누가 내 뒤통수를 칠 수 있을지도 모르니 뒤로 걸어다니겠다는 말처럼 느껴지곤 한다.

두 번째 가설이 현실이라고 해도 그때의 내가 감당해 줬으면 한다. 어차피 '욜로'나 '카르페디엠'은 나와는 거리가 멀다. 나 같은 겁쟁이는 세뇌 교육을 받아도 본능적으로 현재를 즐기면 장땡이라는 삶은 못 산다.

다만 관계는, 사람은 보험과 다르니까 어쩔 수 없다. 내가 언제 몸이 아플지 몰라 건강할 때 번 돈을 보험에 넣어두는 것은 숫자의 이동일 뿐이지만, 언젠가 닥칠지도 모를 비상시 외로움을 위해 한 사람의 세계를 마음대로 이동시킬 수는 없으니까. 내 세계가 너에게, 너의 세계가 나에게 이동할 때는 보험을 드는 불안함이 아니라, 포상을 받는 충만함의 마음이어야 하니까. 잊으셨을지 모르겠지만, 나는 정말 로맨티시스트다.

그건
근사하지 못하잖아

◆

스케줄표의 알람이 깜빡인다. 오늘은 9월 30일. 월말정산이 있는 날이다. 월급날이 따로 없는 우리 사업체(나와 나의 사업체)는 매달 마지막 날 한 달 동안 모은 돈을 월급으로 정리해 준다. 나는 그 돈을 받아 카드 값을 제하고, 다음 달 예산을 잡은 후 다양한 이름이 붙은 바구니에 조금씩 나눠 담는다. 바구니는 비유이고 실제로는 통장이지만, 그들 모두에게 이름이 있는 것은 사실이다.

나는 여러 루트를 통해 돈을 벌어 큰돈을 가진 부자가 될 계획이었으나, 한 끗 차이로 작은 돈을 여러 루트로 쪼개는 '통장 부자'가 되었다.

버는 액수에 비해 통장의 개수가 이렇게 많은 사람이 또 있을까. 메인 바구니들만 나열해도 주거래 통장, 생활비 통장, 최소한의 딸 노릇 통장, 여행 통장, 사치 통장, 경조사 통장 등이 있는데 대개 우선순위에 따라 바구니가 채워지고 벌이가 시원치 않을 때는 몇 바구니만 겨우 겨우 채워지기도 한다. 청약이나 적금처럼 내가 그 돈의 존재를 확인하기도 전에 빠져나가 있는 것들과 개인소유가 아닌 여러 개의 모임통장들은 포함하지 않았다. 그것까지 새면 나는 거의 바구니 도매상 수준이다.

'얼마나 돈이 많길래 저 통장을 다 쓰나'라고 오해해 주면 그건 그것대로 기쁠 것 같은데, 이 통장들 대부분은 돈이 없어서 만들어졌다.

늦은 나이에 새삼스레 다시 구직활동을 하던 때였다. 거의 백수로 살며 한 달에 한 40만 원 남짓이나 벌 때였나? (옛날이라 최저시급이 낮기도 했고, 금방 원하는 직장에 들어갈 것이라는 근거 없는 생각에 본격적인 벌이를 찾지도 않았다). 당시의 나는 적극적인 불효녀로 부모님의 집에서 밥을 축내며 지냈기 때문에 다행히 큰돈은 들지 않았지만 친구들은 이미 대리, 주임을 달고 부모님들께 용돈을 드리던 때였으니 이제 와 돌아보면 인간적으로 더 비참해야 마땅했던 시기였다.

당장 준비해야 할 면접이나 지원서가 없는 날에도 마냥 집에서 뒹굴며 못난 내 모습을 전시할 수는 없었기 때문에 나름대로 움직이려고 했다. 알아보는 척, 공부하는 척이라도 해야 했고 그것은 가족이나 다른 사람들이 아니라 나

자신에게 덜 한심해지기 위한 혼신의 발연기이기도 했다.

그런데 애석하게도, 인간은 움직일 때마다 돈이 든다. 나는 더 이상 어리지도 않은 주제에 겁 없이 일탈을 하고 돌아온 경력 단절자이자, 투자만 있고 회수가 없던 불효녀였지만 그럼에도 불구하고 여전히 생명체였으므로 움직이면 여지없이 돈이 들었다.

모으기는커녕 당장 쓸 돈도 없는 상태에서 무턱대고 통장을 만들기 시작한 것은 이 시절, 서늘하게 내 온몸을 훑고 간 몇 번의 강렬한 자각 때문이었다.

첫 번째는 지인과의 대화를 통해서였는데 그가 "이제 부모님이 환갑이시니까" 이런 식의 말을 흘렸다. 누가 말했던 것인지는 자세히 기억나지 않지만 아무튼 난 그 소리를 듣고 우리 엄마 아빠의 나이를 셈했고, 갑자기 겁이 덜컥 났다. 요즘 누가 60을 쳐주냐는 말에 못 이기는 척 무심하게 지나간 환갑, 그리고 수년 후에 돌아올 칠순.

만약 그때도 내가 계속 가난하면 어떡하지? 설마 그때까지 백수일 리는 없어야겠지만 시간은 생각보다 빨리 흐르고, 나는 생각보다 늦게 성장하고 있었다. 앞으로도 내가 계속 근근이 살면. 나는 대체 어느 기회에 효도하는 척이라도 해보지?

지금도 마찬가지지만 당시의 나는 내가 매달 얼마의 돈을 벌지, 과연 정기적 수입이 있기나 할지 한 치 앞도 알 수 없었다. 현실을 직시하자 매달 단돈 3만 원이라도, 5만 원이라도 모아야 한다는 생각에 정신이 번쩍 들었다.

무턱대고 새 통장부터 만들었다. 번쩍번쩍한 잔치를 열어주겠다는 꿈같은 건 애초에 없었다. 적어도 그냥 생신과는 조금 다른, 친구 몇 명이라도 모실 수 있는 평소보다 조금 맛있는 식사. 그것도 아니면 제대로 된 선물이라도 하나 할 수 있으려면, 이라는 조급함에서였다. 이미 성인이된 지 오래였지만, 난 그 정도로 내 벌이에 계획과 자신이 없었다.

못지않게 서늘했던 기억은, 동창이 결혼 날짜를 정했다는 이야기를 듣고 "정말? 축하해!"라고 말하고 그 기쁨을 충분히 다 나누기도 전에 그달의 지출에 대해 어림셈을 하고 있는 스스로를 발견한 순간이었다. 축의금을 내고, 어디에서 생활비를 줄일까? 라고.

내 머릿속에서 일어난 잠깐의 일이었으니 상대는 눈치 채지 못했을 테지만, 순간 내 안에서 휘몰아치던 초라함과 미안함은 마음속 깊이 새겨졌다. 절친하진 않지만 그래도 친구의 일생일대의 행복한 이벤트인데 이런 생각부터 하는, 이런 생각을 할 수밖에 없는 삶을 살고 있는 스스로에게 실망하지 않을 수가 없었다.

지금 당장 굶어 죽거나 잘 데가 없는 궁핍함이 아니어도 내가 눈앞에 갚아야 할 빚이 없어도, 이렇게나 돈 생각에 지배될 수 있다는 걸 그때 알았다. 가난에 허덕인 적도 없었으면서. 내 앞가림만 하면 되는 속 편한 환경에서 살고 있음에도. 내 그릇이 그랬다.

물론, 분수에 맞게 사는 것은 중요하다. 얼마나 버느냐 보다 어떻게 쓰느냐가 중요하다고 믿는 편이고, 돈을 많이 버는 것이 좋은 사람이 되는 지름길이라고 생각하지도 않는다. 하지만 나는 몇 차례의 백수 생활을 통해 뭐든지 돈이 우선인 삶을 살지 않으려면, 역설적으로 어느 정도의 돈이 필요하다는 사실을 알게 되었다.

이 까끌거리는 기억을 계기로 또 다른 통장을 만들었다. 경조사 통장이냐고? 아니다. 여행 통장과 사치 통장이 먼저였고, 경조사 통장은 제일 나중에 만들었다. 내가 돈 앞에서 초연하지 못하다는 사실을 뼈저리게 깨달았기 때문이다.

애초에 기질적으로 불안과 긴장이 높은 편인 데다가, 영화의 대사를 빌리자면 최악의 상황에 대한 '상상력 때문에 비겁해지는 인간' 그 자체인데 백수 시절의 기억까지 더해지자 경제활동을 시작한 후에도 돈 앞에서 너무 쉽게 경직됐다.

그렇다고 대단히 절약하는 삶을 사는 것도 아니면서 돈을 쓸 때마다 불안감이 생겨, 뭘 하려다가도 '혹시 모르니'라는 생각에 이 돈은 쓰지 말자고 결론 내는 일이 자꾸 생겼다. 혼자 살 생각으로 보험도 여러 개 들어두었는데도,

당장 그 돈을 쓴다고 큰 문제가 생기지 않음에도 자꾸 나한테 브레이크를 걸었다.

자기 능력을 넘는 소비는 당연히 어리석고, 나가는 돈이 들어오는 돈을 넘어서면 안 되겠지만 필요한 절약의 선을 넘어 자신이 누리거나 베풀 수 있는 기회를 무턱대고 앗아가는 것은 내가 정의하길, 궁상이었다. 그건 너무 근사하지 못했다.

어차피 나는 있는 돈을 다 쓰고 보는 배포가 죽어도 안 생기는 찌질이니 필요한 만큼의 절약만 해도 곧바로 거지가 되지는 않을 거라고 나를 구슬렸다.

너의 소비 능력을 감히 과대평가하지 말라. 일어나지도 않을 미래의 어떤 일을 가장 젊은 날의 나에게 떠넘겨 억지 가난을 입히지는 말자. 이런 마음으로 사치 통장과 여행 통장을 만들었다. '야, 열심히 일했는데 여기 있는 돈은 시원하게 써도 돼!'라는 결재가 끝난 바구니다. 생활비와 필수 저축액을 채우고 나서야 우선순위에 따라 조금씩 채워지니 많은 돈이 들어있지는 않다. 그래도 그 돈은 내 눈치 보지 말고, 예기불안에 지지 말고 정말 원하는 것에 원하는 순간에 쓰기를 바란다. 오직 지금의 나를 위해.

그래도 여행 통장은 곧잘 바닥이 날 것이다. 내게 여행은 늘 투자한 돈에 비해 많은 것을 얻을 수 있는, 웬만한 물질보다 가성비가 탁월한 품목이기 때문이다. 가능하면 숙소도 음식도 교통도 합리적인 가격대를 선호하지만 여행을 실천하는 일 자체에 드는 비용에는 비교적 덤덤해, 실제로 적지 않은 돈이 낯선 길 위에서 흩어져 사라졌다.

사치 통장은 예산에 여윳돈이 없더라도 여기에 있는 것만큼은 언제든지 오직 쾌락을 위해 쓰라고 쥐여준 통장이다. 생산적인 투자일 필요도 없고, 이 돈만큼은 찰나의 희열을 위해 날려보내도 된다고, 소심한 나를 독려하기 위해 일부러 '여유 통장', '자유 통장'도 아닌 '사치 통장'이라고 이름 지었다. 여기 있는 돈만큼은 필요한가를 따지지 말고 생각 없이 사치하라고. 너한테 선물을 잘하는 사람이 되어야 남한테도 잘 베풀게 될 거라고.

다만 문제는 애초에 그 통장에 가는 배당이 수상할 정도로 적다는 것이며(월말 정산은 대개 내 무의식에 의해 분배된다.) 사치 통장에 잔액이 줄어들면 나도 모르게 채워야 한다는 초조함이 든다는 것이다. 매우 씁쓸한 증거로 처음 이 통장을 만들 때 각오를 다지며 스스로에게 남긴 메모에는 그냥 좀 사! 그냥 좀 가! 그냥 좀 먹어! 라고 적혀 있었다. 포부 당당한 헤드라인인데 그 옆에 조그맣게 레고, 마사지, 만화 애장판 세트 등이 적혀 있다.

절망스러울 정도로 시시한 항목이다. 비록 고정 수입이 고등학생 알바 수준도 안 될 때 쓴 것이긴 하지만 기껏 사치 통장까지 만들어 사겠다는 목록들 좀 봐라. 쓸 줄 알아야 벌기도 하는 건데, 씀씀이를 보면 부자 되긴 영 글렀다.

그렇다고 제대로 아끼는 것도 아니고, 관념적 알뜰함에 취한 캐릭터 같은 느낌이랄까. 하여간 그릇이 작다.

그럼에도 나는 아직 완전히 포기하지 않았다. 적당히 벌고 잘 모으면서도 쓸 줄 아는 노동자, 아니 소비자가 되겠다는 꿈이 여태 있다. 여행도 철없던 시절의 기세로 계속 다닐 것이며 사치 통장은 진짜 무지성으로 긁을 것이다.

맞아, 사치 통장의 예시도 더 폼 나는 것으로 업그레이드해야지. 고급 시계, 고급 스포츠센터 회원권, 고급 호텔에서 호캉스, 뭐 이런 걸로.

이런, 써놓고 나니 오히려 절망이 깊어진다. 좋은 것의 실체가 얼마나 뜬구름인지. 무턱대고 모든 말에 고급이란 단어만 붙인 시점에서 벌써 '안 부자스럽다'라는 사실을 깨닫고 조금 망연자실하는 중이다.

그래도 좌우지간. 아직 레고 하나도 못 지르긴 했는데, 아무튼.

예술인이 된 사유:
정신 건강

◆

2017년 10월 11일 나는 처음으로 예술인이 되었다. 정말이다. 공식적으로 내 존재에 예술인 바코드가 새겨졌다. 어디서부터가 예술인지, 예술가의 자격은 무엇인지 아무도 답할 수 없는 세상에서 잘도 이런 말을 한다 싶겠지만, 그해 10월 10일까지만 해도 정체를 알 수 없는 프리랜서였던 내가 11일부터 엄연한 국가공인 예술인이었다. 열아홉 번째 생일의 12시 종이 땡 치면 그 순간 술과 담배를 흡수할 수 있는 간과 폐가 생기기라도 하듯 갑작스럽게 어른의 자격을 부여받는 것만큼이나 신비하고 흥미로운 일이었다. 더 재미있는 점은 예술인이라는 나의 정체성에 여권이나 우유처럼 유효기간이 찍혀 있었다는 것이다. 내게 주어진 첫 번째 예술인의 삶은 2020년 10월 10일까지였다.

모르는 사람도 많겠지만 우리나라에는 '한국예술인복

지재단'이라는 것이 있고 그곳에서 제공하는 복지를 누리려면 스스로 '예술 활동 증명'이라는 것을 해야 한다. 미술, 영화, 사진, 건축, 음악, 연예 등 총 10가지 정도의 카테고리가 있고, 이 분야에서 공식적인 활동을 한 이들 중 일정한 조건을 갖춘 사람이 객관적인 자료를 통해 예술인임을 소명하면 심사를 거쳐 'OK, 형식상 예술로 분류된 바닥에서 아등바등 대고 있군'이라며 도장을 찍어준다.

첫 자격을 얻을 당시 나는 웹 드라마의 기획과 각색을 담당해 방송 연예 분야에 단기적으로 종사하며 공식적으로 발표한 명백한 자료가 있었으므로 몇 가지 서류를 준비해 예술인으로 인정받을 수 있었다. 매우 상업적인 과정을 거쳐 얻은 정체성이었고 수속 절차 역시 딱히 예술적이지 않았지만 어떤 바람막이도 없는 프리랜서 예술인에게 유일한 지지대가 되어주는 이름표이니 든든했다.

여기서 중요한 것은 이유이다.

애초에 왜 예술인이 되려 했는가. 예술인으로서의 자각도, 자신도 없는 내가 이 자격을 얻으려 절차를 밟고, 유효 기간이 끝나면 갱신을 위해 힘쓰는 이유는 무엇인가, 이 말이다. 전시 할인 및 대출 지원 등 다양한 복지와 혜택이 준비되어 있지만 처음부터 내 목표는 단 하나였다. 예술인 심리 상담.

독립을 결정하면서 생활습관과 함께 가장 중점을 둔 것

이 건강 관리였다. 내 기준, 정신의 무탈함은 신체적 평안 그 이상으로 중요한데 심리에 관해서는 건강검진을 받는 방법도, 예방과 치료를 받는 경로도 묘연했다. 그리고 무엇보다, 비쌌다. 치료를 목적으로 전문가의 시간을 온전히 독점하는 절대적 금액이 비싸다는 뜻이 아니라, 당장 치료하지 않으면 생활에 지장을 줄 만한 정신적 문제가 없는, 안정적 수입이 보장되지 않는 노동자가 정기적으로 방문을 하기에는 비쌌다. 그래서 그 비싼 상담 서비스를 지원받기 위해 뻔뻔하게 예술인을 자칭하기로 한 것이다. 한마디로, 나는 조금 더 건강하고 싶어서 예술인이 되었다.

누구나 그렇겠지만, 정말로 아픈 게 싫다. 고통 그 자체도 싫지만. 제일 두려운 점은 수많은 자유가 제한받는다는 사실이다. 오래 살고 싶은 생각은 추호도 없으면서 검진을 받고, 운동을 꾸준히 하는 이유는 몇 살을 살더라도 사는 동안 최대로 멋대로이고 싶어서이다.

나는 마음대로 먹고, 실컷 놀고, 아무 때나 떠나고, 마구잡이로 신나고 싶다. 그러려면 가장 기본적으로 필요한 것이 무난한 정도의 건강상태이고, 최선을 다해 자유로우려면 사지육체와 마찬가지로 정신도 튼튼해야 한다는 결론을 내렸기 때문에 나는 필라테스와 수영 수강권을 끊듯 심리 상담을 다닌다.

대체적으로 무탈하게 살고, 천운에 가까운 평범함을 누

리고 있지만 인간으로 살아가는 이상 어떤 흠집이나 패임도 없을 수는 없으니까. 불안지수가 높은 편이라 그런지 '미연에 방지', '사전 점검', '더블 체크' 같은 말을 워낙에 좋아한다. 그렇게 해봤자 천성적 덜렁거림과 허술함으로 어딘가에 구멍이 나지만, 적어도 애는 써본다. 1인 가구로 살면 아플 때 번거로운 점이 더 많아지기 쉬우니, 여러모로 정신과 심리의 관리는 선택이 아닌 필수이다.

많은 사람들이 심리 상담을 받는다고 하면 "어이쿠 왜, 무슨 문제 있어?"라며 염려스러운 표정으로 물었는데 나로서는 다소 의아한 반응이었다. 나 필라테스 다녀, 했을 때는 "왜, 어디 다쳤어?"라고 묻는 사람이 없었으니까. 필라테스가 태초에 재활 목적으로 만들어진 운동임에도 말이다.

정신의학과는 가본 적이 없어 말을 얹기 어려운데, 적어도 심리 상담은 내게 응급처치나 질병 치료를 하는 곳의 이미지는 아니다. 애초에 대단한 고통과 치명적 상처가 있어 상담실을 찾았다고 볼 수는 없다. 당장 뛰고 걸을 수 있어도 운동을 하고, 당장 쓸 곳이 있지 않아도 쌈짓돈을 모아두듯 나는 내 정신과 마음이 관리 가능할 때부터 틈틈이 유지 보수하기로 마음먹었을 뿐이었다.

나는 작은 멍은 작은 멍인 채로 사라지길 바란다. 나의 무관심과 회피로 그 멍이 시퍼렇게 내 몸을 뒤덮도록 두고 싶지 않다. 우연히 터진 실핏줄이 왈칵왈칵 피를 쏟아내는 폭포가 되도록 몸집을 키우게 두고 보지 않을 작정이다. 배우자도, 아이도, 동물도 키우지 않겠다는 사람이 굳이 병을 키우다니 너무 모양 빠지는 모순이라 용납이 어렵다.

호사스럽게도 난 삼십 대 초반까지 단 한 번도 불행이란 단어를 사무치게 더듬어본 적이 없었다. 괴롭고 힘든 시간들이야 없지 않았지만 어지간히 행복했고 대충 즐거웠다. 아니, 그래야 한다는 지독한 강박에 시달렸다.

간혹 가다 겪는 아픔의 대부분은 내 불찰에 의한 것이니 당연히 감당할 일이었다. 무언가 쉽지 않고 버겁게 느껴질 때, 한없이 땅으로 꺼지는 기분이 들거나 어딘가 쿡쿡 쑤시는 아픔이 느껴지는 것 같을 때면 난 마치 세뇌로 새겨진 머릿속 주문을 외우듯 이렇게 자신을 타일렀다.

'자, 생각이란 걸 해보자. 넌 거의 모든 신체 기능을 정상적으로 사용할 수 있어. 사랑을 주는 상식적인 부모와 기댈 수 있는 형제가 있는 집안에서 태어나고 자랐지. 머리가 문제가 될 만큼 나쁘지도 않고, 겉모습만 보고 부당한 차별을 받을 정도로 치명적인 외모적 결함도 없어. 게다가 네가 감당해야 할 집안의 빚도, 보호나 간호를 해야 할 대상도 없는 데다 충분한 지원과 응원을 받는 환경에서 살았잖아.

그런데 어떻게 네가 그래. 어떻게 네가 감히. 감히 힘이 들어. 너한테 그런 자격이 생길 리가 없잖아? 배부른 투정도 정도껏이지, 누가 들을까 봐 겁나네. 그러니까 이제 그만. 쉿!'

나는 진심으로 오랜 시간 이렇게 생각해 왔고 이 믿음이 건강하지 않다는 사실을 추호도 눈치채지 못했다. 오히려 어느 정도는 자기 연민에 빠지지 않는 나, 어리광 피우지 않는 나에 취해 있었는지도 몰랐다. 힘들다는 말, 괴롭다는 생각, 슬프다는 마음 같은 건 전부 사치라며 짓밟아버려서일까, 실제로 별로 힘들거나 괴롭거나 슬프지 않았다 (그렇다고 믿어 의심치 않았다). 나는 그저 복에 겨워 매일을 사는 사람이었다.

안 좋을 게 뭐 있어. 나같이 살면서 그런 소릴 하면 일종의 죄악이지. 이런 상황에서도 힘들면 그건 당연히 내 잘못이겠지. 이십 대의 거의 매일 밤을 진이 다 빠질 정도로 선명하고 복잡한 꿈에 시달리느라 눈뜨면 잠들기 전보다 더 큰 피로를 느꼈으면서도. 특정 주제나, 일정 상황을 맞닥뜨리면 마치 뜸 들기 직전의 밥통처럼 당장이라도 씩씩거릴 준비를 하고 있었으면서도. 어떤 기억에는 영락없이 눈물을 흘렸으면서도. 나는 몸에 영원히 재생되는 오르골이 새겨진 사람처럼 콧노래를 부르며 살았다.

누구도 그러라고 다그치지 않았는데. 너 같은 애는 괴로울 권리도 없다고 몰아세우지 않았는데, 나는 꼿꼿하게 나를 묶어둘 밧줄을 단단히 엮고 한숨 소리가 새어나가지 않게 벽돌을 올렸다.

분명 손끝이 저릴 정도의 괴로움을 느낀 것 같은 순간에도 "네가 감히"로 시작되는 주문 앞에만 서면 그 고통들이 한낱 티끌이 되어 나뒹굴었다. 언젠가 목격한 충격적인 사고들은 현실이 아닌 찰나의 꿈처럼 각색되었고, 명백한 상처들은 누구에게나 일어나는 그저 그런 해프닝으로, 괴로운 고백과 이불 속 훌쩍거림은 모두 신세 한탄과 칭얼거림으로 분류되었다. 딱히 안쓰럽거나 원망스럽지도 않았다. 피해자도, 가해자도 모두 나였으니까.

대단한 결함이 없는 삶에도 아픔은 있을 수 있고 가끔은 슬퍼해도 된다는 사실을 상담을 통해 어렵게 학습했다. 애초에 스스로 생각한 것만큼 무난하고 무탈한 삶도 아니었다고, 무너져도 이상하지 않을 일들이 충분히 있었다고 알려주는 상담 선생님의 말조차 나는 오래도록 의심했다. 심리학 교과서에 나오는 폭넓은 개념의 위로 방식일 거라 판단했다. 네, 선생님 입장에서는 그렇게 말하실 수밖에 없겠죠. 그래요. 나도 힘들 수 있다고 쳐요, 그래도 남들보다는 덜 힘들 거잖아요, 라며 빙빙 돌려 대꾸했다. 하지만 선생님은 따뜻하고 숙련된 전문가였다.

"그 일이 당신이 아니라 당신 친구에게 일어났어도 별일 아니네, 그런 것 가지고 앓는 소리 하지 말라고 말할 수 있어요?" 네? 에이, 그래도. 뭐 그런 말까지는. "말은 참았다 치죠. 그런 생각을 할 수 있나요?" 아니, 그건. 이렇게 중얼대는 나를 가만히 바라보는 선생님의 눈빛에 쓸데없이 공들여 쌓아온 벽돌에 금이 가고 밧줄이 뜯기는 소리가 들렸다.

그렇게 금이 간 채로 버티고 있던 벽돌을 치워 숨구멍을 내준 건 놀랍게도 누구보다 당당하게 아파해도 될 사람들이었다. 고통을 빙자해 주변을 트집 잡아 욕하거나 저주해 놓고 아무렇지 않게 다음 날 전화해서 자신이 얼마나 잘 살고 있는지 과시하려는 사람, 작은 일에도 명이 끊어질 듯 아파하지만 남들의 고통은 거리낌 없이 비웃는 이들이 꼭 아픔의 자격을 운운했다.

정작 내가 배부른 투정처럼 보일까 먼지만 한 고민도 흘리지 않으려 조심했던 사람들은 오히려 누구보다 진심으로 내게 묻고 토닥여줬다. 별일 없냐고. 얘기해 보라고. 힘들었겠다고. 잘하고 있다고.

얼굴이 벌게질 정도로 부끄러운 경험이었다. 대체 누가 더 나은 삶을 살고 있는 건가. 익명의 사연으로 인터넷에 떠돌았다면 지어낸 이야기가 아니냐 의심할 정도로 극단적인 상황에 놓였던 사람들, 영화로 만들어진다면 최루성이라며 폄하당할 정도의 절절한 사연이 있는 자들이 나의 가볍고 자그마한 상처를 살펴보고 걱정해 줬다.

완전한 후회였다. 내가 주제넘었다. 감히 내가 나와 남의 행복의 레벨을 마음대로 채점하여 심리적 귀족처럼 거만을 떨었다. 그들이 더 험난한 과정을 거치고, 치열하게 자신을 돌봐야 했던 것은 맞을지 몰라도 내가 그들보다 낫다는 근거는 어디에도 없다. 내가 스스로를 괴롭히며 기껏해낸 일은 가증스럽게 나와 남의 삶의 위치를 재단한 것뿐이었다.

이런 자각을 한 후 함부로 남의 아픔을 상상하거나 내 안의 불편함을 무시하지 않으려 노력하지만, 고백하건대 지금 이 글을 쓰는 순간에도 이런 사연을 구구절절 풀어놓는 것 역시 배부른 투정이자 포장된 자기 연민이라는 생각을 떨치기 힘들다.

그러나 설령 그렇다 한들 그냥 잠깐 창피하고 말면 될 일이니 에라, 모르겠다 하고 털어놓을 수 있게 되었다. 가까운 사람들에게 조금씩.

지방 덩어리들에게 완패한 내 몸의 근육들을 어떻게든 만들어보려고 운동을 하듯, 무의식적으로 드는 뾰족한 생각들은 어떻게든 지워내거나 정 안 되면 도톰한 사포로 쓱싹쓱싹 갈아내기라도 해야 한다. 왜냐하면 그것이 내가 예술인이 된 이유니까.

다시 한번 결심한다. 나는 몸과 마음의 건강함을 무기로 최대한 제멋대로 살 것을 맹세합니다. 이 맹세를 위해 진단을 받으라면 받을 것이고 훈련을 하라면 할 작정이다.

운동을 하고 보험을 들고 적금을 모으듯, 내 머릿속을 뜯어보고 짧은 햄스트링이 다치지 않도록 스트레칭을 하듯, 정신 근력 운동을 이어나갈 요량이다. 거기에 필요하다면 유효기간이 끝나기 전에 새 바코드 번호와 유효기간이 찍힌 예술인 증명도 받고 싶다. 이 책이 세상에 나온다면 또 얼마간 예술인으로 살아갈 수 있지 않을까.

현재 나는 두 번째 예술인의 삶을 살고 있다. 유효기간은 2023년 2월 10일이다.

덧. 이 글을 쓰고 나서 코로나로 인해 자유로운 활동이 어려웠던 시기를 감안해 자격을 2023년 연말까지 일괄 연장해 준다는 안내를 받았다. 예술인 자격 연명 치료, 감사합니다.

인간 복습이

Part 3

솔직히는, 그냥 좀 담담하고 싶었다.

흔들림 없는 평정심을 질투했고,
무던함과 차분함이 그렇게 탐이 났다.

누구는 삐끗하고 끝날 일에 휘청거리고,
남들은 쓱 지나가는 일에 꽉 메여버리는 내가
나도 오래도록 부담스러웠기 때문이다.

하지만 그 유난함 때문에
별것도 아닌 일에 충만해지고, 걸핏하면 신이 났다.
즐거움의 역치가 놀랍게 낮고
감동의 감도가 남달리 높다.

밑으로 푹푹 꺼지지만 그만큼 위로 쑥쑥 솟아나
'뜬뜬'을 만들어주는 이 뽁뽁이 기질이
못내 다행스럽고 드물게는 뿌듯하다.

우주의 소금쟁이 ◆

　　　　　　　물개처럼 수영장을 누비는 사람들 사이에서 요리조리 눈치를 보며 소금쟁이처럼 둥둥 떠다닌다. 내 다리가 아닌 무엇이 나를 받쳐주는 기분은 곱씹어보면 참 경이롭다. 침대처럼 인간이 만들어낸 것이 아닌, 태초부터 세상에 있던 자연이 나를 띄워주고 흐르게 하는 일은 매일 경험하면서도 내도록 신기했었다. 물에 떠 있는 자체가 즐겁지만, 기쁨을 만끽하기 위해 뜨겁지도 차갑지도 않은 물 위에 두둥실 뜬 채로, 나는 음악을 듣는다.

　물속에서 음악을 듣는 일.

　처음 이 실험에 성공했던 날을 잊지 못한다. 사실 실험은 기업들이 다 했고, 나는 그런 상품을 구입해 사용한 것뿐이지만, 지레 불가능하리라 추측하면서도 물속에서 음악을 듣는 상상을 하고, 나 같은 상상을 하는 누군가가 있을 것이라는 믿음으로 검색을 하고, 포기하지 않고 찾아내 실현해 낸 날이니 내 안의 뿌듯함은 실험에 성공한 과학자의 그것 못지않았다. 스스로를 마구 칭찬하고 기특하게 여기고 싶을 정도로 이 감각의 발견은, 내 일상을 꽤 두근거리게 만들었다.

참기름 공동구매에 열을 올리고 있는 옆 라인 고참들과 물속에서 뒤로 걷기를 하며 건강을 챙기는 어르신들 사이에서 귀에 요상한 기계를 끼고 발차기도, 스트로크도 잊은 채 멍하니 물에 떠서 온몸으로 음악을 느끼던 당시 백수였던 한 인간은 거의 울었다. 눈물의 수천만 배의 물이 있는 수영장에서 물안경까지 쓰고 있었으니 정말 울어버렸어도 상관은 없었겠지만, 내 눈물은 내성적이라 낯선 사람들 앞에 나서는 것을 꺼려하기 때문에 찔끔 맺히기만 했다.

아, 우주구나. 안 가봤어도 알아. 이건 우주야.

나는 지금 우주에 있고 음악이 비눗방울처럼 동그란 방을 만들어낸다. 그 방 안에서 나의 사랑스러운 벤 폴즈가 피아노를 연주하고, 내 몸은 중력을 거스른다. 발차기도 안 하고, 밭은 호흡도 없이 그냥 멍하니 떠서 한참 동안 우주의 방을 뒹굴었다. 몹시 과분한 감각이었다.

앞으로 이 감각으로 숨통을 틔우는 날이 몇 번이고 있겠구나, 첫날 바로 알았다.

드라이브할 때 들으면 좋은 음악, 잘 때 들으면 좋은 음악이 있듯 물속에서 들으면 더 좋은 음악이 있었다. 모처럼 첨벙대고 싶은 날에는 어릴 때 즐겨 듣던 밴드 음악이

나 청량한 가요를 듣기도 하지만 보통은 몽환적인 분위기의 음악이나 속삭이듯 노래하는 보컬이 도드라지는 곡이 선택된다. 음질은 당연히 일반 오디오보다 나쁘지만, 아카펠라나 합창단의 노래를 물속에서 들으면 오도독 소름이 돋을 때도 있다.

제일 신비하고 독특한 감각을 선사해 준 것은 크리스마스 에디션으로 만들었던 '눈'을 테마로 한 플레이리스트였다. 한겨울, 아직 찬기가 감도는 물에 둘러싸여 소복소복 쌓이는 눈에 대해 속삭이는 따뜻한 목소리를 듣고 있으면 정말이지 수많은 경계를 초월한 체험을 하게 된다.

오늘도 클래스를 위한 교재를 만들고, 밥을 해 먹고, 지난달 시작한 번역과 출판사에서 의뢰한 리뷰 작업을 조금 하다 따릉이를 타고 염소 소독제 냄새가 미세하게 풍기는 우주의 방을 향해 달렸다. 바쁠 때는 그나마 이거라도 하지 않으면 몸이 의자 모양 그대로 접혀 있는 기분이 든다.

정작 수영은 잘 못한다. 그리 고역스럽지 않게 물에 떴고, 접영까지 꾸역꾸역 배웠지만 십 대 때부터의 고질병인 뭉친 어깨 탓인지 상체에 힘이 바짝 들어가 팔짓이 무식하고, 머릿속으로는 인어를 그리지만 실상은 부족한 유연성 때문에 갓 잡은 생선처럼 펄떡대기 일쑤다. 그런데도 나는 여차하면 수영장에 간다.

강습도 받지 않는다. 요즘의 나는 칼로리를 소모하거나

올바른 영법을 익히기 위해 수영을 하는 것이 아니라 에너지 충전을 위해 떠 있는 것이니까. 물에 오래 떠 있기 위해서라도 가끔 팔도 젓고 발도 차겠지만, 살이 빠지거나 근육이 붙지 않아도 상관없다. 실제로 사람이 많거나 기분이 안 나면 20~30분만 떠 있다 미련 없이 나올 때도 있다. 앞뒤의 준비와 샤워, 세탁의 번거로움 등을 고려하면 이렇게 비효율적인 일을 데일리 운동으로 할 리가 없다. 쪽잠이나 학교의 쉬는 시간처럼 잠깐의 휴식을 즐기는 거라면 아무 상관도 없지만 말이다.

적어도 물만큼은 내게 어떤 스트레스도 되지 않았으면 좋겠다. 앞뒤 사람과의 간격을 신경 쓰며 자세를 바로잡는 것은 너무 바람직한 수영인데, 나는 그냥 서울 시내 한복판에서 정기적으로 물에 휘감기고 싶을 뿐이다. 남들이 보기에는 다소 우스운 표현이겠지만 아무리 봐도 그곳은 우주의 방이고, 거기에서 마구 뒹구는 사치는 한번 맛보면 포기하기가 어렵다.

바다 역시 내게는 '보는 것'보다는 '닿는 곳'이다. 매년 여름마다 물속에 들어가 조개를 한 냄비씩 주워 국도 끓여 먹고, 쪄먹기도 한다. 차도 없고, 돈도 많이 들고, 아침 일찍 일어나지도 못하기 때문에 다이빙이나 서핑 같은 본격적인 취미는 없지만 스노클링, 호핑 이런 건 참 좋아한다. 물에 빠져 죽을 뻔한 적도 있고, 흐릿하긴 하지만 강에서 사고를 목격한 적도 있는데 동네 제일가는 겁쟁이 주제에 희한하게 물에는 저항을 못 한다. 용기가 생긴다기보다는 나른하게 힘이 빠지는 느낌에 가깝다. 물이 무척 포근하다. 한때는 내 전생이 궁금해질 정도로 나는 물에 둘러싸인 느낌을 좋아했다.

어느 날은 여행을 갔다가 스쿠버 다이빙 체험을 했는데, 같이 물속에 들어가는 담당 다이버라고 해야 하나? 바다 속 전속 가이드님이 내려가고 싶으면 엄지를 아래로 내리고, 무섭거나 올라가고 싶으면 엄지를 올리라고 말했다. 처음 물에 들어가고 나서 초반까지는 마냥 신이 났는데 조금씩 물이 차가워지고 시야가 어두워지자 기묘한 감정이 느껴졌다.

이름도 모르는 외국인의 몸에 매달려, 공기통의 공기로 호흡하는 소리가 마치 강풍 소리처럼 과장되게 들리는 낯선 감각 속에, 생판 모르는 지역의 바다에 잠겨가고 있었다. 어느 지점부터는 귓속의 솜털까지 바짝 일어설 정도의 두려움 비슷한 것이 온몸을 덮쳤는데 그와 동시에 설명할 수 없는 평온이 느껴졌다. 형언할 수 없는 복잡하면서도 강렬한 감각이었고, 나는 새까만 바다가 나를 잡아먹을 것 같다는 생각과 공기통에 공기가 바닥나는 재수 없는 상상을 하면서도 떨리는 손으로 엄지를 아래로, 아래로 내렸다. 지금 생각해 보면 이성이 한 짓이 아닌 것 같아 조금은 섬뜩하지만, 그 순간 궁핍한 어휘력 속에 집어든 단어는 아무래도 '황홀'이었던 것 같다.

　다시 똑같은 순간이 온다면 내 엄지는 어느 방향을 가리킬까. 두려움의 기억 탓에 위로 솟을 수도, 평온의 기억 덕에 아래로 꺾일 수도 있지만 어느 깊이까지 가든 물속에 들어가지 않는 선택지는 없으리라 확신한다.

　물은 수영장이든 바다든 늘 반가운데 한 가지, 머리카락이 문제다. 수영장에 갈 때마다 치렁치렁한 머리칼 뭉텅이를 싹둑 잘라버리고 싶은 충동이 마구 솟구친다. 인생의 대부분을 짧은 머리로 살다가 내 생애 마지막 긴 머리를 해보겠다는 심정으로 어깨를 넘겨 기르고 있는 중인데 바닥의 널브러진 머리카락, 누가 열심히 빨아먹는 쭈쭈바처럼 순식간에 줄어드는 샴푸와 린스는 그렇다 치더라도, 이미 샤워를 했든 말든 수영할 때마다 머리를 감고 말려야하니 그때 드는 시간과 에너지가 꽤히 분하다. 현재 가슴께를 넘기겠다는 목표를 가지고 있는데 만약 이 책이 나왔을 때 이미 이발한 상태라면, 무조건 수영장 때문일 것이다.

내게 차려주는 '새참' ◆

          '종종 작업실에서 일보다 밥을 많이 한다는 루머에 시달리지만, 먹지 않을 때는 주로 말과 글을 짓거나 옮기는 일을 하고 있다.'

『미식가를 위한 일본어 안내서』라는 책을 출간했을 때 지은이 소개에 쓴 글이다. 오죽 먹는 것을 좋아했으면 처음부터 끝까지 먹는 이야기만 하고 대부분의 지면을 음식 이름만 가르쳐주는 데 할애하는 책을 다 만들었다. 사실 나는 미식가라기보다 '호식가'에 가깝지만, 어쨌든 이것은 단순히 일본어를 하는 사람이라서가 아니라 성실한 먹보라서 이룬 업적이라고 생각한다.

우리 가족은 비교적 소식을 하고 엄마 아빠는 보통 사람보다 음식에 대한 흥미나 열망이 적은 편이다. 아빠는 소고기를 한 점 먹으면 바로 한우인지 아닌지를 알고, 어느 날 새로 사 온 쌀로 밥을 하면 햅쌀로 지었네? 하고 물을 정도로 예민한 입맛을 지녔지만 좋아하는 소수의 메뉴만드시고 음식에 대한 호기심과 도전의식이 없다. 엄마는 가리는 음식도 없고 새로운 음식을 접하는 일에도 주저함이 없지만 그렇기 때문에 늘 뭘 먹어도 상관없다고 하신다. 기본적으로 식탐이 많지 않다. 두 분 다 술도 안 드신다. 나를 아는 많은 사람들이 놀라는 지점이다.

그렇다, 나는 몸소 독학하여 반주를 즐기는 자수성가형 먹보가 되었다. 꼬박꼬박 내게 밥을 먹여주는 고마운 지인 한 분은 이 이야기를 듣고 "어떤 의지는 환경을 이기지요" 라며 푸스스 웃으셨다.

내가 먹는 얘기에 쉽게 흥분하고 크게 웃는다는 사실을 간파한 사람들은 응당 내가 맛집에 정통할 줄 알지만 그렇지 않다. 무려 합정과 홍대 사이라는 외식업의 격전지에 살면서도 누가 "그 동네 맛있는 거 많죠? 추천 좀 해주세요" 하면 "가보진 못 했는데요~"를 연발하며 여기저기서 주워들은 가게 이름들을 더듬더듬 읊는다. 결국은 그분들이 인터넷을 검색해 얻은 정보와 별반 다를 바 없는 목록들이 나열된다.

나는 그냥 집에서 밥을 해 먹고, 술상을 차려 마시며 한량처럼 노는 것을 좋아한다. 물론, 종종 외식도 하고 어디서든 흡족하게 식사를 하지만 사회인 치고, 1인 가구 치고 외식이나 배달 횟수가 많지는 않다. 요리를 좋아한다기보다 나한테 밥을 차려주는 일을 기꺼이 하는 편이다. 내 직원의 입맛은 내가 제일 잘 안다는 마음으로 차려주는 새참이랄까, 실제로 요리 실력은 별로 좋지도 않다.

요즘에는 다시 만난 자유를 만끽하느라 밖에서 먹는 일이 많지만 코로나가 절정이던 시절엔 개인적인 약속 다섯 번 중 서너 번은 내 작업실에서 이뤄졌다. 애초에 소규모 클래스를 위해 빌린 공간이라 두 개의 식탁을 붙여 만든 넓은 테이블이 있어 '밥 한 잔' 할 자리가 있고 외식에 제약이 생기다 보니 팬데믹 동안 작업실에서 먹고 마시는 것이 자연스럽게 자리 잡았다. 나로서는 반가운 일이었다. 나는 집에 처박혀 있는 것을 참 좋아하고, 나보다 식료품에게 더 많은 공간을 배정해 주었기 때문에 그때그때 부담 없이 추가 안주를 꺼내 먹을 수 있다는 점도 만족스럽다. 기꺼이 내 공간에 찾아와 편하게 놀아주는 사람이 있다는 것 역시 고맙고 즐거운 일이다.

일하는 도중이나 마친 후, 그 순간 내가 딱 먹고 싶은 음식을, 딱 먹고 싶은 맛으로, 딱 먹고 싶은 만큼 만들어 먹는 것은 무척이나 명확하고 직접적인 쾌락이다. 나는 이 쾌락을 포기할 이유를 찾을 수 없어 매일 나에게 밥을 차려준다. 원할 때 재워주는 것과 함께 스스로에게 다정해지는 가장 쉽고 확실한 방법이라고 믿는다.

가끔 느슨한 옷차림으로 내가 좋아하는 영상을 틀어놓고 오직 내 입맛에 맞춘 음식을 천천히 씹어 먹다가 '아, 나는 이러려고 재택근무 프리랜서가 됐어. 잘했네, 정말'이라며 스스로를 대견해한다. 고용안정과 맞바꾼 식사 시간이니 귀할 수밖에 없다.

당연히 귀찮을 때도 있지만 자유로운 선택권에 집착하는 사람이니 메뉴, 시간, 양과 맛 모두를 그야말로 그때그때 입맛에 맞게 조절할 수 있는 셀프 식사가 기질적으로도 잘 맞는다. 아무리 '사장님께 한마디'에 구구절절 메모를 남겨도 내 입맛을 제일 잘 아는 건 나니까.

이 기쁨을 만끽할 수 있는 또 하나의 이유는 가리는 음식이 거의 없다는 점이다. 나는 정말 고루 먹는다. 남들보다 다양한 음식을 누구보다 맛있게 먹는 편이다. 언젠가 이력서 비스름한 것을 쓸 일이 있었는데 장점 란에 '거의 모든 음식을 감사한 마음으로 먹음직스럽게 잘 먹는다'라고 썼다가 제출 직전에 친구의 지적을 받고 다급히 삭제한 적도 있었다.

나이를 먹으면서 나름 관리를 하겠다며 간헐적 단식을 약 3년 정도 이어가고 있는데 지인들은 "네가 하는 건 간헐적 단식이 아니라 간헐적 폭식이야"라며 못 알아들을 말을 한다. 아무튼, 하루에 최소 두 끼를 먹으니 하루에 두 번은 착실하게 기분이 좋아진다.

내가 부지런히 나를 챙기고 있다는 사실, 신선한 재료들로 내 입맛에 맞는 음식을 먹는다는 사실, 충분히 맛을 음미하며 식사에 집중할 만큼의 심적, 시간적 여유가 있다는 사실만으로 내 하루는 쉽게 호화로워진다.

체질도 한몫하는데 몸이 아파도 입맛은 살아남는다. 아플 때 먹는 죽은 물론 허연 미음도 씹다 보면 고소한 맛이 나쁘지 않고, 입원했을 때 먹었던 병원 음식들도 삼삼하니 괜찮았다. 무려 장염에 걸리고도 몸무게를 고스란히 유지한 기록을 가진 사람이다, 내가. 코로나로 미각과 후각을 잃었을 때조차 식사를 대하는 자세는 흔들리지 않았고 맛이 안 나면 식감으로 승부한다는 마음으로 다양한 질감의 음식을 먹었다. 나답지 않게 입맛이 별로 없던 경험이 인생에서 딱 세 번 정도 있는데, 몸뿐 아니라 정신적으로도 피폐했던 특수한 상황들뿐이었다.

아무래도 이런 체질은 유전인 모양이라 우리 가족들 모두 아플수록 더 챙겨 먹는다. 심지어 나는 체해도 머리만 아프고 배는 계속 고픈 특이 체질인데, 살면서 이런 사람을 딱 한 명 봤다. 우리 엄마다. 아빠한테는 아예 소화가 안 된다거나 체했다는 이야기를 들어본 적조차 없다. 그렇게 태어났다는 것이다. 내 비록 자수성가형이지만, 훌륭한 바탕을 가진 혈통 있는 먹보다.

하루 업무를 무사히 마치고, 그때 먹고 싶은 메뉴를 후다닥 차려 먹고, 따릉이를 타고 한강 언저리를 획 돌고 와서, 시원하게 씻은 후 자리에 누워 내일 나에게 차려줄 음식을 고르기 위해 휴대폰 속 메뉴판을 뒤적인다.

이것이 내 일상 속에 존재하는 두 개의 메뉴판 중 첫 번째로, 회사의 관리자 계정처럼 나만 볼 수 있는 내부 자료지만 나름 체계적으로 정리가 되어 있다.

식사류, 면류, 찌개 및 탕류, 안주류, 간식류 등의 섹션이 나눠져 있고 이미 해 먹어서 재료가 소진된 경우는 체크박스에 표시를 해 둔다. 다음에도 또 먹고 싶어질 것 같으면 장보기 리스트에 적어 발주를 넣는다. 장을 보고 오면 그 재료로 해 먹을 수 있는 요리 후보들을 다시 리스트에 올리며, 유통기한이 가까운 것들은 냉장고에 넣으면서 날짜를 적어둔다.

혼자 사는데 뭘 그렇게까지, 라고 생각할지 모르지만 나는 참 재미있다. 왜, 핸드폰으로 하는 레스토랑 게임 같은 것 있지 않은가. 리얼 세계에서 나만을 위한 1인 레스토랑을 경영하는 기분이다.

그렇게 만든 음식을 매일매일 사진으로 남겨둔다. 아무 데도 공개는 하지 않는다. 얼마 전까지는 오직 내 핸드폰 갤러리 속에만 남겨뒀었는데 최근에는 용량 관리 때문에 인스타그램에 오직 밥상 기록만을 위한 계정을 만들어 사진을 올려두고 있다. 팔로워도, 팔로잉도 0명. 오로지 맛과 종류와 영양을 고르게 섭취하기 위한 개인용 식단 기록이다. 나는 이토록 내 집구석 식당의 VIP 손님을 위해 꽤 정성을 다하고 있다.

내가 최고의 단골일 뿐, 손님이 나쁜인 것은 아니다. 이미 말했듯 이 작업실에 사람들을 불러 먹고 마시는 일도 왕왕 있다. 친구들이 원하는 메인 메뉴를 배달시키거나 사오기도 하지만 그러거나 말거나 어쨌든 내가 내오는 안주를 먹게 되어 있다. 주문하지 않아도 맘대로 내놓기 때문이다. 손님이 배불러도 주인이 배가 안 부르면 계속 나오는 것이 특징이다. 원하지 않아도 마구 나온다는 점에서 이미 강압적이긴 한데 최소한의 선택을 위해 대외적 메뉴판도 준비해 두었다. 이것이 외부 공개용으로 쓰는 두 번째 메뉴판이다.

당장 내가 작업실에서 만들어 꺼내놓을 수 있는 것들을 적어둔 리스트로 품이 거의 들지 않는 완전조리식품도 있고 차리는 척만 하는 메뉴도 많다. 요리를 뚝딱뚝딱 하는 편이긴 한데 솜씨가 좋지는 않기 때문에 이 또한 일종의 놀이에 지나지 않는다. 가끔 오마카세를 요청하는 손님들이 있는데 그럼 당해봐라 하는 심정으로 아무거나 꺼내놓는다. 돈 받는 것도 아니니까 적당히 참고 먹으라는 속셈이다.

클래스가 오프라인과 출강으로 정착되면서 사실상 이 지역, 이 상권의 건물에 큰 테이블과 많은 의자를 놓고 살 이유가 없어졌다. 개인 작업을 위해서라면 조금 더 조용한 동네에, 일에 몰두할 수 있는 공간을 꾸미는 편이 더 나을지 모른다. 그래서 이사할 곳을 틈틈이 알아보기는 하는

데, 데스크 환경을 어떻게 꾸밀지 열심히 고민하다가도 한 번씩 이런 생각이 떠올라 망설이게 된다. 그런데. 이런 데로 이사하면 밥 손님, 술 손님은 어떻게 받지?

돌아와야
완성되는

◆

　　　　　　　　　무작정 비행기를 타던 때가 있
었다. 일단 일상을 떠나면 비일상적인 돈과 시간이 드는데
도, 여행 앞에서는 유독 셈에 둔해지곤 했다. 어떤 시점까
지는 분명 나이에 비해 많은 곳을 다녔는데 '대체 왜 떠나
고 싶은지' 한 번도 궁금해한 적이 없음을 깨닫고 나도 모
르게 흠칫했다.

　먹고사는 일도 아닌데, 두고두고 쓸 수 있는 재산으로 남
는 것도 아닌데 높은 기회비용으로 먼 곳의 공간과 시간을
사는 일에 어째서 그토록 주저함이 없었을까. 왜 한 번씩
떠나지 않으면 큰일 날 것 같은 기분이 들었는지, 무슨 까
닭에 공항 사진을 보는 것만으로 가슴이 꼬옥 조여왔는지
조차 모르면서 익숙한 매일을 살다 울컥울컥 느닷없이 떠
나고 싶었더랬다.
　그렇게 떠난 곳에 대체 뭐가 있었더라? 애초에 왜 떠났

던가. 무언가를 보기 위해? 누군가를 만나기 위해? 새로운 체험을 위해? 도착하고 나면 이 모든 일이 일어나기는 했지만, 처음부터 그것을 목표로 여행을 계획한 기억은 없었다. 여행은 혼자가 좋다고 고집하던 시기가 길었으니 누군가와 공유할 추억을 쌓기 위해서는 아니었을 테고, 자연이나 관광지를 염두에 두고 목적지를 고른 적도 없다. 그러면 결국 '새로운 곳으로 떠난다'는 행위 자체가 중요했으리라는 짐작만이 남는다. 스스로 이미 행해버린 일에 '짐작'이라는 말을 붙이는 것이 어이없지만 사실이 그렇다.

그런데 왜 꼭 남의 나라였을까. 서울 촌놈 주제에, 전국 팔도에 무한한 새로움이 가득한데 왜 꾸역꾸역 비행기를 탔지? 사진을 열심히 찍을 것도 아니고, 어디 보여줄 일도 없었는데.

대체 뭔가 싶어 역산을 해보기로 했다. 여행 중 내가 가장 안온함을 느꼈을 때가 언제였더라. 생전 처음 보는 풍경을 목격했을 때, 좋아하는 작품의 오리지널 공연을 직접 보거나 책에서나 보던 걸작들을 코앞에서 마주했을 때, 여행지에서 만난 새로운 인연과 시간을 보낼 때, 본토의 맛과 향이 입 안 가득 밀려올 때, 현지인들과 어설픈 대화를 할 때.

이 모든 것이 설레고 즐거웠지만 내 안에서 가장 '여행다운. 여행스러운' 순간을 회상해 보면 긴장된 눈빛으로 연신 주변을 두리번거리던 달리는 열차 안이 그려진다.

낯선 땅에서 또 다른 낯선 땅으로 향하는 열차. 익숙지 않은 방법으로 열차에 올라, 모습도 행동도 닮지 않은 사람들 틈에 섞여 알아듣지 못하는 말들 사이를 헤매는 상황. 완전히 긴장을 늦추지도 못한 채로 꾹꾹 눌러 담아온 플레이리스트를 안정제 삼아 수첩에 차표를 끼우고, 차에 타기 전에 했던 일을 더듬어 기록하며 역 근처 슈퍼에서 산 생경한 현지의 간식을 소심하게 뜯어 먹던 시간.

신선한 경험들의 틈바구니에서 '제대로 낯설어지는 순간'을 아마도 나는 고대했던 것 같다. 현지인들 속에 섞여 어떤 위화감도 없길 바라지만, 기필코 이방인인 시간. 어쩌면 그저 모국어가 아닌 말에 묻히길 원했는지도 몰랐다. 그곳에서의 나는 분명 '알아듣지 못하고' 싶어했다.

그렇다 쳐도, 여전히 석연치 않다. 왜 돈과 시간을 털어 이 불편함을 샀을까. 기본적인 안전이 보장된 곳에서 철저하게 외지인이 되는 순간. 지구의 한구석에서 인류라는 최소한의 소속감만을 가진 채 완전히 겉돌고 있음을 느끼는 상황 속에서 난 뭘 얻었던 걸까. 그러고 보니 그 공간들은 언젠가 두려움에 떨면서도 자꾸만 아래로 향하던 물속과 닮아 있었다.

자진해서 이방인이 된 다음, 날마다 '새로고침'을 했다. 원래의 생활 터전에서 나를 새로고침하려면 환경, 습관,

배경뿐 아니라 나를 아는 사람들의 기억과 시선까지 모두 바꿔야 하는, 거의 환생에 가까운 변화가 필요하지만, 여행지에서는 낯선 방에서 눈 뜨는 순간 매일 한 번씩 나를 간단히 새로고침하는 착각을 즐길 수 있다. 그 착각의 자유가 은근 달콤하다.

결국 고독과 자유는 한 몸인 걸까? 왜 준비된 고독 속에서 알 수 없는 자유로움을 느끼는 걸까. 이 또한 이상하다. 실제로 대단한 해방감을 만끽한다거나, 한국에서는 할 수 없는 일탈을 하지도 않잖아. 모르는 사람들과 적극적으로 얽히지도 않고 위험한 시도를 즐기지도 않는다.

대체로 거기서 하는 일은 여기에서도 할 수 있고, 여기서 안 하는 짓은 아마 거기서도 안 할 것이다. 원체 한국에서도 자유를 만끽하는 데 온 힘을 쏟고 있기 때문에 특별히 벗어던질 구속도 없는 삶이다.

이유야 뭐가 됐든, 낯선 사람이 될 수 있는 곳에 꾸역꾸역 찾아가놓고는 최대한 그곳의 사람인 척 행동하는 것이 내 여행의 우스운 모순이다. 현지인들이 먹는 것을 먹고, 그곳 사람들이 장을 보는 곳에서 물건을 사고, 그들이 걷는 산책길을 돌고, 그들처럼 잠든다. 물론 명소에도 들리고 관광도 하지만 일상생활을 빙자한 시간을 더 흠뻑 즐기는 편이다.

어쩌다는 부러 더 현지인인 척 연기를 하기도 한다. 주로 소매치기나 잡시 등을 피하기 위한 전략적 작업인데 현지인 연기의 키워드는 딱 하나, '권태감'이다. 기대에 찬 관광객의 얼굴과 사진을 잘 받는 샤랄라한 의상, 가이드북은 넣어두고 현금은 꼬깃꼬깃하게 접어 주머니 여기저기에 나눠놓은 다음, 어지간히 일상에 치인 얼굴을 연출한다.

사실은 혹시라도 버스를 잘못 탈까 콩닥거리고 있으면서 정류장에 다리를 꼬고 축 늘어지게 앉아 "아, 샌드위치 값은 왜 또 올랐어. 까를로스 사장 오늘도 잔소리하겠지?" 하는 표정을 짓는 것이다(사장 이름은 각 나라에서 흔하다고 느껴지는 이름을 대충 넣는다). 메소드 연기가 빛을 발한 것일까, 실제로 혼자 어딜 다니면서 소매치기 등을 당한 적은 한 번도 없다. 딱 봐도 뭐 털어갈 것이 없어 보이는 행색이 한몫했겠지만서도.

이렇게 귀찮은 짓까지 하면서도 나는 굳이 떠났다. 고독을 의도하고, 불편함을 계획한다는 점에서 여행이 얼마나 사치스러운 놀이인지 깨닫는다. 그렇게 떠돌다 내 나라, 우리 집에 돌아왔을 때 밀려오는, 더 이상 두근거리지 않는 그 나른함과 지루할 정도의 안정감은 정말 맛있다.

내 말을 한 번에 알아듣는 환경의 만만함과 열심히 조사하지 않아도 상식만으로 움직일 수 있는 가뿐함. 그야말로 모래주머니를 떼고 달리다 가벼워지는 기분을 만끽한다.

자유에서 돌아와 또 다른 자유를 음미하는 것이다. 모든 특별함은 유한함에서 나온다는 당연하고도 다행스러운 진리에 기대어 나는 좋아하는 것을 길지 않게 반복한다.

코로나로 인한 출입국 제한에 변화가 생겨 얼마 전에는 3년 만에 도쿄에 다녀왔다. 일본에 있는 동안 학교, 집, 아르바이트의 삼각지대에서 좀처럼 벗어나지 못했던 나는 이번에 처음으로 도쿄 타워라는 것을 가까이에서 봤다. 도쿄에서만 4년을 살았는데도…. TV에서 보는 것과 똑같이 생겼더라.

도쿄에 머무는 동안 한국에서 친구들이 놀러와 추억의 공간이 아닌, 그야말로 관광객들이 가는 맛집에도 가봤다. 그렇지만 나는 도쿄에 방문했을 뿐, 여행하지는 않았다. 그곳은 내게 낯섦을 선물해 주기엔 너무 친숙해져 버렸기 때문이다.

익숙지 않은 자유로움에서 익숙한 자유로움으로 돌아오기 위해, 슬슬 진짜 여행을 계획할 타이밍이다.

촌스러워!
완벽해!

◆

꿈을 갖는 것이 꿈이었고, 야망을 키우는 것이 야망이었으나 끝내 어느 쪽도 이루지 못한 인간이라서일까. 청춘, 성장, 도전, 극복, 이런 것들에 우스울 정도로 무장해제되는 면이 있다.

다소 뻔하고 세련미 없는 취향일 수 있는데 그것들이 반짝이는 순간에는 마음이 자동문처럼 스르르 열려 버린다. 한 번도 가져본 적 없는 그 무모할 정도의 뜨거움과 맹목적일 만큼의 목적의식을 아마도 나는 쭉 동경해 온 것 같다.

어릴 때부터 스포츠가 좋았다. 뜨겁고, 치열한 세계에서 살아가는 사람들이 감탄스러웠고, 목표만을 향해 쏟아내는 성실함과 꾸준함이 감동스러웠다. 어감이 오해를 불러일으킬지도 모르지만 나는 스포츠만이 지닌 그 본능적이다 못해 촌스러운 열기와 투박한 서사에 여지없이 감동한다. 필연적으로 순위를 가리는 특성과 지나친 성과주의,

내셔널리즘 등이 얽힐 수 있다는 면에서 스포츠 경기라는 시스템에 대해서는 복잡한 생각이 들지만, 순수한 스포츠 정신에는 몸이 먼저 반응해 버린다.

포기하지만 않으면, 경기 내용만 재미있으면 내가 응원하는 팀이 져도 정말로 상관없다. 압승을 해도 설렁설렁 플레이를 하면 보는 맛이 싹 사라진다. 오히려 약간의 점수 차로 지고 있을 때가 보는 재미는 더 있다. 스포츠는 무조건 이겨야 한다고들 하지만, 나한테는 그 선수들이 얼마나 끝까지 치열했느냐가 중요하다. 다시 말하지만 애초에 내가 꽂힌 것은 그 촌스러울 정도의 우직함이었으니까.

승패는 선수들의 동력이 된다는 점에서 의미가 크지만 그 자체로 내게 특별한 감명을 주지는 않는다. 내가 좇는 것은 승리라기보다 내게서 절대 찾을 수 없는 그 이글이글한 정신이다.

그러니 내 인생 첫 덕질이 축구 국가대표팀이었던 것은 그리 놀랄 일도 아니다. 왜 하필 축구였냐면 제대로 본 최초의 팀 스포츠가 축구였기 때문이고, 왜 굳이 국가대표냐면 그때 TV로는 그것밖에 볼 수 없었기 때문이다.

초등학생 꼬마가 아빠를 따라 자다가도 새벽에 벌떡 일어나 A매치 경기를 봤다. 피부가 검게 그을린 당시의 '오빠들'은 우리 학교 운동장보다 훨씬 넓은 곳을 뛰어다니며 땀을 주룩주룩 흘렸다. 소풍으로 산에 올라가도 땀 한 방울 흘리지 않던 어린 나는 그들이 뭘 위해서, 어떤 마음으로 뛰는지도 모른 채 그 모습을 보고 무턱대고 가슴이 벌렁거리는 체험을 했다. 처음 보는 거라서.

그라운드 위에서의 그 눈빛은 인상적이다 못해 충격적이었다. 평범한 어린이가 그렇게까지 무언가를 열망하는 눈빛을 목격할 일은 별로 없으니까. 국제적으로 명백한 약체였던 우리 팀의 선수가 골을 넣고 다 같이 부둥켜안고 포효하는 모습은 어린 나에게 깊게 각인되었고, 그렇게 축구를 챙겨보는 어린 여자애가 되었다.

지금이야 어떤 스포츠에든 여성 팬이 많지만, 2002년 월드컵 전에 축구를 좋아한다고 떠드는 어린 여자애는 그리 흔치 않았더랬다. 2002년 월드컵 개막을 앞두고 직관 티켓을 사기 위해 하나은행의 영업 시작 시간을 기다리던 때가 아직도 생생하다. 당시 학생이었던 내게 11만 원이나 하는 티켓 값은 비싸도 너무 비쌌지만, 내가 축구에 빠질 만한 환경을 조성해 근본적인 원인을 제공한 아빠는 입장권을 지원하는 것으로 그 책임을 졌다. 이제는 축구를 잘 보지 않지만 한때는 EPL까지 챙겼을 정도로 어린 시절 많은 설렘과 추억을 준 스포츠였다.

TV 데뷔도 축구로 했다. 배경에 지나가는 사람으로 말고, 신분이 식별 가능할 만큼 얼굴이 크게 잡힌 것은 두 번 다 축구장에서였고 공교롭게도 모두 한일전이었다.

첫 번째는 전교 꼴찌도 공부를 한다던 고3 봄. 특별 과외를 한다고 거짓말을 하고 야자를 빠졌던 날이었다. 전광판 속 나와 눈이 마주친 순간 아차 싶어 얼른 태극기로 얼굴을 가렸는데 놀라서 허둥지둥 대며 태극기를 드는 장면까지 고스란히 방송됐다. 선생님들만큼은 보지 못했기를 기도했지만, 하필 새벽 스포츠 하이라이트에까지 나오는 바람에 '얄짤없이' 걸렸다.

두 번째는 일본에서. 유학 시절, 축구장에 가본 적이 없다는 동생들을 우르르 끌고 경기장에 갔다. 별로 앞자리도 아니었는데 전광판에 나와 친구들이 나란히 클로즈업됐다. 유니폼을 입고 응원석에 있던 터라 우리 얼굴이 잡힌 순간 한국 방송에서 "네, 일본의 한국 교포들도 저렇게 간절히 승리를 기도하고 있습니다"라는 멘트가 나왔다는 사실은 한참 뒤에나 알게 되었다. 당시에는 큰 경기마다 '○○전 응원녀'라는 별명으로 관중석에서 포착된 미인들이 화제가 되곤 했는데 그 경기에만 '사이타마 한일전 응원녀'가 존재하지 않는 이유는 그날 제일 많이 카메라에 잡힌 한국인 여성이 우리였기 때문이다. 축구장의 카메라맨들은 동그란 공을 쫓는 것에 익숙해서 그런지, 유독 빵빵하고 동그란 내 얼굴을 습관적으로 찾아내 자꾸 찍었다.

축구는 시작에 불과했다. 어릴 때 제일 좋아했던 만화는 『H2』, 『러프』, 『슬램덩크』. 지금까지도 내가 제일 좋아하는 숫자는 중학교 때 좋아하던 농구 선수들의 백넘버이고, 한동안은 프로배구에 빠져 놀러가자는 친구들의 삐삐 연락도 마다하고 집에서 배구를 봤다. 올림픽 육상 경기를 직관한 적도 있고, 차에 대해 아무것도 모르면서 웬지 모르게 F1 다큐멘터리를 보고 있다.

이렇게까지 '썰'을 풀어놓았으니 당황스럽게 들리겠지만, 내가 제일 좋아하는 스포츠는 사실 야구다.

다만, 응원하는 팀과 좋아하는 선수는 없다. 예전에는 있었다. 많았다. 그런데 이제 딱히 그런 마음은 품지 않는다. 앞서 나열한 내가 스포츠를 좋아하는 이유에 걸맞지 않은 일들을 몇 차례 경험했다. 야구만의 이야기는 아니다. 스포츠 선수에게 특별히 엄격한 도덕적 잣대를 댈 생각은 기필코 없지만, 나의 경우 애정이라기보다는 존경의 눈으로 그들을 보기 때문에 이런 부작용이 생긴다.

어릴 때는 시즌마다 선수들의 팀이 바뀌는 것도 속상했다. 프로 스포츠 산업은 그렇게 굴러가야 마땅하지만, 나란 아이는 함께 고생하고 의지하며 하나의 목표를 향해 돌진하는 팀워크에 두근거리는 촌스러움도 완비하고 있었기 때문에 그게 그렇게 아쉽더라. 아마 시장논리나 프로의 생태계 따위는 전혀 알지 못하는 나이에 스포츠에 입문했기 때문일 테다. 아빠! 저 사람이 왜 저기 있어? 옷 색깔이 저게 뭐야, 왜 우리 팀한테 공을 던져, 흐엉. 하던 꼬마였다.

사실 그 무식한 취향은 아직도 지워내지 못해 동료 간의 서사, 팀의 역사 이런 거에 또 사족을 못 쓴다. 일본 고시 엔 역사의 전설 PL학원의 KK 콤비 이야기를 열심히 팠고, 'You'll Never Walk Alone'이라는 슬로건 때문에 리버풀에 호감을 가졌을 정도다. 내가 봐도 고루고루 촌스럽다.

그럼에도 나는 여전히 야구라는 종목 그 자체를 좋아한 다. 긴 호흡으로 승부를 보는 것도 좋고, 그만큼의 시간이 있기 때문에 매 경기 단순한 승패가 아니라 길쭉길쭉한 서 사가 생겨버린다는 점이 드라마틱하다. 몇 달 동안 일주일 의 6일을 경기해 그 기록들을 차근차근 저장해 가는 시스 템도 묵묵하고 진득해서 좋다.

그중에서도 가장 매력적인 지점은 팀원 모두가 유기적 으로 합을 맞춰 전략을 수행하는 팀 스포츠임에도 모든 승 부는 매순간의 일대일 대결이 쌓여 결판난다는 점이다. 8 명이나 되는 동료의 운명을 짊어지고 타석 혹은 마운드에 서고, 공격과 수비가 모두 하나의 몸처럼 연결되지만 승부 의 찰나만큼은 외로울 정도로 혼자인 싸움. 수 싸움과 몸 의 대결이 뒤섞이고 흐름의 변화가 서서히 일어나는 면까 지, 아무리 봐도 혹할 지점이 너무 많은 무척 '이야기적'인 스포츠라고 생각한다.

취향이 이렇다 보니 당연하게도 이야기를 만들어가는 포지션, 끈질기게 승부를 보는 플레이어들을 좋아했다. 포수나 1, 2번 타자가 멋져 보이고, 연고지에 대한 집착이 없어 응원팀은 늘 감독을 보고 정했다. 제일 쉽게 반하는 포지션은 유격수. 소위 말하는 큰 야구보다는 작은 야구를 좋아하고, 홈런 타자보다는 집요하게 배트를 갖다 대어 상대의 투구 수를 늘리는 타자에게 반한다. 날카로운 공격보다 호수비에 감탄하고, 레전드 수비 모음집 이런 걸 자꾸 본다. 투수와 포수 사이에만 존재하는 긴장과 믿음의 공존이 왠지 영화적으로 느껴져 '전설의 배터리' 스토리 이런 걸 찾아보기도 하는, 묘하게 뜬구름만 잡는 겉핥기식 팬이다.

일본에 있을 때는 도쿄돔도 드나들었다. 어릴 때도 순정만화보다 스포츠 만화를 많이 봐서 그런지 '고시엔(甲子園, 일본의 전국 고교 야구대회)'에 대한 로망이 있고 머쓱하지만 꼬마 시절 이상형은 『H2』의 히로였다.

사실 볼 기회가 거의 없어서 그렇지, 한국 경기도 프로야구보다 고교야구가 더 흥미롭다. 거액의 돈과 인기 종목으로서의 수혜를 만끽하기 전의 학생 야구는 내가 환장하는 그 촌스러운 열정의 정점에 있기 때문이다. 내리쬐는 햇빛, 아직 다 감정을 감추지 못하는 어수룩함, 승부욕과 우정이 공존하며 청춘, 성장, 도전이 마구 뒤범벅되어 있는 현장은 취향상 안 좋아하기가 상당히 힘들다. 어찌 보면 나는 스포츠 자체보다 바탕에 깔린 정서를 좋아하는 모양이다.

하지만 축구와 야구를 비롯한 그 어떤 스포츠도 잘 알지 못하고, 요즘에는 어느 것도 성실히 챙겨보지 않는다. 보고 싶을 때만 보고, 즐기는 데 지장이 없을 정도로만 안다. 취미는 의무가 아니고 좋아하는 마음과 지식의 해박함은 다르니, 나는 내 식대로 내가 원할 때만 스포츠를 즐기기로 했다. 작년 챔피언스 리그 우승팀이 어딘지도 모르면서 혼자서 캄프 누(FC 바르셀로나 홈구장) 티켓을 끊고, 선수들 이름도 못 외우면서 야구를 틀어놓으며 밥 친구로 이런저런 스포츠 다큐멘터리를 보는 이상한 스포츠 향유자다.

싱어 송 라이터나 7080 가수, 밴드만 좋아하던 내가 어느 날부터 아이돌에 관심이 많아진 것도 실은 이 '아름다운 촌스러움'과 관련이 있다. 이십 대 초반 포털 사이트 음악 팀에서 일하면서 우리나라의 뮤지션들이 데뷔를 준비하는 환경과 스타가 되어가는 과정을 남들보다 조금 더 가까이에서 목격할 기회가 있었다.

그들은 마치 스포츠 선수처럼 훈련하고 시시각각 도전하고 있었다. 그 어린 나이에 자신의 진로를 확신하고 연습생 시절부터 데뷔를 위해 모든 걸 쏟아붓다니, 저게 가능한가? 처음엔 저 아이들이 뭘 믿고 저렇게까지 하나. 성공할 확률도 너무 낮은데, 딱 봐도 잔혹한 업계인데. 왜 벌써 저렇게 어른의 말과 표정을 흉내 낼까. 기획된 대로 살기 괴롭지 않을까 같은 건방진 연민을 함부로 품곤 했었다.

그들은 마치 토너먼트를 거치듯 엄청난 성실함과 목적의식으로 하나씩 스텝을 밟아가며 아주 희미한 불빛을 향해 전력 질주하고 있었다. 노래와 춤에 외모까지 갖췄는데 몇 가지 외국어를 공부했고, 또래보다 훨씬 다듬어진 매너와 정치인 버금가는 청렴함, 성직자 수준의 인내심을 요구받는 가차 없는 상황 속에서도 팀원들과 두터운 우애를 유지하며 긍정적으로 살아가기 위해 애썼다(그것이 표면적인 것일 뿐일지라도).

사실, 이런 건 말이 안 된다. 한 직업인에게 불가능에 가까운 조건들을 강요하며 완벽을 요하는 시스템이나 폭력적인 대중들의 태도는 분명 개선이 필요하다. 하지만 덕분에 나는 그들이 얼마나 꿈이 크고 열정적인지 알게 되었다. 내가 평생 가져보지 못한 것들을 잔뜩 가지고 있는 또 하나의 직업군을 발견한 것이다.

두 분야 모두 너무 가혹한 세계 같아서 가끔은 그들을 응원하는 것조차 조심스러운 마음이 들 때도 있었다. 그들이 자신의 청춘을 걸고 인내와 땀을 꾹꾹 눌러 담아 이뤄낸 기쁨을 방구석에 널브러져 맥주나 마시며 관망하는 내가 멋대로 같이 누리려니 괜히 미안하다고 할까. 그들이 스스로 선택한 삶인 것을 알면서도 나로서는 상상도 되지 않는 노력의 양에 아연해져 그런 주제 넘는 기분에 빠질 때가 있었다.

그래서인지 자신의 일을 정말 좋아서 하는 것 같은, 경기와 무대에 푹 빠져 있는 모습을 보여주는 이들일수록 안심하고 지지한다. 애초에 꿈과 야망과 성장을 동경하는 마음에서 시작된 팬심이니, 혹 다른 면에서 유려하지 않더라도 '다른 건 잘 모르고요, 전 그냥 좋아서, 더 잘하고 싶어서, 이걸 미친 듯이 해요'라는 태도로 묵묵히 본업에 충실한 이들을 보면 홀린 듯 응원하게 되는 것이다. 그리고 그런 사람들 대부분이 압도적으로 실력도 출중하다.

얼마 전 「더 퍼스트 슬램덩크」가 개봉했다. 영화를 보기 전 모든 프리뷰를 죽어라 피해 다니는 사람이라 내 최애 캐릭터가 주인공인 줄도 모른 채로 개봉일에 곧바로 극장으로 달려갔다. 관용적 표현으로도, 물리적으로도 숨이 멎을 것 같은 영화적 체험이었다. 사실 이 글을 쓰는 지금은 코로나로 격리 중인데, 확진되기 전에 봐서 다행이다. 미각과 후각을 잃어 아무 맛을 못 느끼는 상태지만 '미각은 거들 뿐. 그래, 난 포기를 모르는 여자지…'라고 중얼거리며 식감에 집중해 온 음식을 섭렵하고 있다. 격리가 끝나면 가끔 들르는 동네 뒷골목 배팅 센터에 가서 방망이나 휘두르고 와야겠다.

바보상자에
창을 낼 수 있을까

◆

    나는 텔레비전 키드였다. 'TV는 바보상자'라는 말이 격언처럼 쓰이던 고난의 시절을 씩씩하게 버텨낸 의지의 어린이였다고 할까. 요즘은 접근성이 훨씬 좋은 휴대용 바보상자들이 도처에 널려 있어 그런지, 아니면 그들(?)이 생각하기에 이미 손쓸 수 없을 정도로 바보가 많아져서 포기를 한 건지, 이런 말을 하는 사람이 별로 없는 것 같다.

  밖에서 하루 종일 뛰어놀다가 밥때가 되면 집에 들어와 한 그릇을 뚝딱 먹어치우고 텔레비전 앞으로 달려가곤 했던 나는, 어른들이 왜 자꾸 그런 말을 하는지 몹시 궁금했다. 내일 학교 갈 때 우산을 챙겨야 하는지, 길이 얼마나 막히는지, 세상에 어떤 나라가 있고 그곳 사람들이 어떤 생김새로 어떤 언어를 쓰는지, 바다 속은 어떻게 생겼는지, 대통령은 어디 사투리를 쓰고 국회의원들은 어떤 표정으로 싸우는지, 종이컵으로 어떻게 인형을 만드는지 다 TV

가 가르쳐줬는데 바보라고 하니 참으로 이상했다. 얼마나 이것저것 가르쳐줬냐 하면 'TV는 바보상자'라는 말 자체를 TV에서 처음 들었다.

책과 신문을 통해 만나는 세상도 물론 있었다. 그 역시 신기하고 놀라웠으나 각 미디어의 특성과 순기능, 역기능 따위를 알 턱이 없던 꼬마로서는 책과 신문을 보면 기특해하고 TV를 보면 염려하는 이유가 자주 궁금했고, 똑똑해 보이는 일부 어른들이 영화를 많이 보면 멋쟁이, TV를 많이 보면 멍청이 취급하는 것을 보고 영문 모를 반항심을 키웠다.

책과 영화를 보면 그것만의 깊이와 시선을 접할 수 있지만 대부분의 경우 스스로 특정 주제나 작품을 선택해 찾아봐야 하기 때문에 모르는 분야에 대해서는 궁금해하기조차 어려운 면이 있었고, 초등학교 때까지만 해도 신문이란 어른들끼리 주고받는 자기들만 아는 암호로 쓰인 종이 뭉텅이처럼 느껴졌다. 어쩌다 한 번씩 아빠와 같이 사설을 읽거나 신문에 드문드문 실린 한자 공부를 하기도 했지만 글자를 안다고, 글을 이해하는 것은 아님을 실감할 수밖에 없던 나이였다.

나는 혼자 심각했는데, 정작 우리 부모님은 크게 개의치 않았던 것 같다. 잘 시간을 넘기거나 할 일을 뒷전에 두거나 특별히 자극적인 콘텐츠를 보지 않는 한, 그냥 두셨다. 영유아 시절에는 어떤 식의 교육을 받았는지 기억나지 않지만 중학교 때부터는 비교적 자율적으로 시청을 했다. 학교가 끝나면 부모님이 올 때까지 케이블 음악 방송을 주야장천 틀어놨고, 꼭 보고 싶은 프로그램이 있으면 그전에 한두 시간 정도는 공부를 하는(혹은 하는 척하는) 언뜻 비겁해 보이지만, 가족구성원 모두의 심적 평화를 두루 살피는 고급 스킬을 구사하기도 했다.

이렇듯 지극히 개인적인 욕망을 위해 TV 혹은 TV를 보는 나를 변명할 근거를 찾아 발버둥 치던 나는 발길질의 속도와 힘을 적절히 조절하지 못해, 광고 전공을 거쳐 대학원에서 TV를 연구하기에 이르렀다. 전문가가 되지는 못했지만 오랫동안 품어왔던 TV의 괴상함에 대해 원 없이 생각하는 시간을 누렸고, 이 흥미로운 상자에 대한 새로운 발견도 했다.

물론, 이것도 다 결과론이다. 'TV가 바보상자가 아님을 밝히기 위해 수십 년간 TV를 시청한 황모 씨가 결국 바보가 된 채 발견되었습니다'라는 뉴스가 흘러나올 수도 있었다.

이제는 더 이상 TV가 대중 매체의 중심이 아닌 시대이고 나 역시 머리통이 커지며 어릴 때보다 입체적인 관점에서 생각하게 되었지만, 그럼에도 여전히 TV 자체를 무턱대고 폄하하면 내심 서운해진다. 열등감과 반항심이 뒤섞여 체화된 감각이기도 하고, 그 지적이 지나치게 단편적이라는 내 나름의 논리가 정립되었기 때문이기도 하다.

"TV를 잘 안 봐요"라는 취향은 그럴 수 있고 "저희 집은 TV를 다 없앴어요"라는 것도 존중할 만한 생활방식이라고 생각하는데 거기에서 끝나지 않고 'TV는 유해하고, 그걸 보지 않는 편이 현명하다'라는 뉘앙스를 풍기면 머릿속에 질문이 좌르륵 펼쳐진다. 그 존재 자체를 부정하기보다 보는 방식과 시간, 대상에 대해 고민하는 편이 맞다는 생각이 여전히 남아 있다.

티켓을 끊지 않아도, 많이 배우지 않아도, 시간에 쫓기는 사람이라도 볼 수 있는 매체이기에 그것을 과도하게 배제하는 자세에 조심스러움이 필요하다고 생각한다. 그래서 더욱 끊임없이 연구와 성찰이 이루어져야 하고, 그 영향력에 대한 책임감을 가진 이들이 멋진 창을 끊임없이 내주길 고대한다. TV를 보는 사람도, TV를 보지 않기로 결심하는 사람들만큼이나 능동적이고 비판적인 태도로 상자의 창 너머를 여행하면 여러모로 좋을 텐데, 그것이 말처럼 간단하지 않다는 사실을 이제는 안다.

나 어릴 때야 바보상자가 하나뿐이었지만 이제는 온갖 곳에 '바보 판때기'와 '바보 버튼'이 가득하고 그 자극도와 수위도 훨씬 극단적인 것 같아 소비자로서도, 사회구성원의 한 명으로서도 생각이 많아진다. 특히 아동이나 청소년들의 콘텐츠 시청에 어떤 교육이 병행되어야 하는가에 대해서는 어른들이 부지런히 고민을 해야 할 것 같은데, 당장 나만 해도 그 힌트를 얻기 위해 유튜브와 인터넷에 '청소년 콘텐츠 시청 교육' 같은 것을 쳐볼 생각부터 드니, 이것 참 고심해 볼 만한 현상이다.

도서관에서 책으로 찾아보면 된다고? 맞다. 책도 봐야 한다. 그러나 그 역시 너무 맹목적이지는 않았으면 좋겠다. 종이 위에 적힌 것만이 무게가 있다는 관점 역시 크게 보면 그리 안심할 수 있는 태도는 아니기 때문이다.

'지금 세대의 꼬마들 중 누군가도 어떤 날의 나처럼 어른들이 걱정하는 바보상자에 창문을 내어 세상 구경을 하고 있을 텐데, 바보상자를 타고 신기한 이야기 위를 신나게 노 젓고 다닐지도 모르는데' 하는 생각과 '그렇지만 지금은 바보상자도, 상자의 창문도, 상자가 떠다니는 이야기의 바다도 너무 드넓고 깊고 거칠잖아' 같은 불안함이 공존한다. 이 또한 충분히 공부하지 않으면 "지금은 나 때랑 다르니 너희는 조심해"라는 식의 공허하고 주제넘은 구세대의 잔소리가 될 뿐이니 참 어려운 일이다.

하아, 기껏 시간을 들여 공부까지 해놓고 여전히 그 상자를 다루는 법 하나 제대로 알지 못하다니, 역시 내가 TV를 좋아해서 바보가 된 것일까.

어쩌면 나란 존재는 진즉에 바보가 되어 커다란 상자 속에 살고 있던 것 아닐까? 이 상자를 뚫고 나갔더니 더 큰 바보상자가 있다면? 우주가 하나의 거대한 바보상자라면? 이런 쓸데없는 생각을 많이 하는 것도 혹시 TV를 많이 봐서 일어난 일일까? 아니면 「트루먼 쇼」를 너무 좋아했기 때문일까? 그건 영화라서 괜찮나? 사회초년생 때 만난 "TV를 집에 두는 건 내 정서와 감각이 용서치 않는다"라고 말하던 미술 작가님은 할머니가 되어서도 TV를 안 보실까.

여전히 궁금한 이 상자의 실체에 대해 알기 위해 어릴 적 TV에서 봤던 만화 속 머털도사처럼 내 분신을 잔뜩 만들어 비교해 보고 싶다. 각각 다른 시간과 방법으로 시청을 하게 하고 해마다 바보 지수를 체크하는 것이다. 실험을 위해 여러 가지 치밀한 준비가 필요하겠지만, 우선 TV를 평생 보지 않아 그것 때문에 바보가 됐을 확률이 전혀 없는 청정한 뇌의 인간에게 객관적인 바보 지수 측정법부터 만들어달라고 해야겠다.

어쩔 수 없이
언젠가 또 무엇이 되어야만 한다면 ◆

　　　　　　　　　돌 되세요. 여러분, 돌 됩시다.
나는 방구석 '스톤교'의 교주이다. 신자는 나 하나고 제대로
된 교리는 없다. 순도 높은 사이비라는 뜻이다. 답답한 뉴스
나 절망적인 소식이 대화에 등장하면 농담처럼 돌 이야기
를 꺼낸다. 돌같이 살아야 합니다, 여러분. 인간관계의 문제
가 머릿속을 괴롭힐 때는 못난 인간, 잘난 인간 모두가 귀
여운 돌멩이로 변하는 상상을 하며 애써 마음을 가라앉히
기도 한다.

　잡지나 TV의 인터뷰를 보면 "다시 태어나면 무엇이 되
고 싶나요?" 같은 질문이 심심치 않게 등장한다. 되새길수
록 심상치 않은 질문이다. 어쩌면 우리는 이토록 철학적이
고 종교적이기까지 한 대화를 가벼운 심리테스트의 감각
으로 나누고 있을까. 물론, 나는 이런 대화에 눈을 반짝이
며 발 벗고 동참하는 스타일이긴 하다. 쓸데없는 걸 궁금

해하는 능력은 어디 가서 뒤지지 않는 편인데 생각할수록 처음 이 질문을 던진 사람의 의도가 무엇이었을지 무척 알고 싶다. 다만, 그의 의도가 뭐였던 간에 내 첫 대답은 변하지 않을 것이다. "안 태어나는 선택지는 없나요?"

일단 태어난다는 말 자체에서 느껴지는 넘치는 생명력이 버겁다. 나는 가능하면 생명체로서의 삶은 이번 생에서 끝내고 싶다. 팔딱거리며 꿈틀대고, 피고 지는 것으로서의 삶은 경이롭지만 다음 생에서까지 할 필요는 없을 것 같다. 놀이공원에 가면 스펙터클한 즐거움이 있지만 그렇다고 맨날 갈 생각은 들지 않는 그런 것과 비슷하다.

생명체 외의 것으로 환생하기 어렵다면 적어도 인간만큼은 졸업시켜 줬으면 좋겠다. 이왕 태어난 거 남은 생은 열심으로 인간일 것을 약속할 테니, 만기 제대 느낌으로 깔끔하게 졸업시켜 주길 요청한다.

할아버지는 불교식으로, 할머니는 천주교식으로, 외할아버지는 기독교식으로, 외할머니는 대종교식으로 장례를 치르고 어느 집보다 꾸준히 유교 행사를 챙기는 집안에서 자랐음에도 믿음이 없는 자로서.

성당의 오르골 소리와 스테인드글라스에 반해 세례까지 받고 목청이 크다는 이유로 성가대 단장까지 하기는 했는데 정신적으로는 여전히 무교인 중생으로서, 대체 누구한테 이 청탁을 해야 하는지는 모르겠지만, 아무튼 부탁한다.

어쩔 수 없이 언젠가 또 무엇이 되어야만 한다면, 역시 바다 속 돌맹이로 태어나고 싶다.

아무것도 하지 않으면서, 엄연히 자연인 존재. 자연에 조용히 속해 있으면서도 피고 지는 생명은 없는 것. 찔려도 아프지 않고, 밟혀도 끄떡없지만 바다 속 잔잔한 물결에는 데굴데굴 흘러가고 바람에는 조금씩 깎이는, 강한 것 앞에서는 제법 시치미를 떼고 약한 것들에게는 살랑이는 바다 속 돌맹이.

작은 차돌 같은 것을 보고 있으면 반질반질한 모양이 귀엽고, 단단한 것이 안심되고, 한결같음이 기특하다. 게다가, 어떻게 이름도 '돌맹이'람. 고렇게 단단해 가지고는 요렇게 몽글몽글한 발음을 가지다니, 똘똘한지 멍청한지 감이 안 오는 이름의 울림까지 매력적이다.

돌맹이와 알맹이의 'ㅔ'와 'ㅐ'가 영 헷갈리길래 돌에 맞으면 멍이 드니까 '멍'에 'ㅣ'를 붙이는 게 돌'맹'이라고 외우며 피식거린 순간부터 나는 이미 그 녀석들에게 마음을 빼앗겼던 것인지 모른다.

잘생긴 돌맹이가 하나 갖고 싶어 바다에 오가는 사람들에게 부탁해 본 적이 있는데 돌맹이라는 게 세상에 너무 치이고 넘쳐 그런지 기억하고 주워 오는 사람들은 많지 않았다. 경주빵이나 부산 어묵 같은 것을 사 오라고 하면 까먹었다가도 가게 앞에서 생각이 날 텐데, 돌맹이는 하루 종일 밟고, 차고, 걸으면서도 기억을 못 하는 모양이다. 선물처럼 생기지를 않아서거나 모두 똑같이 보여서거나. 인간들이 내 말을 귓등으로도 안 듣거나 그중 하나겠지. 친구 한 명이 그게 진심이었어? 라고 물은 걸 보면 농담인 줄 안 사람들도 있는 것 같다. 대리 입양에 실패할 때마다 투덜대기는 하는데 솔직히는 그렇게 쉬이 잊히는 면까지 마음에 쏙 든다.

군이 바닷가에 가는 사람에게 부탁하는 이유는 내가 속물적으로 반려돌멩이의 혈통을 따지기 때문인데, 나는 꼭 바다에서 온 돌멩이를 입양하고 싶다.

욕심을 부리자면 바닷가 말고 물속에서 건져온 돌이면 더 좋겠다. 내 손에 꼭 쥐어지는 사이즈, 동그란 외모와 반질반질한 결을 가지면 거의 합격이라고 보면 된다. 물을 좋아해서 그런가? 지상 위에서보다 바다 속에서의 돌멩이가 훨씬 평온해 보이기도 하고, 물결에 따라 들썩이느라 덜 심심한 삶(?)을 살았을 것만 같아서 우리 집에 가둬두는 게 덜 미안하다.

이 글을 쓰는 도중에 영화 「에브리띵 에브리웨어 올 앳 원스」를 보았다. 영화는 여러 면에서 짜릿했지만, 돌이 등장한 순간 내 마음은 그야말로 돌팔매질 당했다. 덕분에 내 감정은 모래처럼 분쇄되었고 눈과 코에서는 물이 줄줄 흘렀다. 오랫동안 많은 이들의 입소문을 탈 것 같은 직감이 들어 구체적인 내용을 말하지는 않겠지만, 나는 감히 그 영화를 '스톤교를 위한 글로벌 미디어 성서'라고 멋대로 정의 내렸다.

커다란 스크린에 황량한 바람 소리와 함께 돌맹이가 클로즈업될 때는 나도 모르게 소리를 지를 뻔해서 얼른 손으로 입을 틀어막아야 했다. 실제로 평소 나의 근본 없는 돌 찬양을 참아주던 가까운 지인들 몇몇이 영화를 보고 연락을 해왔고, 한 친구는 돌 버전 포스터를 챙겨 내가 없을 때 현관 앞에 붙여두고 가기도 했다. 얼마 전에는 마침내 눈 붙인 돌맹이까지 선물 받았으니, 여러모로 스톤교에게는 매우 중요한 작품이 아닐 수 없다(그렇다고 이 영화가 돌에 대한 영화는 전혀 아닙니다만).

이런 멋진 작품에서도 돌이 중요한 역할을 하는 걸 보니, 인간들이 돌이 가진 깊이를 알아채고 있는 것이 분명하다. 드디어! 라는 반가움이 크지만 동시에 마음 어딘가가 바늘에 찔린 풍선처럼 푸슉 하고 꺼지는 느낌이 들었다. 미세하지만 분명하게 김이 샌 것이다. 이제 내가 돌 되자는 말을 하면 "자네, 어디서 영화 좀 봤나 보군?"이란 소리를 들을지도 모른다.

역사적 걸작을 상대로 은둔형 망상가가 혼자 샐쭉해지는 것도 웃기긴 한데, 모두에게 돌의 깊이를 알아야 한다고 외치면서도 실은 나 혼자만 그 진가를 눈치채고 있음에 내심 흡족하기라도 했던 모양이다. 왜 '나만 알고 싶은 밴드' 같은 감성 있잖아. 옛날부터 그런 꼬인 구석이 있기는 했다. 참 쓸데없는 모순이자 왜곡된 애정이다. 이게 다 내가 돌 같은 마음을 갖지 못해서 그렇다. 돌 되자, 나란 인간.

몇 달 전에는 도쿄에서 이우환 작가의 전시를 관람했다. 그날 이후로 가장 좋아하는 작가가 바뀌었다. 그분의 회화 작업도 좋아하는 편이라 책이나 사진으로 그림을 접한 적은 있지만 실제로 전시를 본 것은 처음이었다. 손끝까지 소름이 돋는 시공간이었다. 그리고 그곳에는 수많은 돌이 있었다.

단순히 돌이 작품에 등장하고 말고 하는 문제가 아니다. 검은 철판과 마주한 돌의 공간에서는 마치 돌덩이가 수많은 이야기와 감정을 뿜어내는 듯한 감각이 온몸을 훑고 갔다. 그분의 온전한 의도가 무엇이었는지 감히 다 가늠할 수는 없지만 내가 농담처럼, 그러나 분명히 진심으로 예찬하던 돌이라는 매개를 통해 세상을 말하는 작가의 목소리가 커다란 바위처럼 마음 깊은 곳에 쿵 소리를 내며 내려앉았다.

예술은 무언가를 죽이고 살린다는 사실을 새삼 깨닫는다. 생물이 되고 싶지 않아 돌이 되려 했는데, 작품 속 돌들은 어떤 과격한 몸짓의 동물보다, 형형색색의 식물보다 더 생명체라 벅차면서도 당황스러웠다.

예언컨대, 앞으로 돌멩이의 사랑스러움을 깨닫는 사람

은 점점 더 늘어갈 것이다. 비록 왜곡된 애정을 가진 나지만 앞으로는 반려돌과 함께 그날이 오는 것을 담담히 기다리려 한다. 바다 속 같은 고요함 속에서, 하루하루의 파도에 살랑대면서.

리멤버!
오아시스!

◆

　　　　　　　살면 살수록 좋아하는 대상을 샅샅이 찾아내 꼼꼼히 즐길 줄 아는 것도 재능이라는 확신이 생긴다. 그것도 삶의 만족감에 직결되는 고귀한 재능. 그래서 나는 이 재능을 발굴하고 키우는 일에 무척 관심이 많다. 무디지 않은 감도, 폭넓은 관심, 적당한 정보력과 능동적 태도가 있어야 새롭게 좋은 것을 찾아내 생생하게 좋아할 수 있고, 무엇보다 세상을 향한 긍정적인 시선을 유지해야 보물을 발견할 수 있으니 좋아하는 마음은 어쩌면 건강함과도 이어지는 것 같다.

　위에 말한 요건들은 나이가 먹으면 자연적으로 둔화되기 마련이라, 죽을 때까지 좋아하며 살려면 나이가 들수록 오히려 더 적극적이 되어야 할 것 같다. 언젠가부터 주변에 "이제 딱히 재미있는 것도 없어"라고 말하는 사람들이 늘고, 나 역시 "예전엔 좋아했었는데 지금은 잘 모르겠어"

라는 분야들이 생긴다. 그건 그것대로 자연스러운 변화니 나쁠 것은 없지만, 난 내 기분의 눈치를 무척 많이 보기 때문에 내 기분이 좋아질 기회들을 꾸준히 찾아다닌다. 좋아하는 것들을 발굴하고 즐기기 위해 일종의 노력을 쏟는다.

'조금이라도 재미있을 것 같으면 일단 해'라고 굳게 마음먹은 후부터는 대체로 실천하고 있다. 이런 구체적인 결심을 한 계기가 웃기고도 슬픈데, 오아시스 때문이었다. 밴드 오아시스.

2009년, 당시 나는 아직 일본에서 생활 중이었고 방학 동안 잠깐 한국에 들어올 계획이었다. 그리고 그해 여름, 오아시스가 내한한다는 소식을 들었다. 나는 한 번도 그들의 라이브 공연을 본 적이 없었고 당연히 가고 싶었다. 그런데 귀국해서 보내는 짧은 휴가에 한국에서 해야 할 일이 너무 많았다. 그전까지는 거의 매해 록페스티벌에 갔었는데도, 무려 오아시스가 나온다는데도, 나는 하필 그때 '다음에 보자'라는 용감한 결론을 내리고 말았다. 당시에는 한국에 한 번 와본 밴드들은 무조건 다시 온다, 라는 믿음이 생기던 시기였다. 실제로 다시 못 볼 줄 알고 무리해 공연을 봤던 여러 뮤지션들이 생각보다 금방 한국을 찾았다.

그래서 리암과 노엘에게 묻지도 않고 내 멋대로 다음을 기약했다. 거기에는 그들이 형제라는 점도 한몫했다. '저 팀은 형제라 해체도 안 할 텐데 뭐'라는 순진한 생각을 했다. 가족끼리 돌아서면 남보다 못하단 걸, 그 숱한 뉴스들을 보고도 까먹다니.

그리고 그것이 오아시스로서의 마지막 내한이 되었다. 그들은 싸웠고, 해체했고, 십 년이 훌쩍 지난 지금도 공식적으로 화해하지 않았다. 갑자기 극적 재결합을 할 수도 있고 실제로 희망고문도 여러 번 당했지만 현재 시점 오아시스의 공연을 내 눈으로 보는 건 불가능에 가까워 보인다.

세상에 당연한 것은 없다는 당연한 사실을 나는 내 편의에 따라 망각했고, 그 결과는 이토록 쓰라렸다. 그래서 이제는 '하고 싶긴 한데'라는 생각이 들면 곧바로 '하고 싶어'로 변환하여 '해'라고 출력한다. 해보고 싶은 마음 그거, 쉽게 생기는 거 아니다.

그날 이후로 '재밌어 보이긴 하는데 귀찮아. 하면 좋긴 한데 이렇고 저렇고 하니까'라는 식의 망설임을 열정적으로 떨쳐내려 하고 있다. 올해 초 필리핀 보홀 여행을 다녀온 것도 결국엔 다 오아시스 때문이다.

오랫동안 친하게 지내는 무리 중에 잠수와 물질, 자유여행과 아웃도어를 그야말로 '기깔나게' 즐기는 친구들이 있다. 그 둘은 훌쩍 훌쩍 어딘가로 떠나 단톡방에 틱 하고 사진을 올리곤 했다. 원래 뭘 꼭 다 같이 하는 그룹도 아니고, 몇몇이 모여 놀면 그런가 보다 하는 집단이라 심심치 않게 있는 일이다. 난 항상 '오오~', '천국이구만', '키야', '뭐야, 나도 좀 데려가'라는 감탄의 답을 달았고 늘 진심이었지만, 한 번도 진짜로 가려고 하지 않았다.

상황이 맞지 않을 때도 있었지만, 솔직히는 그들의 여행이 나 때문에 덜 재미있어질까 봐 그런 적도 있었다. 나는 그들만큼 잠수나 수영을 못하고, 노지 캠핑을 해본 경험도 없고, 벌레도 무서워하고, 장비도 없고, 운전도 안 한다. 그 말인즉슨, 쉬자고 간 여행에 내가 챙겨야 할 존재가 된다는 뜻이었다. 내가 그 친구들의 아들딸도 아닌데 좀 그렇잖아. 그런 것에 크게 개의치 않아할 사람들이라는 걸 알지만, 어쨌든 나는 그랬다. 그래서 '나중에는 나도 가야지'라는 공허한 답변만 반복했다.

그러던 어느 날 예의 단톡방에 보홀의 사진과 링크들이 올라오기 시작했다. 그 사이 국내에서도 여행지로 이름을 알린 모양인데 나는 그때 그곳의 존재를 처음 알았다. 역시나 놀이대장들. 귀신같이 좋은 데를 찾아 언제나처럼 '우리 여기 갈 건데, 누구 같이 가실?'이라는 말을 모두에게 툭 던졌다. 코로나로 몇 년 동안 새로운 곳에 가보지 못했고 보홀의 바다는 파랗다 못해 퍼렜다. 심지어 내 사랑 돌고래를 볼 수 있는 스폿까지 있었다.

그 사진들을 보는 사이 스멀스멀 설레더니 마침내 콩닥대는 수준이 되었다. 이런 여행은, 저런 액티비티는 나 혼자는 할 수가 없다. 내가 나서서 누구를 데리고 갈 수도 없다. 오직 숙련된 꾼들을 따라갈 때 가능한 경험이다. 콩당대는 가슴에, 이제는 머릿속까지 시끄러워지기 시작했다.

그러면서도 소심한 나는 덥석 가겠다고 말하지 못했다. 내가 가면 방도 하나 더 잡아야 할 테고, 여전히 내 바다 놀이 경력은 해변에서 조개 잡기, 파도 위에 둥둥 떠다니기가 전부고, 이동을 오토바이로 한다는데 운전도 못하는 데다가 심지어 제주도에서 스쿠터를 몰다 죽을 뻔한 기억마저 있는 나는 반드시 누군가의 가방처럼 짐짝이 되어 뒤에 실려 다녀야 했다. 그들도 바쁜 일상을 어렵게 쪼개서 가는 여행인데 신세질 일들밖에 떠오르지 않았다.

그때 문득 이런 생각이 들었다. 보홀이 오아시스면? 언제 또 이런 기회가 올 줄 알고? 죽을 때까지 단톡방에 '오오, 나도 다음엔 갈래'만 쓰고 있으면?

오아시스의 〈Don't Look Back in Anger〉는 우리말로 이런 뜻이라고 했다. '네 마음의 눈 속으로 들어가 봐. 더 놀기 좋은 곳을 찾을 수 있을지도 몰라… 우리 스쳐갈 때 너무 늦었다는 걸 알겠지… 화난 얼굴로 돌아보지 마' 가사의 진짜 의미 같은 건 알 바가 아니었다. 나는 필요한 단어들만 골라 원하는 방향으로 곡해했다. 놀기 좋은 곳, 늦었다는 걸, 화난 얼굴!

나로서는 무척 큰 용기를 내어 이러이러한데 진짜 내가 껴도 되냐고 물었고 두 사람은 별일 아니라는 듯 상관없다고 답했다. 이 감사한, 느슨한 사람들.

그렇게 해서 오토바이를 타고 보홀 섬을 달리고, 카약 위에 드러누워 새까만 밤하늘 아래 반딧불을 보고, 아무 때나 바닷물이나 수영장에서 뛰어들고, 고래상어를 코앞에서 보고, 파란 물 속에 오직 나와 바다거북이만 있는 사진을 찍고, 배를 타고 나가 코딱지만 한 돌고래들의 점프를 보고, 동굴 호수에 다이빙을 하고, 20년 지기 친구들과 첫 해외여행을 하는 기억을 남겼다.

그저 따라가는 용기를 낸 것만으로 누군가는 평생 한 가지도 이루지 못할 이 짜릿한 경험을 새겼다.

예상대로 미안하고 고마울 일이 여러 번 있었지만, 그 경험이 너무 신나고 특별해서 마음속으로 '에라, 모르겠다!'를 계속 주문처럼 외쳤다. 그러게 누가 20년 동안이나 친구 하랬나. 껴도 된다고 너희가 그랬잖아. 아, 몰라. 정작 두 사람은 아무렇지 않게 그냥 노는데 나 혼자 이랬다. 아마 그자들이 이 글을 본다면 혼자 별 난리를 다 쳤네 하겠지만… 그러거나 말거나. 아, 몰라.

아빠한테도 낚시 좀 데려가라고, 나 찌 좀 보고 있어야겠다고 본격적으로 치대기 시작했다. 나는 낚싯대도 세팅할 줄 모르고, 구더기도 못 끼우고(지렁이는 이제 목장갑을 끼면 낄 수 있다), 낚은 물고기도 내 손으로 못 빼는데, 낚싯대를 걸어놓고 찌를 보고 있는 게 왜 그렇게 좋은지 모르겠다. 어차피 내 주변에 낚시를 좋아하는 사람은 아빠랑 오빠밖에 없어서 가족이라는 명목하에 뻔뻔하게 '공주님 낚시'를 한다. 친구들과는 달리 아빠에게 난 '그의 아들딸' 중 딸에 해당하기 때문에 조금 더 당당하게 밀어붙인다.

예전에는 아빠를 따라가면 자꾸 귀찮게 해야 하고 아빠가 낚시의 고요함을 즐기는 걸 아니까, 내 눈치 안 보고 담배도 피우고 싶을 테니까, 별로 조르지 않았다.

하지만 독립한 후로 부모님과 보내는 시간은 점점 줄어들고, 나는 아빠와 낚시터에 아무 말도 없이 앉아 있는 것이 좋고, 죽어도 멈추지 않을 것 같은 잡념의 톱니바퀴가 멍하니 찌만 보고 있을 때 한 번씩 멈춰서는 그 평온함이 못내 그립다. 그래서 이제는 낚시가 가고 싶어지면 마구마구 티를 내고 어떨 때는 막무가내로 예약을 넣는다. 망설여질 때마다 이렇게 되새기면서. 리멤버, 오아시스. 돈 포겟, 돈 룩 백 인 앵거.

일단 본가에 가 있는 동안 아빠가 낚시 갈 채비를 한다 싶으면 밥 달라고 기다리는 멍멍이마냥 기둥 뒤에 딱 붙어서서 은근한 눈빛을 집요하게 보낸다. 돌아보지 않을 수 없도록, 등 뒤가 따가워 '룩 백' 하고 말도록. 결국에 나와 눈이 마주친 아빠가 "뭐, 너도 간다고?" 하고 물으면, 나는 최선을 다해 배시시 웃는다.

우리 아빠는 날 무척 사랑하지만, 혼자 하는 낚시도 사랑하기 때문에 가끔은 못 들은 척하기도 하고 "오늘 가는 데는 너 불편해서 못 가"라고 답하기도 하지만, 어떨 때는

"빨리 옷 입어. 늦으면 때 놓친다"라고 답하기도 하고 "딸, 가고 싶냐?"라고 먼저 묻기도 한다.

내가 좋다고 따라나서면 엄마는 "너 가면 맥주도 넣어야 겠네"라면서 당신들은 드시지도 않으면서 딸 먹으라고 꼬박꼬박 쟁여두는 맥주 한 캔을 꺼내 아빠의 간식 가방에 꼽아주고, 작전에 성공한 나는 잠시 뒤 아빠가 비스듬하게 세워준 파라솔 밑 낚시 의자에 쪼그리고 앉아 멍하니 찌를 보는 호화를 누린다.

내가 졸라서 간 건데도 "와, 아빠는 진짜 좋겠다. 세상에 낚시를 제 발로 따라나서는 딸이 다 있고. 여기 혼자 온 아저씨들은 얼마나 아빠가 부러울까. 이런 딸의 아빠로 사는 기분은 어때? 내가 상상이 안 돼서 그래"라고 그야말로 너스레를 떤다. 30년 이상 꾸준히 해온 좋은 딸 세뇌 프로젝트라서 아빠는 또 시작했네, 라는 표정으로 듣지만 결국에는 어이가 없어 웃는다. 그렇게 한 시간이고, 두 시간이고 찌를 본다. 아빠한테 괜히 한 번 말을 걸고, 찌를 본다. 맥주 한 모금을 마시고, 또다시 찌를 본다.

한 마리도 잡지 못하는 날도 많고, 손맛은커녕 찌가 꿈쩍도 안 하는 날도 있지만 아무래도 괜찮다. 낚시를 하는데 정말로 물고기가 물면 에이, 싫을 때마저 있다. 한참 찌 보고 있었는데 귀찮게. 나는 그냥 아빠가 조물조물 만들어 둥글둥글하게 빚은 다음 뚝 떼어주는 떡밥을 받아, 엄마가 맥주 옆에 슬쩍 끼워둔 내가 좋아하는 김부각을 씹으며, 날씨에 어울리는 음악을 들으면서 눈앞에 둥둥 떠 있는 찌를 물끄러미 바라보는 것만으로 만선의 기분이 된다.

아, 또 가고 싶어졌다. 안되겠네, 얼른 원고를 넘기고 아빠한테 전화해서 낚시 언제 갈 거냐고 물어봐야겠다. 아빠는 아마 지금은 더워서 안 돼, 라고 할 거다. 그럼, 언제 되는데, 라고 또 물어야지.

쓰다 보니 주저 없이 좋아하고 망설임 없이 즐기기로 한 결심이 본의 아니게 주변에 어리광을 부리는 결과로 이어진 것 같기도 한데… 아, 몰라. 세상사 오아시스야.

그래서 아빠, 낚시 언제 갈 건데, 어?

태도는 인생의 설계도

Part 4

◆

말은 생각의 자막.
생각은 태도의 스위치.
태도는 인생의 설계도.

삐뚤빼뚤 그려낸 꾸겨진 설계도를 들고
무사히 나를 조립해 낼 수 있을까.

오늘도 의지와 상관없이 돌아가는 잡념의 공장에서
무작위로 생산되어 폐기되고, 출고되는
누구도 주문한 적 없는 이야기들.

불량품이 튀어나오면 비겁한 리콜을 외쳐야만 하니까
퉤퉤퉤, 할 일 없는 무사한 하루를 보냅시다.
퉤퉤퉤, 로 수습할 수 있는 정도의 생각만 하면서.

사촌들이여,
부디 땅을 사세요

◆

나는 심심하면 부동산 어플을 본다. 그날도 핸드폰을 뒤적이다 네이버 부동산에 올라온 마포구의 집들을 구경하는데 메시지가 왔다.

뭐해? 집 봐. 무슨 집? 남의 집. 남의 집을 왜 봐. 남의 집이니까 보지, 내 집을 뭐 하러 보니. 그래서 어떤 집인데. 그냥 집이야, 남의 땅 위에 남이 지어놓은 남의 집. 이사해? 아니, 그냥 일하기 싫어서 보는 거야. 그만 봐, 남의 거 보면 뭐해 배만 아프지. 폰을 보는데 아파도 눈이 아프지, 배가 왜 아파.

이런 실없는 대화를 하다 남의 땅에 지은, 남의 가게에서, 남이 해주는 메뉴를 우리 돈 내고 먹자는 약속을 하고 전화를 끊었다.

그러고 보니 예전부터 참 신기한 속담이라고 생각했었다. 사촌이 땅을 사면 배가 아프다는 말. 사촌이 땅을 샀는데 왜 내 배가 아프지. 상상해 봤는데, 아무래도 속담을 만든 사람이 땅을 산 사촌이랑 안 친해서 그랬던 것 같다. 만약 친했다면 기뻐했어야지. 나한테 텃밭 한 마지기라도 떼어줄지 모르는데 도리어 설렐 일 아닌가. 사촌의 토지매매 소식에 몸이 아플 정도로 잇속에 예민한 인간이라면 더더욱 어깨춤을 춰야 맞는 것 같은데, 희한하다니까. 꼭 콩고물이 떨어지지 않더라도, 내 땅을 뺏어간 게 아닌 다음에야 손해 볼 일도 딱히 없잖아.

반대로 전혀 안 친하다면 사촌이나, 트럼프나 남이기는 매한가지인데 무슨 상관이람. 일론 머스크가 비트코인으로 돈을 벌고, 만수르가 축구팀을 사는 것만 봐도 일일이 배가 아픈가? 그분 건강, 괜찮은 건가.

난 대부호들과 나를 비교 대상으로 둘 만큼 의욕적이지가 못해 그런지, 사촌이 땅을 사면 마냥 반갑고 감사할 것만 같다. 내 한 몸 건사하기 바빠 주변까지 챙기고 염려하기 쉽지 않은 세상에, 땅이 나 대신 그들의 힘이 되어줄 테니 얼마나 다행이야. 적당히 내 앞가림만 하고 살면 그들은 분명 전보다 더 여유로운 마음과 태도로 나를 대할 테고, 땅 있는 사람들만이 아는 이야기를 전해 듣는 기회까지 생길 텐데. 평생 그 친척 땅의 모래 한 줌 내 손에 들어오는 일이 없더라도, 좋을 일밖에 상상되지 않는다.

그래서 말인데, 나는 내가 아는 모든 사촌, 친구, 이웃 들이 너도나도 땅을 사면 좋겠다. 그 땅에 건물을 올리고, 세를 놓고, 무대를 깔아 풍악을 울리면서 더, 더 잘 살아주기를 바란다. 나는 그저 어쩌다 그 땅에 초대받으면 간간히 구경이나 하면서 내 걱정만 하고 살면 되는 극강의 호화를 누리고 싶다. 도둑놈 심보로 비는 모두의 안녕이랄까.

사촌의 부귀영화를 향한 나의 탐욕은 물질적인 선에서 끝나지 않는다. 가족과 친구, 지인 모두가 광활한 마음의 땅을 사서 취향대로 꽃과 나무를 심고, 좋아하는 소동물을 돌보며 원하는 크기의 연못을 꾸려 자기만의 정원을 가꾸길 바란다. 안팎으로 풍요롭도록. 주머니도, 마음도 빈곤하지 않도록.

가까운 이가 새로운 취미나 운동, 공부, 덕질에 빠졌다고 하면 손을 꼭 잡고 "아이고, 축하해요. 경사가 났네, 정말"이라는 말부터 줄줄 쏟아내는 것도 같은 연유이다. 위법한 행동이나 피해자가 있는 일만 아니라면 정말로 경사라고 생각한다. 아, 이걸로 내 사촌이 가진 마음의 땅이 더 비옥해지겠구나. 그의 생활이 더 신나질 테니 나도 조금 더 신나지겠네. 참 잘됐다.

아무래도 속담을 만든 사람은 그 사촌과 충분히 친하지 않았거나, 나만큼 계산적이지가 않았던 모양이다. 주변에 웃는 사람이 많으면 반드시 나도 웃을 일이 많아지는데. 성미가 착하지 못한 나는 이렇듯 지독한 이기심으로 내 주변의 행복을 기원한다.

주변인들이 마음의 땅에 심어놓은 좋아하는 것들의 정원에 대해 말할 때면 나는 안도한다.

무언가를 즐기거나 어떤 대상에 심취하고 누군가를 응원한다는 건 활기가 있음을 의미하고, 무료함을 달랠 수 있는 놀이터와 지칠 때 도망갈 수 있는 임시피난소를 가졌다는 말이기도 하니까.

책이든, 영화든, 춤이든, 게임이든, 동물이든, 신발이든, 사람이든. 좋아하는 마음이 있다는 건 현실에 치이고 쫓기다가도 그 대상과 관련된 것을 보면 반사적, 즉각적으로 기분이 나아지는 무기를 지녔다는 뜻이다. 그런 사람들은 짧은 시간에 에너지를 채워줄 급속 충전 보조 배터리를 추가적으로 달고 있는 것과 마찬가지다. 덕분에 쉽게 꺼지지 않고, 오랫동안 쌩쌩하여 상대적으로 강해진다. 주변에 강한 사람이 많다는 건 든든한 일이다.

내가 미처 살피지 못할 때, 살피고도 아무것도 해주지 못할 때 그 정원은 더욱 소중해진다.

고단한 시간을 지나고 있던 친구가 우연히 TV에서 본 한 가수에게 호기심을 갖더니 이내 팬이 되었다고 고백했다. 나는 그 이야기를 듣자마자 다급히 그 가수가 좋아졌다. 당신은 훌륭해요. 당신은 내가 못했던 위로와 격려를 내 친구에게 해주는 너무너무 훌륭한 사람이에요.

나는 그 스타가 어떠한 범죄나 문제도 일으키지 않고 그저 계속 친구의 가수로 있어주길. 가능하면 더 자주, 더 오래 활동하기를 성의껏 빌었다. 함께 뮤직비디오를 보고, 사진을 구경하면서 그 가수의 소식을 전해 듣는 동안 난 친구의 즐거움과 설렘을 멋대로 훔쳐 나눠 가졌다. 그 순간, 친구의 정원에는 그 가수 덕분에 만개한 꽃들이 흐드러지게 피어 있었으므로, 내가 몇 송이 꺾어가도 티조차 나지 않았다. 오히려 같이 꽃구경을 해주니 좋다고 웃었다.

이야, 너무 좋다. 사촌이 땅을 사면 나한테는 절로 꽃이 생기는구나.

한번은 친구 몇이 〈리그 오브 레전드〉, 일명 롤이라는 게임에 푹 빠져 있길래 짧게 특강을 해달라고 했다. 내가 재미있다고 생각하는 사람들이 재미있어 하는 것이니 재미없을 리가 없다고 판단해 부탁해 봤다. 바쁜 친구가 무려 강남에서 홍대까지 출강을 나와줬음에도 나는 그 넓고 깊은 세계에 아직 발조차 들이지 못했다. 게임에 대한 나의 무지함이 강사의 예상을 훌쩍 뛰어넘었기 때문이다. 그럼에도 나는 이 게임이 어떤 서사를 가질 때 드라마틱해지는지 전해 들으며 호기심을 키웠다.

친구의 정원에 초대해 달라고 졸라 내가 몰랐던 세상을 또 조금 엿봤다. 이해는 못했지만 그것만의 세계를 느꼈고, 호기심이 자극 받았다는 사실만으로 즐거웠다. 꼭 나한테 도움이 되지 않더라도, 순수하게 좋아하는 대상에 대해 신나게 설명하는 모습의 관객이 되는 경험만으로 에너지를 받을 때도 있다. 역시 물리적 땅이든, 마음의 땅이든 사촌이 땅을 사면 덕을 봤음 봤지, 손해 볼 일은 웬만해선 없을 것 같은데.

그렇다고 사촌의 땅과 남의 집 담장만 기웃거릴 수는 없으니 나도 나만의 정원을 살뜰히 가꾼다. 자아라는 것이 생기기 시작한 나이쯤부터는 줄곧 무언가에 빠져 있었고, 다양한 존재들을 숨 쉬듯 동경하고 응원했다.

덕질의 화원 옆에는 취미의 숲과 배움의 개울이 있어서 여행, 운동, 레저, 수집, 외국어 등 이런저런 풀을 심었다. 만족의 역치가 놀라울 정도로 낮은 인간이 이렇게 수많은 보조배터리를 달랑달랑 달고 다니니 쉽게 즐거울 수밖에 없었다.

부정적인 생각과 침잠하는 감정이 나의 전력을 무섭게 잡아먹는다는 사실을 인정했지만 급속 방전을 막을 방도를 찾지 못한 나는, 여러 곳에서 수시로 충전하며 나의 전원을 유지한다.

좀처럼 화가 가라앉지 않는 순간에도 좋아하는 밴드의 음악을 들으며 자전거 페달을 밟다 보면 어느샌가 욕 대신 기타 리프 소리가 입에서 흘러나올 때가 있다. 처질 때는 오래된 개그맨들의 만담이나 콩트를 보기도 하고, 싱숭생숭할 때는 책장에서 기분에 맞는 영화나 만화를 찾아 뒹굴뒹굴 보기도 한다. 비가 곱게 내리면 LP를 틀어놓고 좋아하는 안주를 차려 어울리는 술을 마시고, 바보가 된 기분이 될 때는 아무 시집이나 집어 들고 노려본다. 잡생각이 버거울 때는 방탈출 게임을 다운받고, 마음의 여유가 없을 때는 퍼즐을 맞춘다.

게을러질 때는 좋아하는 아이돌의 무대를 보며 '와 저 많은 걸 가진 어린 친구들도 저렇게 열심히 사는데, 와중에 저렇게 행복한 얼굴을 하네. 아름답다. 아름다운 것을 보았으니 나도 내일은 조금 더 진심으로 살아볼까 봐' 하며 기운을 받기도 한다.

완벽하지 않은 하드웨어에 약점 많은 소프트웨어가 설치되어 있으므로 보조배터리만으로 해결될 수 없는 일들도 많지만, 어쨌든 꺼지지 않아야 최소한의 기능을 하니까. 당장 빨갛게 바닥이 나 깜빡이던 배터리를 어찌저찌 초록색이 될랑 말랑한 순간까지 끌어올려주는, 사소하지만 틀림없는 연료들을 내 정원 여기저기에 묻어둔다. 그렇게 나도 주변인들이 안도할 수 있는 땅 있는 사촌이 되어가고자 애쓰는 거다.

물론, 사촌들도 나도 항상 좋을 수만은 없을 테고, 고통과 슬픔을 나눠야 하는 일 역시 끊임없이 일어날 것이다. 땅을 사기는커녕 그나마 있던 것도 팔아야 하는 순간이나, 내 땅인 줄 알았던 곳에서 쫓겨나는 해프닝도 없으리라는 보장은 없다.

설령 그렇다 해도 나는 내 사촌들과 그 지난한 시간들을 함께 버틴 후, 또다시 땅을 보러 다닐 것이다.

손바닥만 한 노지 위에도 텐트를 치고, 둘레에 촘촘히 꽃을 심어, 좋아하는 음악을 틀고 맛있는 술 한 잔을 홀짝이며 어린 시절 아스팔트 위에서 땅따먹기 하듯 한 칸씩 영토를 넓혀나가며 그렇게 살고 싶다.

떠올려보니, 내가 어릴 적 살던 동네에서는 분필로 선을 긋고 1번부터 한 칸씩 땅을 차지하다 마지막에 얻을 수 있는 땅을 천국이라고 불렀다.

서툰 경력자들 ◆

"회원님, 숨 쉬세요." 용을 쓰며 동작을 따라 하다 머릿속을 스치는 찰나의 잡념에 호흡 대신 웃음을 흘리고 말았다. 운동을 하다 보면 질리도록 듣는 특별할 것도 없는 말인데 뜬금없이, 너무 새삼스럽다는 생각이 드는 거다. 지구상에 태어났을 때부터 스스로 해냈던 거의 유일한 것이 자가 호흡인데 수십 년을 살고도 숨 쉬라는 말을 듣고 있는 게 재밌잖아. 심성과 달리 지나치게 올곧은 몸뚱이를 가진 탓에 팔다리가 시원스레 안 꺾이거나 허리가 유연히 휘지 않는 것은 익숙한 일이지만, 몸 좀 접고 펴겠다고 숨도 못 쉬고 있는 내가 몹시 새로운 형태의 바보 같아서 선생님 몰래 두 번쯤 더 웃었다.

그러고 보면 수없이 해왔던 일들이 갑자기 막막해지는 일은 의외로 잦았다.

시간과 횟수만 보면 발뺌할 수 없는 경력자인데 어느 순간 갑자기 숙련도가 0에 가깝다고 느껴지는 때. 이를테면, 언제나처럼 자려고 침대에 누웠는데 갑자기 여태껏 어떻게 잠들어 왔는지 기억나지 않아 문득 답답해지는 밤 같은 경우 말이다.

기분 좋게 이불 속에 들어가 꿀잠을 자보려 몸을 꼼지락거리는데 어딘가 자세가 어색하다. 가만, 이게 아닌데? 묘하게 몸에 딱 붙지를 않네. 어라? 원래 잠이라는 게 어떻게 누워서 자는 거더라? 팔 다리를 뻗었다 구부렸다 몸통을 모로 세웠다 뒤집었다 하는데 어느 것 하나 정답이 아니라 마냥 당혹스럽다.

세상에, 어떻게 이럴 수가 있어! 나는 매일매일 꼬박꼬박 자는데. 어떨 때는 하루에 두 번도 자는데. 어젯밤까지의 잠들기 방법이 이렇게 기억이 안 난다고? 허어 참, 이건 뭐 어디다 물어볼 데도 없고, 허허. 한참을 헛웃음을 지으며 뒤척이다 나도 모르는 사이 까무룩 잠이 들면 결국 어떤 자세로 잠의 시작을 맞았는지 모른 채 아침이 오고, 밤이 되면 다시 곤란해하며 침대에 눕는 것이다. 수십 년의 수면 경력이 부질없이 리셋된 채로.

걷는 자세가 안 좋으면 허리가 아플 수 있다는 기사를 보고 내 걸음을 확인하려 발을 떼는데 당최 지금껏 어떻게 걸어왔는지 기억나지 않아 엇박자로 발을 딛는 순간의 감각. 습관적으로 쓰던 단어의 발음이 문득 어색하게 다가오는가 하면, 내 이름마저 놀랍도록 생경하게 들릴 때가 있다. 명함에 적힌 전화번호나 서류 위의 통장번호가 본 적 없는 숫자의 나열로 읽히고, 이를 어느 쪽부터 어떻게 닦았는지 몰라 멈칫거리는 서툰 경력자의 순간은 간헐적으로, 그러나 꾸준히 등장한다.

나를 다루는 일에서 이런 상황을 겪으면 더 절망스럽다.

지난가을의 어느 날에는 불편한 울렁거림을 감당할 수가 없었다. 처음 느껴보는 기분은 분명 아닌데 이날따라 그 감정 앞에서 영 대책이 안 섰다. 무책임한 생각과 부정적인 상상에 속수무책으로 당하고 있는 나를 정신 차리게 할 방법이 좀처럼 기억나지 않았다. 이런 마음을 뭐라고 불렀었는지, 예전엔 어떻게 이런 시간을 흘려보냈는지를 새까맣게 잊어버려 영 맥을 못 추던 날이었다.

집에 있으면 끝까지 생각이 안 날 것 같아서 슬리퍼를 끌고 하릴없이 동네를 빙빙 돌며 그 쌀쌀한 날씨에 아이스크림을 우걱우걱 씹어 먹었다. 기억이 날 때까지 걸을 작정이었다. 아이스크림을 다 먹어도 생각이 안 나면 그땐 뭘 씹을까, 젤리? 껌? 따위의 생각을 하며 같은 골목을 몇 번씩 돌다가 황급하게 낯선 길로 방향을 꺾었다.

골목길 끝에 아는 얼굴이 나타났기 때문이다. 친한 친구까지는 아니지만 반가운 사이였다. 그동안 잘 지냈냐며 인사를 나누고 서로 바쁘지 않다면 차나 한 잔 하며 서로의 근황을 이야기해도 어색할 것 없는 상대. 하지만 그날의 나는 인간 경력자로서의 기능을 충분히 하지 못하고 있었기 때문에 매우 서툴게 인사하고, 서툴게 차를 마시며, 서툴게 대화할 것 같은 예감이 들었다. 그래서 나는 무척 반가운 마음으로, 그러나 서둘러 몸을 피했다.

나 스스로도 정체를 모르는 이 기분을 함부로 남에게 묻힐 수는 없었다.

계획에 없던 길로 걸으며 막대에 붙은 아이스크림까지 쪽쪽 빨아 먹고, 슬슬 발가락이 시려오는 것 같다고 느낄 즈음. "호흡하세요"라는 말을 들었을 때처럼 또 피식하고 웃어버렸다. 어떤 의미로는 같은 이유에서였다. 새삼스러워서.

사람을 대할 때 서툴지 않은 적이 있긴 했었나? 익숙한 척 인사하고, 차를 마시고, 대화하지만 반복한다고 별로 능숙해지지도 않던데. 한결같이 이상하게 말하고 바보 같은 행동을 하잖아. 시간이 갈수록 완벽해지기는커녕, 나이가 들수록 성의마저 없어져 배려 없이 굴 때가 태반인데. 아마 죽을 때까지 그러지 싶은데.

오늘의 나도, 나와 이야기하는 오늘의 너도 매일 얼마쯤 다른 사람일 테니 어쩌면 평생 경력 같은 건 쌓이지 않을 텐데. 이게 틀리다면 나이가 많을수록 무조건 멋져져야 한다는 얘긴데. 아니던데? 내가 보니 안 그렇던데. 그래, 모르면 모르는 대로, 낯선 건 낯선 대로 그러려니 하고 살아. 경력자라고 다 잘하지도 않던데 뭐….

가만, 그런데 나 왜 이렇게 추운 차림, 추운 마음으로 걷고 있었더라?

또 다른 상념으로 원래의 울렁거림을 덮고 나니 갑자기 한기가 느껴지고, 다리가 아파오는 것 같았다. 나쁜 생각이 안 멈추면 몸을 움직여 전두엽을 자극하라더니, 많이 걸어서 그런가? 갑자기 젤리 말고, 껌 말고 다른 것이 먹고 싶어졌다.

좋아, 집으로 가서 라면을 끓이자. 너무할 정도로 고춧가루를 잔뜩 뿌린 매콤하고 뜨거운 라면을. 불편함이 사라진 것은 아니었지만 잠들기 위한 자세를 떠올리느라 애쓰다 나도 모르게 잠들어 버렸던 것처럼, 라면을 먹다 보면 어떻게 정신을 차렸는지 모르게 정신이 차려져 있을 것 같은 순진한 기대가 생겼다.

때마침 친구에게 전화가 오길래 잠깐 망설이다 그냥 받았다. 전화 통화는 안 그래도 대화보다 더 서툰 영역인데 지금 이 상태로 받아도 되나 싶었지만 어쩌겠어, 평생 통화 안 하고 살 것도 아닌데.

소리로 바깥 공기를 느꼈는지 뭐하냐고 묻길래 "길거리에서 아이스크림 먹다 라면 먹으러 집에 가는 길이야" 하고 답했다. 앞뒤가 좀 잘리긴 했지만 '먹다가 먹으러 가는 사람'으로 정리되는 문장이 웃겨서 그대로 만족했다. 친구는 "단짠단짠은 들어봤어도 차뜨차뜨는 처음 들어보네"라는 한마디를 던지더니 스스로 흡족한 듯 흐흐흐 하고 웃었다. 나와의 친구 경력이 제법 긴 녀석의 서툰 농담을 맹렬히 비난하면서도 결국엔 나도 따라 크크크 웃어버렸다. 통화를 하며 계단을 오르는 사이 발가락 끝이 조금 따뜻해진 것도 같았다.

나를 다루는 요령을 완전히 까먹은 하루였지만, 잠깐 헤매고도 대충 또 살아진 걸 보면 진정한 경력은 몸에 새겨지는 것일지도 모르겠다. 라면을 먹여 애를 달랜다는 정공법을 무의식적으로 행했다는 점에서 충분히 일리 있는 가설임이 증명됐다.

내가 유일하게 까먹지 않는 경력직으로서의 견문은 어쩔 줄 모르겠는 날은 가끔 찾아오고, 그날도 다른 날처럼 영원하지 않다는 사실. 고작 이 정도가 전부인지도 모르겠다.

정체성이 모호한 것이
정체성

◆

생각해 보면 나는 오래도록 애매했다. 예술대를 다니던 시절에는 논리적 접근을 좋아하니 공부가 맞을 거 같다 그러더니 문과 대학원 연구실에서는 발상이 과하게 자유로우니 창작자가 되어보는 게 어떠냐고 하더라. 우등생 사이에 있으면 날라리라 하고, 잘 노는 아이들 사이에 있으면 범생이라 하고. 여기에서는 꽉 막혔다는 말을 듣고, 저기에서는 너무 분방하다는 말을 들었다. 누구는 날 명랑하고 밝다고 했고, 어떤 이는 처음 만난 날 '저 어두운 사람과 어떻게 대화를 풀지' 하는 생각을 했단다. 사람은 누구나 입체적이니 나만 겪는 특별한 일은 아니겠지만 그 앞에 '너는 우리랑 다르게'라는 괄호 속 말이 붙어 있다고 느껴질 때는 조금 난처하긴 하다.

아니, 어딜 가도 '저쪽'인 것 같다니까 나는 대체 언제 '이쪽'이 되어보나 싶은 거다. 그냥 다들 자기 무리에 껴주기 싫어서 그런 건데 내가 눈치를 못 챘나? 비난의 의도가 담긴 말은 결코 아니었지만 유독 그런 이야기를 자주 듣는 기분이 들어 한 번씩 내가 선 자리를 두리번거리곤 했다. 남들은 엉덩이를 붙이고 앉아 신나게 발을 구르며 시소를 탈 때 나는 가운데에 우뚝 서서 이쪽으로 기울었다, 저쪽으로 기울었다 하고 있나 싶을 때가 많기는 했다. 어쩌면 어린 시절 동네 오빠들이 노는 틈바구니에서 맨 깍두기 노릇만 할 때부터 정해진 미래였는지도 모른다.

의의로 내 안에서는 큰 갈등이 없었는데 사회인으로서는 편리하지 않았다. 산뜻한 정체나 명료한 자아라는 것이 별로 없다 보니 매번 사족이 필요하고, 조건이나 옵션이 붙어 구차할 때가 많았기 때문이다. 양자택일이나 단호한 예스 or 노가 유난히 힘들어서 대화를 하다 보면 본의 아니게 비겁해지곤 했다. 인간관계에서든 사회에서든 명확한 것이 더 존중받고, 뚜렷해야 똑똑해 보인다는 사실을 알면서도 말이다.

확실하게 두 쪽으로 나누는 걸 선호하는 사람이 압도적 다수 같아 보였다. 기분 탓일지는 몰라도 '어떻게 생각해?' 보다 '어느 쪽이야?'라는 질문이 세상에는 더 많다고 느꼈다. 그렇게 묻고 답해야 상쾌한 느낌이 드는 모양이었다. 가운데에서 자유롭게 흔들리거나, 담벼락 위에서 균형을 잡으며 걸어가는 모습은 나에게만 평화로운 듯했다.

오죽하면 '회색분자'라는 말이 다 있을까. 회색 구성원.

회색 주의자도 아니고 분자란다 분자. 확실히 검거나 눈부시게 희지 않은 '기회주의자'라는 생각에 탐탁지 않았을 것이다. 분자라고 붙이는 건 죄다 부정적인 것들뿐이던데 거기에 묶은 걸 보면.

불순분자, 반동분자 그리고 회색분자. 사전적 의미를 찾아보니 [분자: 어떤 특성을 가진 인간 개체. 흔히 부정적인 관점에서 이르는 말이다]라고 적혀 있었다. 이 봐.

어떻게 하면 선명해질 수 있을까. 첫째는 많이 알아야 하고, 깊은 사고력과 통찰력을 지녀야 하는데 그렇게 되는 방법을 모르겠다. 명쾌하기가 여간 어려운 게 아니다. 확실하게 답을 하려면 자꾸만 이런저런 변수가 떠오른다. 테스트 항목에도 '그렇다, 아니다'의 선택지만 있으면 야속한 기분이 든다. '매우 그렇다, 조금 그렇다. 보통이다'와 같은 식으로 있어야 그나마 답할 엄두라도 나지.

자아가 흐린 건지, 어쩌다 경계선에서 길을 잃은 건지 알 수가 없었는데 어떤 면에서는 그냥 욕심이 많은 것 같다는 생각도 든다.

몇 년 전쯤 사람들과의 술자리에서 이상형에 대한 이야기가 나온 적이 있었다. 당시 어느 잡지인가에 실렸던 기사가 대화의 발단이었던 것으로 기억하는데 여성은 주로 상대의 '능력'을, 남성은 상대의 '외모'를 우선순위로 둔다는 내용이었던 것 같다. 도대체 왜 이런 조사의 결과는 늘 이토록 껄끄러울 정도로 자극적인가 하는 생각을 하다가 아무래도 원하는 조건을 명사로 제시하기 때문인 것 같다는 가설을 세웠다. 경제력, 외모, 성격, 키, 학력. 한 단어로 사람을 정의하는 일은 대체로 무신경함으로 이어진다.

그래서 단어가 아닌 문장으로 자신이 원하는 파트너의 조건에 대한 이야기를 해보자고 권했고 한 친구가 '매일 함께 아침밥을 꼬박꼬박 챙겨 먹어줄 사람'이라는 말을 했다. 자신이 아침형 인간이니 비슷한 생활 리듬으로 오랜 시간을 함께할 수 있으면 좋겠고, 먹는 것을 '때운다'고 생각하지 않는 규칙적인 패턴을 가진 사람이 좋겠다고 말했다. 뚜렷하고 개성 있는 기준이 인상 깊었고, 원하는 파트너상 속에 친구 그 자신이 그대로 드러난다는 사실이 흥미로웠다.

내 차례가 오기 전에 뭐라도 떠올려야 했는데 애초에 명사로 말할 이상형도 없던 터라 꽤나 고심했다. 다만, 내게 연인은 곧 '일등 친구'라는 신념만큼은 한 번도 변한 적이 없기 때문에 내가 제일 좋아하는 친구가 어떤 면을 가진다면 가장 기쁠까를 상상했다. 그러나 이번에도 명확하지 않은, 그래서 어느 쪽인데? 라는 말이 절로 나오는 문장이 완성됐다.

"도서관도, 록페스티벌도 같이 갈 수 있는 사람." 역시나 애매한 답밖에 생각나지 않아 스스로도 좀 부끄러웠는데 진심으로 그 순간엔 이게 최선이었다.

딱 너 같은 소리다, 아니 왜 연애에 그런 걸 따져, 친구랑 가 그냥. 같은 반응 속에 "내 여자친구는 둘 다 안 가줄 것 같은데?"라는 누군가의 대답도 섞였다. 나는 새삼 놀라고 말았다. 맞네, 둘 다 안 하는 사람도 있겠구나. 그러다 생각이 앙하고 꼬리를 물었다.

어쩌면 나는 어느 쪽도 아닌 게 아니라 두 쪽 다를 욕심내고 있었나 봐. 설마 이것이 내가 '눈이 좁은 이유' 중 하나인가. 사람들은 눈이 높다는 표현을 쓰던데 나는 눈이 하나도 높지는 않고, 살짝 좁았다. 눈이 높다는 건 이상이 높을 때고. 나는 객관적으로 사람들이 높이 쳐주는 조건에는 별 관심이 없는데 나만의 범위랄까, 울타리가 분명히 있기 때문에 스스로를 그리 일컫곤 했다.

나는 A가 되었다가 B도 될 수 있는, 혹은 A와 B가 합쳐진 범위를 허용하고 있다고 생각했는데 A와 B를 모두 가진 교집합을 원하고 있었구나 하는 자각이 들었다.

이쪽에도 저쪽에도 속하지 못한다고 생각했는데 어쩌면 이쪽에서 자꾸 저쪽 생각을 한 것은 나였을지도 몰랐다. 이도저도 아닌 것이 아니라 이래저래 다 참견하고, 온갖 곳에서 다 활개를 치고 싶었던 거다. 상황은 같은데 갑자기 흐리멍덩하고 수동적인 자아가 욕심꾸러기로 탈바꿈하고 있었다.

이런 깨달음이 있다고 해서 나의 모호함이 확실해지는

일은 없었다. 살면 살수록 택일은 어렵고, 알면 알수록 모든 문제는 단순하지 않다.

그리하여, 슬프게도, 나의 정체성은 아직도 정체성을 찾지 못한 것에 있다. 굽히지 않는 신념도, 양보할 수 없는 바람도 없는 채로 '그런데 만약'이라는 실체 없는 가정을 덧붙여가며 끊임없이 헤매는 사람.

심야 법정엔
휴정이 없다

　　　　　　　　　　말에 숨어 사는 영혼 같은 것이 있다는 생각을 이따금 한다.

비웃음 당할 각오로 털어놓자면, 막연한 생각이라기보다 강렬한 믿음에 가깝다. 가끔은 그 영혼이 무슨 숲속의 정령 같은 모습을 하고, 말 속에 웅크리고 숨어 있는 상상을 할 때도 있다. 다시 말하지만, 이 건에 관해서는 마음껏 비웃음 당할 준비가 되어 있다.

다만, 그 각오와 무관하게 어딘가 잔뜩 위축되어 보인다면 그것은 내가 이런 믿음이 있는 사람치고 꽤나 말이 서툴기 때문일 것이다.

잠들기 전 3분 정도는 그날의 나의 실언, 과언, 망언, 허언, 혹은 안 해도 됐을 말들에 대한 자체 브리핑이 이뤄지는데 하루도 '보고 사항 없음'으로 마무리되는 날이 없다. 그런 못난 말들의 어느 정도는 남에게 향하고, 어느 정도는 내가 뱉어 나만 듣는데, 한 번씩 정말 못돼 처먹었다는 생각이 절로 든다.

3분 안에 끝날 정도면 별거 아니라고 여길 수도 있겠지만, 무려 컵라면에 물을 붓고 기다리는 만큼의 시간이다. 우리 중 그 시간이 얼마나 느리게 흐르는지 경험하지 않은 사람은 없다. 때로 3분은 세상에서 가장 길게 느껴지는 영원 같은 시간이다. 찬밥을 꺼내고, 김치도 덜고, 물까지 떠놔도 한참이라 젓가락을 입에 물고 다리를 떨고 있을, 그만큼의 시간. 가만히 시계를 들여다보며 3분을 세어보면 알 텐데, 자괴감에 빠지기엔 충분한 시간이다.

말에 무언가가 깃들어 있다고 믿으면서도 매일 같이 서툰 말을 내뱉는 구제불능이라, 내게는 꼭 '퉤퉤퉤'라는 응급처치가 필요하다.

나에게든 남에게든, 부정적인 기운을 쏟아붓는 것 같은 말이 튀어나왔을 때는 얼른 취소하고 퉤퉤퉤. 나와 남의 미래를 함부로 재단하는 듯한 말을 뱉었을 때는 퉤퉤퉤. 알지도 못하면서 지껄였음을 깨달았을 때 퉤퉤퉤, 누군가를 웃기려고 다른 누군가를 울렸다면 퉤퉤퉤.

말을 한다기보다 침을 뱉는 것에 가까울지 모르는 이 세 음절이 마치 내 죄를 사해주기라도 할 것처럼, 나쁜 말의 흔적과 기운을 황급히 털어내려 발버둥 치며, 퉤. 퉤. 퉤.

가장 바람직한 것은 퉤퉤퉤의 힘을 빌리지 않을 정도의 판단력과 신중함을 지니는 것이지만 매번 잘해내지 못한다. 애쓰다가도 여지없이 미끄러지고, 그러면 나는 속절없이 그 밤의 '실언 법정'에 설 수밖에 없다. 실언의 정도에 따라 그 재판은 3분을 훌쩍 넘어 30분, 세 시간씩 이어지기도 한다.

실언 법정의 판사 앞에 착잡한 표정으로 서서 "죄송합니다. 이 발언은 본인의 진심과 상이하며, 피고에게 심리적 가해를 가하고 공기를 더럽히고 소리를 낭비한 발언이었으니 기록에서 삭제해 주십시오"라고 진지하게 고개를 숙인다.

그 법정에서 나는 늘 진심이지만, 그렇다고 항상 원하는 판결을 받지는 못한다. 드물게 정상참작으로 봐줄 때도 있지만 같은 유형의 실언은 가중처벌을 받으며, 어쩌다는 그 실언을 들은 이에게 직접 사과하라는 실형이 내려지기도 한다. 슬프게도 이 재판의 피고석에는 나 혹은 가까운 이들, 제일 소중한 사람들이 서 있을 때가 많다. 죄질이 나쁘다.

퉤퉤퉤는 입 밖으로 나올 때만 쓰는 주문이 아니다. 나쁜 생각의 법정에도 바람 잘 날이 없다. 실언이나 부정적인 말보다 더 자주, 더 자극적으로 죄를 짓는 것은 뻑하면 불행하고 부정한 곳으로 내달리는 수많은 잡념들이다. 먼지만 한 크기로 시작됐던 지저분한 생각이 머릿속에서 구르고 굴러 실타래만 해지고, 몸집을 불리고 불려 타이어만

해졌을 때 그 타이어가 블랙홀만큼 크고 깊어지지 않도록 힘차게 고개를 젓는다. 물리적으로 휘이휘이 고개를 젓고 퉤퉤퉤!

나쁜 생각에 침을 뱉는다. 그 타이어가 나를 깔아뭉개고 지나가버리기 전에. 그래서 내가 밟히고 찢겨 땅속으로 꺼져버리기 전에. 생각을 끄는 스위치를 찾지 못하는 인간의 최소한의 방어선일지도 모른다.

말은 최악의 경우, 내 입을 물리적으로 틀어막으면 안 튀어나오게는 할 수 있을 텐데 생각은 어떤 직접적 제재도 가할 수가 없어서 기껏 고개나 젓는다.

실언과 나쁜 생각의 법정에서 원고와 피고가 떠들어대는 것을 듣다 보면 얼굴이 벌게진다. 아니, 지금 할 수 있는 생각을 왜 그때는 못 한 거야? 나 참, 이렇게 잘 알면서 그런 말은 왜 한 거냐. 퉤퉤퉤는 최소한의 반성과 사죄이지, 치료제가 아니라고. 그런 말과 생각을 해놓고 퉤퉤퉤하면 장땡이냐? 넌 정말 밥만 많이 먹는 멍충… 아니지, 인신공격까지 가지는 말자. 절레절레. 퉤퉤퉤.

그런데 생각해 보니 좀 이상하다. 매일매일 죄인을 잡아넣고 결백한 이의 누명을 풀어주면 세상이 조금 더 나아져야 하는 것 아닌가. 왜 내 안의 세상은 나아질 기미가 안 보이지? 범인도, 변호사도, 검사도, 판사도 다 나라서 그런가. 그러고 보니 지독한 독재 법정이긴 하다.

효과가 미미함에도 휴정은 없다. 사실 가끔씩은 버거워

서 예전에 유명했던 그 대사처럼 '4주 후에 봅시다'라고 말하고 넘어가버리고 싶다. 필요한 성찰일 수는 있지만, 법정이란 곳은 유죄 여부를 판단하고 형벌을 내리는 곳이지 칭찬하거나 독려해 주는 장은 아니니까, 기분이 가라앉기도 하고, 뒤척거림이나 슬픈 꿈으로 이어져 날 지치게도 한다. 그래서 '오늘은 재판 없음'이라고 써 붙이고 법정 문을 잠가버리고 싶은데, 하필 이게 또 자동문이다.

예전 같았으면 억지로 생각을 멈춰보려고 몸부림쳤겠지만, 이젠 내가 그 일에 얼마나 취약한지 잘 안다. 어둠 속으로 걸어가는 걸 걷잡을 수 없을 때는 차라리 얼른 조명을 켜는 게 낫다.

그래서 이제는 그냥 시상식도 같이 열어버리기로 했다. 뭔가 잘한 것도 하나는 있겠지 싶어 샅샅이 뒤진다. 마치 소속사와 팬들의 눈치를 보느라 쓸데없이 만든 억지스러운 상의 스물세 번째 공동수상자가 된 것처럼 민망한 트로피를 받을 때가 대부분이지만 그건 그것대로 웃기고, 웃기면 다 괜찮아진다.

이러다 어른이 되어버리면
어떡해?   ◆

어릴 때의 난 어이없고 시끄러운 천방지축 그 이상도 이하도 아니었는데, 이제 와 돌이켜 보면 그런 꼬마가 어쩌다 이런 생각을 했는지 의아한 몇 가지 지점들이 있다.

그중 하나가 한 번도 어른이 되고 싶다는 생각을 한 적이 없다는 점이다. 심지어는 자꾸 어른에 가까운 나이가 되어가는 것이 살짝 초조했던 것 같다. 초, 중, 고 졸업식마다 생각했다. '우와, 씨. 이러다 눈 깜짝할 사이에 어른 되는 거 아냐?' 나는 다른 아이들도 당연히 그럴 줄 알았는데 같은 반 친구들이 동그랗게 모여 앉아 왜 어른이 되고 싶은지 앞 다투어 말하는 모습을 보고 조금 놀랐다.

십 대 시절의 많은 친구들은 스무 살을 꿈꿨고, 생각보다 많은 아이들이 시간을 앞지르고 싶어했다. 그때의 나로서는 좀처럼 공감이 되지 않았다. 처음 내가 왜 그런 생각을 하기 시작했는지는 기억나지 않는다. 친구들이랑 놀 시간도 없어 보이고, 맨날 돈을 내야 하고, 운전도 해야 하고, 나 같은 애도 돌봐야 하니까 힘들어 보였으려나. 사실 그 발단을 지금도 모르겠다. 우리 부모님은 고단함에 지쳐 푸석한 얼굴로 신세한탄을 하는 부류의 어른이 전혀 아니었는데 말이다.

아무튼 열한두 살 즈음에는 왠지 지금이 가장 마음대로 살 수 있는 편안한 시절일 것 같다는 결론을 내리기에 이른다. 건방지지만 그렇다고 딱히 틀리진 않은 그 믿음은 몇 살이 되든 계속되었고 "그냥 지금이 제일 좋을 때일 것 같은 느낌이 들어" 같은 말을 종종 하는 말괄량이로 살았다. 결코, 그 시절이 너무 좋아서 행복에 겨워 한 생각은 아니었다.

그냥 어른보다는 어린이가 살기 편할 것 같은 강렬한 직감이 있었다. 아무래도 보호받는 존재로서의 편리함을 무의식적으로 간파한 것이 아닌가 싶다. 그 꽃다운 스무 살 때 산울림의 〈청춘〉을 그렇게 들었다. 언젠간 가겠지. 그리운 내 청춘.

또 한 가지는 생각을 멈추는 일이 무척 어렵다는 걸 깨달은 것이다. 내 딴에는 꽤나 충격적인 발견이었기에 그날이 생생하게 기억난다. 초등학교 3학년 때였다.

학교 수업 시간에 선생님을 보고 이야기를 듣다가 밖에

서 끽음이 나는 바람에 창문을 내다봤다. 아마 그냥 길가에서 소리가 났던 것 같은데 한번 바깥으로 시선을 빼앗기고 나니 선생님의 이야기를 다시 들을 마음이 생기질 않았다. 시선은 다시 선생님을 향했지만 내 머릿속은 이미 창밖을 날아가 운동장 위를 빙빙 돌고 있었다.

아까 그 소리는 왜 났을까. 지금의 운동장은 텅 비어 있는데 저 한가운데를 걸어가면 기분이 어떨까. 조퇴를 하면 나머지는 모두 교실에 있고 나만 운동장을 가로지르는 경험을 할 수 있을까. 그때는 혼자만 특별해진 것 같아 우쭐할까 아니면 외로울까. 혼자 운동장을 가로질러 가다 3층 어디쯤에 나처럼 딴생각을 하는 6학년 언니와 눈이 마주치는 상상까지 하다가 아차 지금은 수업시간이지, 하는 생각이 들었다. 그래서 생각을 멈추려고 했는데 쉽지가 않았다.

그날 집에 돌아가는 길에 생각을 멈추는 연습을 해봤다. 머릿속에 화장실 전등처럼 스위치가 있다고 생각하고 열심히 그곳을 찾아 눌러보면 까맣게 머릿속이 꺼지는 상상을 하며 '이제부터 생각을 하지 않는 거야. 그냥 집으로 쭉 걷기만 하는 거야. 생각을 하지 말자. 지금 나는 생각을 하지 않고 있다.' 그러다 우뚝 멈춰 섰다. 바보야, 생각하지 말자고 생각하는 것도 생각이잖아! 토씨 하나 틀리지 않고 이렇게 생각했다.

나한테는 마치 신대륙을 발견한 것처럼 놀라운 일이라 몇 번이고 되뇌었고 지금도 생생하게 기억한다. 아주 재미

있는 말장난 같은 발견에 흥분했지만 분명히 약간은 실망했다. 생각의 스위치는 내가 찾을 수가 없는 곳에 있나 봐. 나는 생각을 멈추는 기술이 없구나. 뭔가 좀 귀찮을 것 같았고 실제로 아직도 나는 내 쉴 줄 모르는 잡념이 많이 버겁다.

마지막은 여차하면 삐치고, 저차하면 울음을 터뜨리는 피곤한 아이였던 내가 용케도 말을 알아들었구나, 싶은 사건인데 초등학교 4학년 때의 어느 시험기간의 일이었다.

어릴 때 롤러스케이트를 좋아해 틈만 나면 그걸 타고 돌아다녔는데, 어느 날 세상에 롤러블레이드라는 것이 등장했다. 내 것은 통통하고 뭉툭한데 그것은 날렵하고 날쌔보였다. 같이 롤러스케이트를 타던 아이들이 하나둘 블레이드파로 옮겨가는 것을 보며 나의 물욕이 솟구쳤다. 엄마에게 이야기해 봤지만 스케이트가 있으니 나중에 사라는 답이 돌아왔다.

거기서 나는 조건을 걸었다. 이번 시험에서 백점을 맞으면 사달라고 했나, 1등을 하면 사달라고 했나, 뭐 그런 종류의 거래였다. 엄마는 내 말을 듣더니 물었다. "블레이드가 갖고 싶은 건 알겠어. 그런데 공부는 널 위해서 하는 거야. 네가 많은 걸 배우고, 보람을 느끼려고. 그런데 왜 그런 걸 조건으로 걸어?"

다른 친구들이 이런 딜을 한다는 이야기를 몇 번 들어서 따라해본 것이었는데 솔직히 맞는 말 같았다. 지금 돌아보면 블레이드에 대한 얘기를 하는 딸에게 엄마는 공부에 대한 태도를 물었던 셈이지만 다행히도 나는 무사히 설득되었다. 뭐라고 저항을 시도해 보고 싶지만 마땅한 방법이 없어 어쩔 수 없이 포기하려던 내게 엄마가 뜻밖의 기회를 줬다.

그래도 원하는 바를 위해 노력하는 건 좋은 일이니까 만약 목표를 이루면 도전 성공을 축하하는 의미로 블레이드를 사주겠다고 약속을 한 것이다. 단, 공부나 시험을 조건으로 하는 일은 처음이자 마지막일 것이라고 덧붙였다.

나는 샘은 많았지만, 뭘 갖고 싶다고 조르지는 않는 아이였는데 엄마의 눈에도 보기 드물게 이글거리는 블레이드를 향한 물욕이 느껴졌던 모양이다. 나는 곧바로 책받침에 매직으로 롤.러.블.레.이.드 여섯 글자를 큼지막하게 써놓고 책을 폈다. 무려 10시까지 공부를 했다. 그 시절의 초등학교 4학년이 뭐 그리 오래 공부할 게 있나 싶긴 한데, 그 시간이 되자 더 이상 졸음에 못 이겨 책을 덮었던 기억이 난다.

드디어 대망의 시험. 나는 롤러블레이드라고 적힌 책받침을 시험지 밑에 깔고 최선을 다해 시험을 봤다. 그리고 보란 듯이, 망쳤다. 대단히 낮은 점수는 아니었지만 목표와는 한참 멀었다.

속상했지만 나름 약았던 나는 엄마가 밤늦게까지 공부하는 모습을 봤으니 "비록 목표는 이루지 못했지만 열심히 노력한 걸 아니까 사주는 거야"라는 말과 함께 블레이드를 건네는 모습을 내심 기대했다. 언젠가 TV에서 그런 장면을 봤던 기억이 났기 때문이다.

엄마가 퇴근 후 집에 돌아오자 나는 과장되게 슬픈 표정을 지으며 시험지를 내밀었고 엄마는 열심히 하느라 고생했네, 라고 답했다. 눈을 껌뻑이며 한참을 더 앞에 서 있어 봤지만 다른 말은 없었다. 설마… 이렇게 끝이야?

초조해진 나는 결국 구차한 어필을 시작했다. "엄마, 그래도 나 진짜 열심히 했다? 막 10시에 자고 그랬어. 알지?" "응, 알지. 기특해." 어라, 이게 아닌데, 한 번 더 공격. "블레이드 갖고 싶어서 최선을 다했어! 그치, 맞지?", "그래 진짜 열심히 하더라." 다급한 마음으로 임팩트 있는 다음 말을 떠올리며 머리를 굴리는데, 엄마가 뭘 기다리는지 다 안다는 듯 먼저 입을 열었다. "그래도 우리가 한 약속이랑은 다르니까 블레이드는 나중에 스케이트가 낡으면 사줄게. 수고했어." 나는 연신 눈을 껌뻑이며 또 잠시 서 있을 수밖에 없었다.

이래서였을 것이다. 샘이 많은데도 조르지 않는 아이였던 것은. 나는 눈치가 빨랐고, 되도 않을 일에 힘을 뺄 만큼 순진하지 않았을 뿐이다.

열망하던 롤러블레이드가 한 방에 날아갔지만 신기하게
도 별로 서운하지가 않았다. 내 기억이 맞다면 엄마는 정
말 기특해하는 표정을 짓고 있었다. 그래서였을까. 나는
용케 삐치지 않았다. 마음 깊은 곳에서 블레이드를 신고
달리는 상상을 했을 때와는 또 다른 기묘한 두근거림이 올
라오고 있었다. 왠지 모르게 드라마의 장면보다 우리 엄마
가 더 멋지게 느껴졌다.

나는 철딱서니라곤 없는 욕심꾸러기였던 어린 날의 내
가 그때 엄마의 마음을 어떻게 알아들었는지 지금도 의아
하다. 그리고 아주 조금 장하다.

이때의 나보다 지금의 내가 나은지 하나도 알 수 없다.
그런데도 결국 눈 깜짝할 사이에, 사회가 말하는 어른이
되었다. 것 봐. 내가 이럴 줄 알았다니까, 진짜.

당장은 무효하지만 ◆

　　　　　　　　오빠네 집에 막내 딸내미가 생
겼다. 이름은 송이다. 오빠는 황 씨지만 송이는 채 씨다. 오
빠와 같은 성의 두 아들은 오빠의 성을 따라 내가 이름을
지어줬지만, 황 씨 조카들의 강력한 요청으로 데려온 강아
지 딸은 새언니의 성을 따 '채송이'가 되었다.

　황 씨 집안에서는 반려동물을 키워본 역사가 없다. 그래
서 나는 처음으로 동물 가족을 만났다. 어쩌나 작고 하얗
고 폭신한지 귀여워서 큰일이다. 나를 키우는 일만으로도
벅차 어떤 생물도 기르지 않겠다는 결심을 진즉에 한 나지
만, 송이를 볼 때마다 살짝 마음이 흔들린다.

　그런 슈퍼 큐트 송이가 낑낑거리자 언니는 자그마한 개
껌을 건넸다. 그러자 그 조그만 입으로 앙앙 그걸 씹는다.
속도 모르고 왜 저렇게 귀엽지, 정말? 나는 바짝 다가앉아
친한 척을 했다.

　"우리 송이 간식 먹어? 좋겠네. 개껌 먹어? 너무 부럽다.

왜 인간을 위한 개껌은 안 나오는지 모르겠어, 그치?" 내가 송이를 붙들고 말하자 옆에 있던 송이 엄마는 응? 하더니 놀란 표정으로 웃었다. 언니는 그런 생각 안 해봤어요? 한 번도 안 해봤는데. 와, 어떻게 안 부러워하지? 난 진짜 어릴 때부터 생각했는데. 그러자 지나가던 오빠가 절레절레 머리를 흔들며 한마디 한다. 쟤 또 이상한 소리 하네, 인간 껌 있잖아. 인간 껌을 씹어.

물론, 인간에게도 껌이라는 것이 있지. 그렇지만 그것은 금방 물렁해지고 작아진다. 계속 무언가를, 일관된 강도로 씹고 싶은 이런 욕구가 진정 나한테만 있단 말인가. 나는 가끔 하릴없이 딱딱한 것이 씹고 싶어졌고 그럴 때마다 마른 오징어 등을 찾았다. 하지만 오징어는 그저 씹으려고 먹기에는 비싸다. 이 역시 씹을수록 작아지고 축축해진다. 큰 개들이 먹는 개껌은 안 그래 보이던데? 이빨 자국은 나지만 쉽게 물렁해지거나 금방 사라지지 않던데.

나한테도 적당한 크기의 그것이 있다면 일을 하는 동안에도, 자전거를 타면서도 질겅질겅 씹어댈 텐데. 저작활동은 긴장을 완화하고 뇌에도 자극을 준다고 하지 않나? 수험생을 위한 모든 것을 만들어내는 이 땅에 왜 인간 개껌은 존재하지 않을까.

물론 인간이 씹는 순간 그것의 이름은 더 이상 개껌이 아니겠지만, 나는 이가 심심해 딱딱한 숏다리(오징어 맛 주전부리)를 씹을 때마다 딱 이 식감으로 오래도록 씹을 수 있는 무언가가 있으면 참 좋겠다고 생각했다.

　입이 심심한 것처럼 이가 심심한 그 느낌을 다른 사람들은 모르나. 나만 가끔 이가 간질간질한 건가. 치아에 무리가 가서 치과 협회에서 상품 개발을 막고 있는지도 모르겠다. 주변의 반응을 보니 확실히 수익성이 떨어져 인간 개껌은 영원히 안 나올 것 같긴 한데, 그래도 나는 세상에 없는, 당장은 필요 없어 보이는 어떤 물건들이 짜잔 하고 등장하는 기대를 자주 한다.

　대학에서 광고를 전공했고 우리 과 입시에는 실기시험이 있었다. 광고창작 전공이었으니 말 그대로 광고를 창작하는 능력의 가능성을 체크하는 시험이었다. 매해 시험의 주제가 바뀌었지만 그들 사이에는 확실한 공통점이 있었다. 당시 기준으로 현존하지 않는, 그러나 당장 세상에 나와도 이상할 것 없는 물건.

　'운동량이 측정되는 운동화', '키보드 없이 언어를 입력하는 음성인식 프로그램', '김 서림 없는 안경', 뭐 이런 식이었던 것으로 기억한다. 우리 기수의 시험 문제는 신발 바닥에 뿌리면 빙판에 미끄러지지 않는 미끄럼 방지 스프레이였다. 나는 딱 스무 살의 발상으로 '미끄러지지 않는'과 '미라클'을 합쳐서 '노미클'이라는 상품명을 지어 두 장짜리 스토리보드를 제출했고, 입시에 노미클 할 수 있었다.

　눈치챘겠지만 시험 주제 중 대다수가 출제된 지 몇 년

후에 세상에 등장했다. 그래서 나는 믿음을 버리지 않는다. 인류의 능력과 기업의 목표는 내 생각보다 거창하고, 세상은 내 추측보다 빨리 여러 방향으로 바뀐다. 나는 그저 손꼽아 기다리며 돈을 모으고 있으면 되는 일이다. 꺾이지 않는 풍성한 기대를 품은 채로.

말이 되나? 비가 오니까, 우산을 챙기라니

비가 오는 날, 현관 앞에서 이렇게 중얼거린 지는 약 13년쯤 된 것 같다. "거참, 아직도 내가 우산을 챙기고 있네. 2023년인데. 비가 온다고 우산을 찾아, 내가." 돌돌 말았다 펴지는 텔레비전도 생기고 로봇이 커피 배달도 하는데, 나는 아직 우산을 쓴다.

어릴 때, 그 나이 대에 떠올릴 수 있던 최선의 불가능함을 그렸던 상상화 속에나 등장하던 자율 주행 자동차, 영상 통화 등은 일찌감치 현실이 되었는데 비 오는 날에 생쥐 꼴로 다니지 않으려면 여전히 우산을 챙겨야 한다. 아무리 생각해 봐도 좀 분하다.

이 시대쯤 됐으면 집을 나서면서 핑거 스냅 한번 '탁' 쳐주면 '쉬융' 하는 소리가 나면서 머리 위쪽으로 투명한 막이 생기거나 내 몸을 둘러싸고 작은 바람이 순환하며 빗물을 튕겨내거나 뭐 이래야 되는 거 아닌가.

뼛속까지 문과라 그런가, 당최 과학과 기술 발전의 방향성을 종잡을 수가 없다. 누가 기상청 자료를 분석해 놓은 글을 보니 우리나라에서는 365일 중 130일 이상 비가 온다는데. 재벌 회장이든 옆집 꼬마든 남녀노소 불문하고 비가 내리면 맞을 수밖에 없는데.

이토록 생활에 밀접하며 수요가 넘쳐날 아이템을 왜 아무도 만들지 않을까. 물론 전문가들은 알겠지? 만들어지지 않은 이유를. 하지만. 그럼에도 불구하고. 이과 능력자들의 바짓가랑이를 붙잡고 질척대고 싶다.

아니, 제가 이과 여러분들에게 무리한 요구를 하려는 것이 아니고요, 여러분들이 워낙 엄청나고 근사한 것들을 앞다투어 세상에 내놓는 훌륭한 분들이니까 존경을 담아 여쭤보는 거예요. 하늘에 고철을 띄우고, 눈만 마주치면 자물쇠를 풀어주고, 내가 여기서 쓴 글자들이 지구 건너편에 곧바로 찍히는데 저는 왜 아직 우산을 쓰고 다닐까요.

제일 갖고 싶지만, 있어도 못 사겠지

'불면증은 없는데 잠을 잘 못 자요.' 이 거슬리는 호응의 문장은 그러나, 내게는 매우 사실이다. 잠드는 일에 지나치게 고전하거나 밤을 꼴딱 새워 괴로워하는 날은 거의 없다. 시간으로만 보면 보통으로 잠들어, 보통으로 일어나는데 수면의 질이라는 것이 엉망인 밤이 많을 뿐이다.

요즘은 괜찮은 날이 많아졌지만, 심할 때는 예닐곱 시간을 꾹꾹 채워 자고도 잠들기 전보다 깨어난 후가 더 피곤한 경험을 한다. 예전에 출퇴근을 하던 시절에는 밤새 침대에 누워서 잔 것은 그냥 버린 셈치고, 출근 길 버스에서 자는 40분 남짓의 시간을 실질 수면으로 치기도 했다. 집에서 잔 8시간보다 버스에서의 40분이 압도적으로 개운했기 때문이다. 근본적인 의학적 원인은 모르겠지만, 둘 사이의 체험적 차이는 분명히 안다. 꿈이다.

나는 눈을 뜨면 밤새 꿨던 서너 편의 꿈 스토리가 기억날 정도로 꿈을 많이, 자주 꾼다. 누구나 매일 꿈을 꾼다지만 모두 이 지경인 건지 궁금하다. 꿈을 꾸는 도중에 꿈인 것을 자각할 때도 많고, 꿈속에서 주고받던 대화를 입 밖으로 소리 내서 그 목소리를 내가 듣기도 한다. 하룻밤에 두세 번씩 깨는 일은 꽤 일상적인데 이제는 그것이 꿈과 꿈 사이의 인터미션이려니 생각하고 있다.

방 밖에서 들린 소음이 꿈과 뒤섞이기도 하고, 어떨 때는 자기 전에 답을 찾지 못한 문제의 답을 꿈속에서 찾기도 한다. 실제로 대학을 다닐 때 그렇게 해서 광고 아이디어를 낸 적도 있다. 어쩌다 잠꼬대를 하면 그 발음이 매우 명확하고 살짝 문 여는 소리만 나도 쉽게 깬다.

간단히 말해 깊은 잠을 잘 못 자는 거다. 가족들과 한 집에 살 때는 거실에서 하는 가족들의 대화를 내가 잠결에 듣는 것인지, 아니면 꿈속에서 들은 이야기인지 한 번씩 확인하곤 했다.

수면의 질을 높이려 꽤 여러 방법을 써봤지만 늘 효과가 있지는 않았다. 어느 때는 곧잘 자기도 하지만 마치 맑은 날 사이에 흐리고 비 오는 날이 듬성듬성 껴 있듯이 일주일에 두어 번 정도는 '반드시'라고 해도 괜찮을 정도로 꿈과 엉켜 잔다.

이쯤 되면 '꿈 안 꾸는 약, 깊은 잠에 들게 하는 침대' 같은 걸 원하나 보다 싶겠지만, 나는 차라리 '꿈 녹화기'를 갖고 싶다.

인간을 깊은 잠에 들게 하는 약들은 이미 있고, 일부는 내성이 있고, 어떤 건 불법이다. 별로 신선하지도 않고, 딱히 필요도 없다. 꿈이랑은 오랫동안 사귀어와서 어느 정도 적응을 하기도 했고, 웃기거나 아름다운 꿈들도 있기 때문에 그 존재 자체를 지우겠다는 욕망은 크지 않다.

다만, 어차피 이렇게 꿈을 꿀 거면, 내 기억 속 끊어진 내용을 알아내거나 느낌으로만 몸에 남아 있는 꿈 속 장면을 다시 보고 싶다.

숨 막히거나 피곤한 꿈도 많기 때문에 통으로 녹화되어 자동으로 플레이되면 곤란하고, 챕터별로 녹화되어 선택 재생할 수 있으면 좋겠다. 신났던 장면, 좋았던 만남, 낮의 내가 해내지 못했던 밤의 발상, 의식의 내가 놓치고 지나간 무의식의 세계를, 차라리 제대로 보겠다. 꿈속에서 우연히 숫자 여섯 개쯤을 발견해도 좋겠고.

그런데 이건 정말 나오더라도 무지 비싸고 엄청 투박한

기계일 것 같다. 나 같은 소시민이 개인 소장할 제품이 아닐 듯해서 그냥 꿈 녹화기를 갖는 꿈만 꾼다. 그래도 완전히 포기할 필요는 없는 것이, 비싼 제품에는 대부분 대여 서비스가 따라붙기 마련이기 때문이다. 사지는 못해도 하루 정도 빌릴 수는 있지 않을까.

큰 맘 먹고 꿈 녹화기를 빌려온 날, 그날 꿈을 꾼다면 인간적으로 그중 한편에는 할머니, 할아버지가 출연해 줘야 된다고 본다. 그래도 같이 살았는데, 한방에서 자고, 마지막까지 함께 보냈는데. 내가 성묘 갈 때마다 그렇게 토라진 티를 내는데도 매일같이 지겹게 꿈을 꾸는 손녀 꿈에 20년 넘게 출연 거부 중인 당신들의 입장을 좀 들어봐야겠다.

내가 어? 맨날 '맞고'도 같이 쳐주고, 가요무대도 같이 봤는데. 서태지 보고 싶은데 현철 보고, 할아버지 입맛에 맞춰 라면은 김치 넣은 너구리만 먹었는데. 할머니 입으로 소나기밥 먹는 것도 걱정을 사서 하는 것도 당신 똑 닮았다고 그러더니. 아빠 꿈에는 자주 나오신다며?

서운해, 진짜. 내리사랑 어디 갔냐고.

내 열등감이
너의 괄호를 허물지 않도록

◆

　　　　　　　얼굴에 묻어나는 사람의 인상
이 세월의 흔적이라면 말은 생각의 자막이고, 태도는 괄호
속 지문 같다는 생각을 한다.

　소설을 읽을 때 대화문에 소리를 입히는 버릇이 있다. 의
식적으로 연출한다기보다는 자연적으로 그렇게 되어버리
는 느낌인데 눈과 소리로 동시에 입력하지 않으면 왠지 작
품에 오롯이 빠져들지 못하는 기분이 든다. 이 역시 내가
취미로서의 독서에 평균 이상의 시간을 소비하는 이유 중
하나로, 작품 속에 인물이 등장할 때마다 성우를 캐스팅하
는 작업이 무의식적으로, 그러나 분주하게 이뤄진다.

　"밥이나 먹고 얼른 가"라고 쓰인 문장을 표독스러운 목
소리로 읽고(듣고) 다음 줄로 넘어갔는데 '눈도 마주치지
않았지만 들뜬 몸짓으로 상을 차리며 쑥스러운 듯 툭 한마
디를 내던진다'라는 문장이 있으면 나는 마치 "컷, 다시 갈

게요"라고 콜을 하는 연출자마냥 얼른 글자를 좇던 시선을 거두고 말투를 바꿔 앞줄로 돌아가 다시 읽고 듣는다.

아이쿠, 내가 당신을 잘못 봤네. 다정한 표현이 익숙지 않은, 투박하지만 따뜻한 사람이라면 이런 톤에 이런 말투면 안 되지. 하마터면 당신을 오해할 뻔했지 뭐야, 하고.

역시나 내게 독서란 별로 정적인 작업이 아니다. 글자가 소리보다 시끄러운 일은 책을 통해 얼마든지 일어난다. 그리고 이런 유난스러운 습관을 반복하다 보면 근본적인 궁금증이 생기는 것이다.

책에 인쇄된 글자는 그대로인데 왜 목소리와 말투를 갈아 끼우게 될까. 어차피 그 사람이 한 말의 내용은 똑같은데 왜 내가 이해하는 인물이, 그 사람의 인상이 판이하게 달라지는 걸까.

결론은 뻔했다. 내용 이상으로 중요한 건 어투, 그러니까 태도인 것이다. 그래서 매일같이 손가락으로 대화하는 현대인들도 민감한 이야기나 조심스러운 대화는 피차 오해가 없도록 전화를 하거나 직접 만나서 이야기하자고 하는 거겠지.

일본어 수업을 할 때도 존대나 겸양어 사용, 우회적 표현을 아직 구사하지 못하는 초급 학생들에게는 지금 수준에서는 표정과 몸짓으로 레벨의 차이를 두면 된다고 말한다. '(형식상) 아, 스미마센'과 '(무척 당황하며) 스, 스미마센!'과 '(미안함에 몸 둘 바를 모르겠다는 듯) 스미마센…'은 같은 소리의 다른 말이 될 수 있다고.

이를 뒤집어서, 똑같은 말투로 똑같은 내용을 말해도 듣는 이의 태도에 따라 해석이 완전히 달라지는 경우도 있다. 이 상념 끝에 찾은 뜨끔한 발견은 다른 이의 지문을 멋대로 왜곡하거나 창작하는 이들의 '열등감'이었다.

막 대학에 입학했을 때의 기억이다. 새내기 시절이란 무릇 자신의 신상정보가 교수, 선배, 동기들에게 입력될 때까지 하루에도 열두 번씩 같은 말을 하게 되는 기간을 뜻한다. 주요 항목은 이름, 나이, 사는 곳, 출신 고등학교 등이 되겠다.

한 선배가 나와 신입생들이 무리 지어 있는 곳으로 다가와 "다들 집이 어디야? 멀리서 온 사람도 있나?" 하고 물었다. 한 명씩 돌아가며 자동응답기처럼 자신의 고향이나 거주 지역을 뱉었고 나의 순서를 지나 한 동기가 지극히 평범한 말투로 "저는 청담동에 삽니다"라며 자신의 정보를 재생했다. 그 후로도 두 번 정도 비슷한 일을 겪고 화장실에 갔는데 아까 질문했던 선배가 누군가에게 하는 말이 들렸다. "걔 좀 산다고 은근 티내더라? 서울이라 그러면 되지, 청담동은 왜 말해? 다들 부산에서 왔어요, 수원 살아요, 하는데." 나는 그 말을 듣고 뜨끔했다. 나도 동네를 말했기 때문이다. 수유동에서 왔어요!

예전보다 다양한 사람을 만나고 넓은 세계를 접하다 보

니 이런 것이 서울에서 나고 자란 사람 특유의 불친절하고 자기중심적인 습관이라는 걸 알게 됐지만, 당시에는 나도 서울을 당연한 전제로 두고 동네 이름을 말하는 데 익숙해져 있었다.

그런데 잠깐, 뭔가 찝찝했다. 분명 내가 좀 아까 수유동 산다 그랬을 때는 "어, 나 거기 알아! 4호선 쩌어 끝이지? 가본 적 있어" 하고 반가워했잖아. 옆에서 "어, 거기 수유'리' 아니야? 그럼 부모님이 농사지으시나?"라며 진심으로 궁금해하던 강남 촌놈 친구의 말은 못 들은 척 치더라도, 저 선배가 우리 동네에 있는 건물 이름까지 대가며 아는 척을 했던 기억은 생생했다. 어라? 뭐지 이 상황은? 내 욕은 안 했으니 안심해야 하나? 그런데 기분은 왜 내가 더 나쁜 거 같지? 묘하네.

입학 직후였으니 그 동기가 벌써부터 밉보였을 리도 없었고, 말투로 치자면 그보다 더 무뚝뚝하게 답한 사람들도 얼마든지 있었다. '청담동 동기'는 그저 질문을 받아 사실을 말했을 뿐인데 누군가에게는 단순한 정보 전달이 괄호 열고 '과시하듯이'라고 입력되어 버린 것 같았다.

만약 그 친구가 그냥 서울 살아요, 했으면 어땠을까. 서울 어디? 한강 아래쪽이요. 강남? 어디 쪽? 아, 청담이요. 라고 했으면? 아마도 처음부터 말하면 되지 뭐 대단한 동네라고 유난스럽게 굴어? 라고 하지 않았을까.

그 선배를 반면교사 삼아 더 큰 그릇이 되었어야 하는

데, 그 입력 오류는 나에게도 일어났다. 부끄러움으로 채찍질을 당하고 나서야 뒤늦은 반성을 했다.

탄탄한 직장에 다니던 지인이 집안 문제로 고민을 하던 때였다. 흐름상 부득이하게 연봉 액수가 언급됐는데 화기애애했던 공기가 묘하게 바뀌었다. 지인은 생각했던 것보다도 훨씬 더 많이 벌고 있었고, 함께 있던 모두가 다양한 표정을 짓고 말았는데 나도 내심 크게 움찔했다. 하필이면 그때 내가 백수였다. 순간적으로 '아, 알고 싶지 않았는데…'라고 생각했다. 배만 안 아팠지 사촌이 땅을 샀다는 사실에 속이 시끄러워진 것이다.

분명 누군가가 문제 해결을 위해 연봉이 얼마쯤 되냐는 질문을 했고, 그에 대답하기 위해 지극히 건조하게 숫자를 말했을 뿐인데 마치 그 지인이 무신경한 것 같은 착각에 빠졌다. 비록 찰나였고, 자괴감에 허덕이는 티를 낼 겨를이 미처 없었던 것이 그나마 다행이지만 충분히 충격적인 자각이었다.

그렇구나. 적당한 흐름에서 더없이 평범한 태도로 사실을 말했는데도 잘난 척, 무신경이라는 지문을 넣어 곡해하고 싶어진다면 거기에 내 열등감이 있는 거구나.

혹은 정중하게 사실을 말했는데도 '거참, 잘났네'라는 생각이 든다면? 그건 높은 확률로 그 사람이 실제로 잘난 것이다. 아니면 내가 대단히 못났거나.

반대로 시종일관 '거만하고 무례한 태도로'라는 지문이

몸에 새겨지기라도 한 것처럼 구는 사람의 말은 내용이 아무리 주옥같든 결론적으로는 재수 없을 가능성이 높다. 그런 사람의 대사는 내 특유의 연출력으로 대충 묶음 처리를 하고 다음부터는 그 사람을 내 인생에 캐스팅하지 않는다.

팩트는 팩트로 듣고, 정보는 그저 정보로 입력하는 연습은 결국 내 기분을 좋게 했다. 곡해하지 않는, 그 정도의 여유는 있을 때의 내가 나도 더 편하다.

자신의 능력과 행복을 꽁꽁 감추는 것을 필수적인 겸손이라고 여기고 그런 사람들을 칭송하던 주입된 감각도 이제 좀 걷어내려 한다. 왜냐면, 나는 잘난 사람들과 어울리고 싶기 때문이다. 정말 잘난 사람들은 과시나 무시를 즐기지 않는다는 학습된 통계를 믿는다. 짓눌리고 쪼그라들어야 할 수 있는 겸손은 결국 나를 둘러싼 세상을 점점 초라하게 만들 뿐일지도 모른다. 모두가 자랑해 대는 세상도 어지럽지만, 좋은 것을 숨겨야만 좋은 사람이 되는 세상에서는 즐겁고 특별한 이야기가 살아남기 어려울 테니까.

나의 열등감이 누군가의 지문의 괄호를 허물어버리지 않도록, 그 안의 글자들을 뒤섞지 않도록 조금 더 연습하다 보면 나도 상냥한 지문과 가지런한 자막, 유쾌한 흔적을 가진 할머니가 될 수 있을까.

"(결연한 말투로 주먹을 꼭 쥐며) 건투를 빈다, 나."

엑스트라 백만 원이면
될 것 같은데

◆

        나는 불로소득에 욕심을 낼 때마다, 고집스럽게 로또가 아닌 연금복권을 샀다. 셈에 밝은 친구는 아무리 그래도 로또가 이익이라고 알려주었지만 나는 태생적 성실함과 평정심이 없어 연금복권, 한 놈만 노린다.

  사람들은 로또를 사면서 어떤 상상을 하나 모르겠는데 상상 속의 나는 집도 사고, 가족들 다 데리고 호화 여행도 가고, 고마운 사람들에게 시원스러운 선물도 하고, 전기제품도 원하는 사양으로 싹 바꾸고, 맛있는 것도 펑펑 먹고, 금도 사고 나서… 서둘러 게을러진다.

  빽하면 일하기 싫어진다. 운동도 대충하며 돈으로 어떻게 비벼보려 들고, 그래도 사회인이라고 일을 하려고 꼼질대기는 하는데 조금만 힘들면 '이 돈 없어도 먹고는 살지 않나?' 같은 마음이 불쑥불쑥 치고 오른다. 하고 싶은 일만 취미처럼 하겠다고 여유를 부리지만, 애초에 일 말고도 취미가 많은데 굳이 일을 취미로? 하는 생각이 떠나지 않는다. 자아실현과 사회적 존재감을 위해 일하는 사람도 많다지만 나는 일을 안 하고도 나를 실현하고 나의 존재를 인식할 자신이 있다.

다시 말하지만 상상이다. 로또를 사기는커녕, 언제 한 번 사볼까 생각한 순간에 들숨 날숨과 함께 펼쳐진 상상. 당첨이 되는 약 815만분의 1 같은 확률은 간단히 스킵해 버린, 효율적이고 압축적인 상상 말이다.

나의 취향 공유자이자 공상 메이트인 한 친구는 내가 이렇게 순간적으로 무언가를 보고(?) 올 때마다 "역시 망상의 레벨이 남다르세요. 방금 순간적으로 어디 갔다 왔죠?"라며 정곡을 찌르곤 하는데 그때마다 나는 동요하지 않는 척, 심각한 표정을 지으며 답한다. "망상이라뇨. 저는 지금 진지하게 '어떤 가능성'에 대해 말하고 있는 거예요."

망상이든, 상상이든, 어떤 가능성이든. 나는 그것을 바탕으로 로또가 아닌 연금복권을 선택한다. '815만분의 1에 내가 포함됐을 때' 나태해지지 않기 위해서, 내 그릇으로는 '815만분의 1에 내가 포함됐을 때' 돈만 있고 멋은 없는 사람이 되기 십상일 것 같아서. 계획대로라면 금방 내가 '815만분의 1의 주인공'이 되고 말 텐데 그러면 큰일 날 것 같아서.

앞서 말했듯 나는 말 속에 숨어사는 정령을 믿는 자라,

자꾸만 원하는 바를 소리 낸다.

"여러분, 제가 올해에는 복권이 당첨될 계획이거든요. 그럼, 여러분 다 안마의자에서 수업 받게 집으로 한 대씩 보내드리고, 전원 현장학습으로 일본도 다녀올 거니까 준비들 하세요. 1등이면 비즈니스로 가냐고요? 이런… 착각 하신 걸까요? 방금 말씀드린 계획은 2등일 때고요, 1등 되면 그냥 어느 날 아무 연락도 없이 제가 수업에 안 나올 겁니다. 그땐 저를 잊어주세요. 아, 우리 샘세 해냈구나. 라고 끄덕이시며 더 잘 가르치는 큰 학원을 찾아가시면 됩니다."

수업 시간에 늘 이런 농담을 하지만, 그날은 오지 않을 것이다. 당첨이 안 된다는 것이 아니라 분할 지급되는 연금복권의 특성상 이런 식의 일시적 플렉스는 물리적으로 불가능하단 뜻이다. 여러분 죄송해요, 웃자고 한 소리였어요. 여전히 당첨은 될 예정이지만요.

나는 티 나지 않을 정도만 소박하게 잘살고 싶다. 누가 봐도 잘사는 거 말고 '그런데 쟤는 은근 이것저것 다 하고 살지 않아?' 하고 의아할 정도면 훌륭하겠다. 이름도 알려지지 않고, 얼굴도 알려지지 않고 소박해 보이는데 희한하게 여유 있는 사람. 그걸 노리고 잔잔하게 20년 동안 매달 용돈을 주는 연금복권을 사는 것이다. 이쪽은 로또와 달리 500만분의 1이니까 이건 진짜 금방 될 것 아닌가!

하루 빨리 지출 계획을 세워야 한다는 생각에 문득문득 초조해진다.

우선 집이라는 걸 가져보자. 일시불은 안 되니 대출을 껴야겠다. 지금 반전세로 사는 남의 집은 명확한 단점이 있지만, 나한테는 감지덕지인 조건이라 감사하게 살고 있다. 하지만 명확한 단점들은 시간이 갈수록 더 명확해지고, 무엇보다 내 것이 아니니까.

큰 집은 관리가 힘들어서 탐도 안 나고, 구조를 고르고 싶다. 작업실 하나, 침실 하나, 충분한 수납공간 그리고 넓고 쾌적한 주방. 이왕 복권 당첨자씩이나 되었으니 테라스나 옥상까지 노려보자. '방 2개 이상, 넓은 주방, 주차 가능, 채광 환기 원활, 충분한 수납공간, 3층 이상일 경우 승강기 완비, 테라스 옥상 사용 가능' 이렇게 쓴 작은 종이를 여러 장 인쇄해 동네 부동산에 뿌리고 연락을 기다리는 것이다. 이미 조건 리스트에서부터 '부내'가 폴폴 난다.

크지 않은 공간이라도 아일랜드 싱크대는 꼭 놓아야 한다. 손님과 눈을 보고 수다를 떨며 술상을 보는 오랜 꿈을 이뤄야겠다. 놓을 자리가 없어서 그릇을 못 사는 집밥 애호가의 삶은 은근 서운하고, 보이는 곳에 물건이 많으면 스트레스를 받으니 충분한 수납공간이 있어주길 바란다. 양문형 냉장고가 들어가서 내 식탐을 든든히 지지해 주었으면 한다.

테라스나 옥상은, 집안에 갇혀 마감을 하더라도 3일에

한 번쯤 바깥공기를 쐬며 일할 수 있도록 전선을 끌어 쓸수 있는, 두 명 정도는 마주 앉아 책을 보거나 일을 할 수 있는 집인 동시에 바깥인 공간이었으면 좋겠다.

해가 나면 파라솔을 펴고, 선글라스를 끼고, 맥주 캔이나 수박을 쪼개서 들고 나가고, 비가 오면 떡볶이를 휙휙 만들어 만화책을 끌어안고 나간다. 일하는 게 싫어질 때마다 한 번씩 자연풍의 힘을 빌리고, 답답할 땐 헤드폰을 끼고 발라당 드러누워 광합성을 해야지. 쌈 채소 중독자답게 초록 먹잇감 등도 길러야겠다.

나한테 제일 중요한 건 내가 먹고, 일하고, 자는 것이니까 집에는 아낌없이 투자할 의향이 있다. 그러고는 부모님께 드리는 조금 두둑한 용돈, 노후의 실버타운 입주를 위한 적금과 조건이 압도적인 프리미엄 보험을 들어 자동이체 시켜놓고, 쉽게 번 돈은 넓게 써야 한다는 마음으로 생색을 있는 대로 내며 내키는 대로 기부를 한다. 이상, 여기까지가 나름 원대한 버전.

일상에서 내가 진짜 바라는 가장 생생한 로망은 100만 원이다. 그냥 돈 100만 원이 아니라, 엑스트라 100만 원. 오직 나를 위해서만 쓰도록 지정되어 있는, 마음 같아서는 한 달 안에 쓰지 않으면 이월 없이 소멸되는 100만 원이었으면 좋겠다. 근로소득 말고, 살아가는 데 필수적으로 필요한 돈 말고, 다른 이에게 쓰는 것 말고, 기타 100만 원이면 나는 정말 감사함에 몸 둘 바를 모르며 내 삶을 찬양할 수 있을 것만 같다.

기본적인 생활을 영위하고, 간간히 비싸도 꼭 갖고 싶은 건 사고, 한 번씩 훌쩍 여행을 떠나고, 좋아하는 사람들과 맛있는 것을 먹고, 원하는 취미를 즐기며 시간을 보내는 등의 핵심적이고 반복적인 일들은 앞으로도 스스로 벌어서 해나가면 된다. 건강한 어른이자 어엿한 사회인이니까. 해나가는 것이 맞다.

필수적이지 않은 소비이자, 넉넉하지 않을 때 하면 사치처럼 느껴지는 일. 어쩌다 맘먹고나 하고, 꾸준히 하려면 왠지 망설여지는 그런 일에만 쓰는 거다.

지금은 횟수가 적거나, 단계를 조정해 누리는 것들을 레벨 업 한다고 할까. 뭐가 됐든, 생활 필수 목록에 쓰는 것은 금지되어야 한다. 안 그러면 불안증을 앓는 독거노인 임시 예약자로서, 어떻게 얼마나 살지도 모르는 미래의 내게 이마저 야금야금 갖다 바칠 것이 뻔했다. 돈보다는 지르는 용기가 더 부족하고 최악의 상황을 생각하지 않고는 불안을 잠재울 수 없는 사람이라 별 수 없다.

에계, 겨우 100만 원? 이라고 하는 사람도 있겠지. 일단, 부럽습니다. 하지만 쪼잔하게도 겨우 그거면 내 환상은 실현되고 말 것만 같다. 벌써 콧노래가 나서 못 참겠는걸. 우선은 마사지 회원권부터 끊으러 가야지. 고질적 어깨 뭉침이 있는 비대칭인 몸뚱이를 위해 매달 두 번 정도 마사지를 받는다. 국가공인의 시각장애인 전문 마사지사만 고집한다. 한, 20이면 된다. 그다음 그룹 레슨 말고, 무슨 운동을 하든 내가 원하는 시간대에 원하는 강사에게 개인레슨을 받는다. 여기에 최대 40만 원. 외국어와 악기를 영상 말고 사람에게 직접 배우며 선생님이 나만 붙잡고 가르쳐야 한다. 여기에 30만 원. 눈치 챘을지 모르겠지만 그러고도 10만 원이 남는다. 그 10만 원의 지출 계획은 비밀이다.

직강으로 배우고 싶은 걸 배우고, 그룹이 아닌 개인으로 신체를 개조하고, 안마기가 아닌 사람 손으로 피로를 푸는 정도의 여유가 자동적으로 갱신되는 삶. 이렇게 시시하고 한정된, 분수에 크게 넘치지 않는 호화가 나한테는 딱 좋은 것 같다.

사실 이 중 한두 개쯤은 지금도 적정 노동량을 유지하고 소비의 우선순위를 조금 바꾸면 누릴 수야 있다. 하지만 바로 그 점이 포인트이다. 나는 노동량을 늘리지 않고 소비의 우선순위를 건드리지 않은 채로 이걸 누리고 싶기 때문에 돈을 내고 연금복권이라는 합법적 갬블을 하는 거니까.

물론 120만 원이 있으면 외모도 찔끔찔끔 가꾸고, 150만 원이 있으면 뮤지컬 회전문 돌기 같은 것도 하고, 180이 있으면 레고, 플레이모빌, LP, 옷과 신발과 가방을 사 모으고 200만 원이면 주말마다 좋은 호텔에서 호캉스를 하거나 가까운 해외에 다녀올 수도 있겠지만 나한테는 왠지 좀 과하기도 하고, 그런 것들은 아무래도 스스로 벌어 한 번씩 누리는 정도가 좋겠다.

이런 일들마저 특별하지 않은 정기적 행사가 되면 무슨 수로 두근거려. 나이가 들수록 두근거리는 일을 찾아 헤매는 게 일인데. 돈 좀 있다고 그런 자충수를 둘 이유는 없다.

일단 늦어도 내년 봄까지는 연금복권이 될 것 같으니까 예상 수령일자에 맞춰 엑스트라 100만 원 통장을 만들어야겠다. 그러고는 바로 마사지, 운동, 레슨을 장기 등록해서 할부 처리를 하는 거다. 시간이 얼마 안 남았으니 이 책의 마감만 끝나면 얼른 선생님과 센터를 알아봐야겠다.

계속 이렇게 살면
그것도 창피하니까

◆

'하루 5분이면 OK! 홈트 루틴', '출근길에 배우는 10분 상식', '귀차니스트도 할 수 있다, 정리의 습관', 유튜브 섬네일에서 하루에도 수십 번씩 마주치는 문구들이다.

먹고살기 바쁘고, 신경 쓸 게 넘쳐 누구나, 쉽게, 부담 없이, 무리하지 않고 같은 말로 안심시켜주지 않으면 그 무엇도 시작하기 어려운 우리를 증명하는 단어들. 특히나 절대적 시간이 필요하거나 습관이 뒷받침되어야 하는 일들은 누가 달래주지 않으면 지레 겁먹고 포기할 때가 태반이다. 옳은 줄 알고, 멋진 줄 알면서도 막상 내가 하려니 막막한 실천들. 운동과 정리만 해도 이런데, 더 좋은 사람이 되는 건 언감생심, 엄두도 나지 않는다.

그래서 치명적인 나쁜 점을 지우는 데 급급하게 산다. 더 좋은 사람은 고사하고 하자 보수하기만도 버거워 급한 땜

질만 할 때가 한두 번이 아니다. 남들은 당연히 지키는 상식이 몸에 익지 않아 아차 싶은 순간들도 많았다.

부끄럽지만 십 대 후반까지는 전화를 하면 상대방이 끊을 때까지 기다리거나 충분히 시간을 두고 끊는다, 라는 의식이 없었다.

애초에 나이에 비해 전화 사용의 경험이 적기는 했다. 우리 가족은 바로 확인할 일이 아니면 전화를 하지 않고, 용건만 말하고 바로 끊는다. 어릴 땐 친구들이랑 저녁 늦게까지 같이 뛰어놀았기 때문에 집에서 전화로 할 얘기가 없었다. 중학교를 거쳐 여고를 다니면서 친구들끼리 전화로 용건 없는 수다를 떠는 것을 학습했으나 그마저도 한동안은 고전했고 수학여행 때 아이들이 집에 전화를 걸겠다고 줄을 서 있을 때, 나는 숙소에서 혼자 생라면을 부숴 먹었다. 엄마는 무슨 일이 있으면 학교에서 전화를 줄 테니 연락이 없는 게 희소식이라고 했고 나는 바로 납득했다.

아무튼 그래서 상식이 없을 수밖에 없었다는 뜻이 아니라, 하자를 남들보다 늦게 발견했다는 것이다.

뒤에 사람이 오는데 문을 잡지 않고 닫아버린 일도, 옆자리에 물병이 있는데 내가 목이 안 마르다고 물을 따르지 않은 일도, 누구의 발을 밟고 나서 얼른 죄송합니다, 라고 말하지 못한 일도 수두룩할 것이다. 많은 사람과 함께 있는데 아무 생각 없이 내가 제일 편한 자리에 앉아버리거나, 누군가는 고기를 굽고 있는데 딸려 나온 반찬들을 집어먹느라 정신이 없거나 하는 그런 내 행동을 인식조차 못하다 아이쿠, 하고 뒤늦게 반성했던 순간들을 더듬어보면 이보다 더 무신경하고 무례한 일들을 얼마나 많이 해왔을지 스스로도 감을 못 잡겠다.

알면서도 완전히 고치지 못한 것도 많다. 아마 아직도 눈치채지 못한 채 어디선가 갈라지고, 어디선가 새고 있는 하자들도 잔뜩 있겠지. 사실 진짜들을 말하기엔 너무 부끄러워서 그나마 귀여운 수준의 이야기들만 꼽고 있는데도 끝없이 꼬리를 문다.

모른다고 용서되지 않는 일들도 있지만, 어쨌든 알면서 안 고치는 것이 더 나쁘기 때문에 나는 여전히 하루에도 몇 번씩 아차차, 하면서 습관이 안 된 상식들을 입력시키려 애쓴다. 이 정도는 '누구나 할 수 있는', 가능하면 '누구나 하는 게 좋은' 보수 작업이니까.

거기에 가끔 욕심을 내서 '부담 없이, 무리하지 않고' 꾸준히 할 수 있는 아주 작고 만만한 선의들을 찾는다. 목표가 크면 실현이 어렵고, 처음부터 다 잘하려고 하면 중간에 포기하게 될 테니 최대한 사소하고 품이 덜 드는 일부터 해나가는 것이 첫걸음으로는 적당하다. 이 나이 먹고 첫걸음 뗄 일이 많아 민망하기는 하지만 이 나이보다 더 먹고도 나아지지 않는 사람이 되면 그것도 창피하니까 어쩔 수가 없다.

부끄러움을 무릅쓰고 지금 내가 현재 신경 쓰고 있는 사소한 실천들을 고백하자면 예컨대 의자를 잘 넣는 일 같은 것이다. 은행이나 도서관에서 일어나면서 빙 돌아간, 혹은 뒤로 빠진 의자를 제자리에 얌전히 되돌려놓는 것. 머리로는 알고 있었던 것 같은데 따져보면 매번 실천하지는 않았던 것 같다. 분명히 배웠는데 충분히 하지 않았다.

다음은 기사님에게 '들리도록' 인사하는 일이다. 내 기억에 내가 어렸을 때는 버스 기사님들이 인사를 하지 않았다. 지금도 하는 분들만 하고, 개인적으로 인사가 꼭 필요하다고 생각하지도 않지만 (하루 수천 명의 손님이 타고 내리는데 자의가 아닌 의무로 인사를 하는 건 너무 가혹한 노동 같다) 누군가가 스스로, 기꺼이 인사를 할 때는 적어도 그분들이 냈던 성량만큼 소리 내어 같이 인사를 하려고 한다. 안녕하세요, 하면 안녕하세요. 고맙습니다, 하면 고맙습니다. 먼저 인사를 하면 대답을 요구하는 셈이라 답변만 그렇게 한다. 당연한 일인데도 처음에는 괜히 머쓱했고 그냥 지나가는 사람도 많은데 굳이? 라고 생각한 적도 있다. 개인의 선택이지만 나는 하는 쪽이 더 멋져 보였고, 그래서 꼬박꼬박 하기로 했다.

업그레이드 버전은 맛있었을 때는 맛있었다고, 친절했을 때는 덕분에 기분이 좋았다고 표현하는 것이다. 서비스의 제공은 의무지만 서비스의 질과 태도는 개인의 역량이며 거기에 감동받았을 때는 전달하는 것이 생각보다 의미가 있다는 사실을 알게 됐다.

내가 아르바이트를 하면서 느낀 점이기도 하고, 대화 후에 결국은 내 기분이 좋아졌기 때문이기도 하다. 원하는 문의사항을 척척 알려주고 친절하게 답해 준 분이 좋은 하루 되세요, 라고 할 때 상담사분도요, 라고 말하는 정도는 상대에게 부담을 주지 않고 할 수 있는 답변 아닐까 싶은 생각이 든다. 하지만 지금도 다른 소리를 하거나 무책임한 태도로 나오면 금세 목소리가 날카로워진다. 갈 길이 멀다.

최근 업데이트 된 또 하나의 소소한 실천은 '실종 경보 문자' 자세히 읽기이다. 모든 지역에 있는 시스템인지 모르겠는데, 내가 사는 곳과 본가가 있는 지역에서는 가끔씩 문자가 온다. 잃어버린 아이, 안전한 귀가를 위해 도움이 필요한 어르신이나 장애인 가족을 찾는 내용들이다. 코로나 시기에는 쏟아지는 정부 발신의 문자들이 피로하게 느껴질 때도 있었지만 누군가에게는 그 내용이 반드시 필요하고, 나 역시 알아둬야 한다는 생각에 그것들을 꺼놓은 적은 없었다.

그러나 반복이 되자 자꾸 둔해졌고 어느 시점부터 실종 문자가 자주 오네, 라는 생각이 들면서 나도 모르게 무심해졌다. 무의식의 영역에 맡겨두면 나는 금방 그렇게 된다.

내가 쓰는 핸드폰 기종은 알림에서 지우면 메시지함에 자동저장이 되지 않기 때문에 실수로 보지도 않고 지우지 않도록 한 번씩 확인을 하려고 한다. 어플을 깔면 지난 문자도 볼 수 있다길래 그것도 깔아보았다. 그래도 부담 없이, 습관적으로 하는 지속가능한 선의를 위해 일단은 알림이 올 때 자세히 보는 것이 중요하다. 당연히 빨리 찾을수록 좋은 것이니까.

내 위치가 실종 구역에 가까울 경우 인상착의와 신장을 짐작해 보고, 목적이 없으면 괜히 핸드폰을 들여다보지 않고 주변을 둘러보며 걷는 정도의 하찮은 의지지만 그래도 이런 마음이 모이면 찾아진다, 라는 믿음이 있다. 한 가지 문제는 내가 집에 있는 경우가 많다는 것인데, 그래도. 혹시 모르니까 마음이라도. 내가 실종자의 가족이면 한 명이라도 그 글을 읽기를 모든 걸 걸고 기도할 테니까. 그야말로 '단 10초면 OK! 누구나 부담 없이, 무리할 필요 없는' 아주 간단한 선의니까. 레벨이 낮은 나는 이런 것부터 해보고 있다.

얼마 전 「브러쉬 업 라이프」라는 일본 드라마를 봤다. 오랜만에 드라마 한 편을 끝까지 완주했는데 재미있고, 재기발랄하고, 착했다. 거기서는 인간이 죽으면 '환생 센터' 같은 곳에서 다음 생으로 가는 길을 안내해 주는데, 망자가 원하면 무엇으로 태어나는지 정도는 사전 공지해 준다. 이때 원하는 생명체로 태어날 확률이나, 환생의 횟수 등은 모두 이번 생에 얻은 덕을 기준으로 책정된다.

주인공은 평범하고 무난하게 첫 삶을 살았음에도 처음에는 '큰개미핥기'로 환생 발령(?)을 받았고, 더 덕을 쌓고자 애쓴 두 번째 생에서는 '인도태평양 고등어'로 안내를 받는다. 각고의 노력과 덕을 쌓은 끝에 세 번째 죽음에서는 1지망인 '인간'으로의 환생 기회를 잡지만 결국 마지막에는 여러 가지 이유로 '전선 위 비둘기'가 된다.

나는 다시 인간이 될 마음도, 그 정도의 덕을 쌓을 자신도 없으니 일단 드러난 하자 보수에 힘쓰고, 조금씩 덕을 쌓아 한 네 번째 삶쯤에는 내가 원하는 바다 속 돌맹이로 태어날 수 있으면 좋겠다.

하루에도 몇 번씩 퉤퉤퉤, 로 긴급처방을 하는 나의 어설픔과 비겁함을 이런 시도들이 조금씩 메꿔 가주기를 기대하며. 체크 박스가 칠해진 지속가능한 인성 개발 리스트를 일 년에 딱 하나씩만 늘려가는 것부터, 우선은. 일단은.

울면서도 뚜벅뚜벅 걷는 사람

사실 이 후기는 책의 '프롤로그'였다. 더 없는 진심으로, 가장 먼저 이 글을 썼다. 그러나 첫 페이지부터 이런 이야기를 맞닥뜨리게 될 사람들의 기분을 상상하다, 그대로 접어두었다. 나라면 과연 이런 문장으로 시작하는 책을 읽었을까.

◆◆◆

아무도 읽지 않을 것이라는 생각으로 이 글을 쓴다. 정말 그렇게 되면 그 또한 재앙이겠지만 당장에 무심한 척이라도 하지 않으면 한 글자도 쓰지 못할 것 같아 비겁을 꿀꺽 삼켜 억지 용기를 짜낸다. 숨어서 떨고 있을 바에야 미친 척이라도 해봐야지 싶어서.

아, 나는 또 이렇게 체념의 마음으로 도전을 하는구나.

대체 언제쯤이면 남들처럼 용감하고 희망찬 마음으로 새로운 시작을 하게 될까? 어떻게 하면 순수한 벅참으로 기회를 덥석 잡아 설렘과 기대에 부풀어 나아갈 수 있지?

오랫동안 고심해 봤는데 아무래도 다시 태어나야겠다. 이번 생에는 너무 어림이 없지, 그래.

매번 이런 시작이다. 나도 언젠가 손을 내밀어주는 이들에게 은은한 미소를 띠며 "보는 눈이 있으시네요. 좋습니다, 함께 하시죠"라고 말해 보리라, 수없이 시뮬레이션을 하는데도 정작 그 순간이 오면 "저를요? 제가요? 대체 왜입니까!"라는 소리가 로켓처럼 튀어나온다. 거의 반사적인 진심이라 말릴 새도 없다. 그러다 얼결에 손을 잡아버리고는 서서히 그리고 착실하게 풀이 죽는 시간을 갖는 것이다. 아, 이제 어쩌지. 내가 무슨 수로.

지긋지긋하긴 한데 의외로 괴롭지는 않다. 어쨌든 나한테는 익숙한 일이니까.

지금의 내 경력 혹은 경험으로 읽히는 것들 대부분은 어쩌면 고스란히 체념과 뒷걸음질의 기록이었다. 나는 늘 소심한 마음을 붙들고 쫓기듯 뛰어가다 새 골목에 접어들었고, 도망치면서 어딘가로 향했다.

진취적이고 능동적이지 못한 캐릭터임이 못내 아쉽지만 그냥 이 세계를 구성한 누군가가 짠 시나리오에서 나란 인물이 그렇게 설정됐나 보다 생각하고 만다. 각자 다른 설정값의 구성원들이 모여 사는 세계에서 이번 생에 내가 맡은 롤이 이건가 보지, 뭐. 나약하지만 적어도 악당은 아니니 그래도 다행이네, 하고. 나는 소심한 것치고는 묘하게 담담한 구석이 있다.

"감사하지만, 역시 저는 안 될 것 같아요."

이 말을 최대한 예의 있게 전하는 것을 목표로 미팅 자리에 나갔다. 약속한 곳으로 가는 동안 나와 나는 수없이 결의를 다졌다.

그래, 이건 싫다거나 못 하겠다거나 하는 그런 수준의 문제가 아니야. 거의 옳지 못한 일에 가깝다고. 아무리 생각해도 사람들이 네 글을 읽을 이유가 하나도 없다니까? 게다가 에세이잖아. 에세이를 쓰려면 둘 중 하나는 필연적으로 있어야 돼. 명성 혹은 훌륭한 글솜씨, 있어? 없잖아. 너, 여기저기에 글 쓰는 사람이 넘쳐나는 세상이라고 쉽게 생각하면 큰일 난다. 모두가 작가인 시대이기 때문에 더더욱 아무나 작가일 수 없는 거야. 그런데 너는 너무 '아무나'잖아. 책을 만드는 고급 인력에게 그렇게 막 똥을 던지면 안 돼.

아니, 사람까지 갈 것도 없지. 네가 종이였어 봐. 우와, 내가 이딴 글자나 찍어내려고 나무로 태어나 이 험난한 여정을 거쳤나 소리가 절로 나왔을걸? 암만, 암만. 잘 선택한 거야. 크게 보면 이건 지구와 인류를 위한 결정이라니까.

언제나 그렇듯 단숨에 우주적 스케일로 치닫는 잡념들

과 싸워가며 약속 장소에 도착한 나는 사뭇 비장한 각오로 문을 열었다.

나의 결의를 아는지 모르는지, 편집자님은 반갑게 인사하며 다가오셨다. 안부를 물으며 따뜻하게 웃는다. 일단 점심시간이니 같이 밥을 먹었다. 본격적인 대화를 위해 차도 한 잔 마셨다.

그리고 나는 지금 노트북 앞에 앉아 있다.

이건 진심인데, 책을 많이 읽은 정중한 어른들은 이겨낼 방도가 없다.

돌아오는 길. 같은 골목을 훨씬 늘어진 걸음으로 걸으며 다시 나와의 긴급회의를 열었다.

도장을 찍었어. 준법의 의무가 있는 국가에서 무려 도장을 찍었다고. 돌이킬 수 없다는 뜻이야. 하아 ─ 발걸음의 무게가 한 3톤쯤 되는 기분이다 ─ 그런데, 뭐? 주제에 감히 작가인 척하는 게 무섭다고? 정신 차려, 이것아. 넌 그냥 의뢰를 받아 납품의 의무가 생긴 비정규직 노동자야. 저가 무슨 문인이라도 된 양 웃기지도 않아. ─ 오, 좋은 지적. 발걸음이 약 1톤 정도 가벼워졌다 ─ 확실히 말해 두는데 어차피 너한테 책을 쓸 준비가 된 날? 평생 안 와. 글을 쓸 자격이 생기는 순간? 영원히 없어. 현재 시점 거의 유일한 진리라고 봐도 돼. 그러니까 발걸음 무게 재는 헛소리

그만하고, 자의식 과잉 딱 집어치우고, 집에 가서 밥이나 해. 그 밥 먹고 책상에 딱 앉아, 그냥.

비난인지 격려인지 헷갈리는 마음의 소리를 들으며 심경을 갈무리한다.

일리가 있어. 맞지. 그치.

나는 영원히 글 쓸 준비가 되지 않을, 그냥 의뢰받은 일을 하는 비정규직 노동자일 뿐이야. 에이, 그럼 뭐 별수 없는 거네. 난 또 뭐라도 된 줄 알고 겁먹었잖아.

원래 소심한 인격체일수록 합리화가 대범한 법이다.

논리적이든 아니든, 자아 분열적 협상을 통해 극적 합의를 이끌어냈다.

그야, 세상 모든 사람이 용기가 있다면 멋지겠지. 그렇지만 나 같은 생명체도 존재하는 걸 어떡해. 분명 이런 사람 또 있을걸? 용기 있는 사람들만 유명해져서 그렇지 이런 사람도 살아가고 있을 거라고. 그럼, 있지. 있을 거야. 제발 있어라. 중얼중얼거리며 작업실에 다다랐을 때쯤에는 나름대로 초연해져 있었다.

외출복도 벗지 않고 거실에 대자로 누워 온 힘을 다해 멍하니 있다가 벌떡 일어나 아까의 내가 시킨 대로 뜨끈한 밥을 지었다. 결연한 표정으로 반찬을 썹으며 필살기도 생성했다. 정 겁이 나면 모니터에 '내가 시켜달라고 조른 거 아님'이라고 큼지막하게 붙여놓고 '이미 늦음! 오직 납품!'을 세 번 외치자. 좋았어, 꽤 강력한 무기야. 당차네, 아주.

좋은 글을 쓰려고 하면 반드시 도망치고 싶어질 거야. 재미있는 이야기를 하려면 끝없이 자신감이 증발할 테니까 일단은 '그냥 글'을 써 보자. 우선은 글씨를 주르륵 늘어놓는 정도면 돼. 좋은 사람이 되려니 사는 게 너무 무서워져서 일단 그냥 사람이나 되자고 마음먹었던 사춘기 어느 날과 비슷한 콘셉트야.

그날의 식사는 출정식이었다. 오독오독 씹고 뜯으며 각오를 다지느라 평소보다 밥을 한 공기나 더 먹었다. 그리고 지금, 난 긴 심호흡과 함께 그 밥심으로 출발선 위에 서 있다.

쓰읍─, 후우─.

협상은 끝났다. 여기 선 이상 총소리가 들리면 그냥 튀어 나가는 거다. 뛰다 보면 울컥울컥 겁도 나겠지. 갑자기 용감해질 수는 없을 거다. 나는 아마 그렇게 프로그래밍 된 모양이니까.[1] 하지만 운이 좋으면 어떤 곳에 도착한다. 설령 도착하지 못한대도 가는 길에 새로운 구경거리는 있겠지. 항상 그랬잖아. 도착해 보니 별것 없으면? 까짓거, 땡이

¶ 영화 「애프터 양」의 대사에서 따온 문장이다.

라 그래. 어쨌든 그때의 난 '출발 안 한 사람'이 아니라 '출발해서 도착한 사람'이 되어 있을 텐데 손해 볼 것 없잖아.

나는 회피성 인간치고는 묘하게 낙관적인 데가 있다.

자신 없는 일들이 있어도 어쩔 수 없다고 생각한다. 자신 없는 일도 하며 사는 것이 어른이잖아. 적어도 난 자신감 없는 나를 인정하고 어찌어찌 살아나갈 자신감은 있으니 최악은 아닐 거야. 그렇게 믿자.

열심히 스스로를 추스르며 출발선에서 몸을 풀고 있자니, 언젠가 밤새도록 떠들다 동틀 녘까지 함께 한강 길을 걷던 날, 섭이 내게 건넸던 말이 떠올랐다. 그때는 새벽 감성에 푹 젖은 말 같아 푸하하 웃고 말았는데 오늘은 그 한 마디가 든든한 기도문이 되어 내 어깨를 통통 두드리고 간다.

"야, 다 괜찮을 거야.
내가 아는 너는 울면서도 뚜벅뚜벅 걷는 사람이야."

퉤퉤퉤

무사히 오늘 밤에 도착하기를

황국영 지음

초판 1쇄 발행일 2024년 1월 8일

발행 책사람집
디자인 오하라
제작 세걸음

ⓒ 황국영 2024

ISBN 979-11-978794-6-3 (03810)

책사람집

출판등록 2018년 2월 7일
(제 2018-000269호)
주소 서울시 마포구 토정로 53-13 3층
전화 070-5001-0881
이메일 bookpeoplehouse@naver.com
인스타그램 instagram.com/
book.people.house/